月をみていた人
紀貫之

弓場 由美子
Yuba Yumiko

郁朋社

はじめに

紀貫之は、日本文学史の有史以来、あらゆる著名人によって業績をたたえられ、分析され、論評されてきた。それは近年にも及び、明治期、正岡子規の「貫之は下手な歌詠み」発言の後も、詩人大岡信を含む精密な読みが続いている。このような存在にさらに何か言うことは、おこがましいかもしれない。

だが、貫之について、この人はもっと本質的に評価されるべきだ、という思いが私にとりついて、十年以上になる。恐ろしいことに「ワタシは貫之さんに依頼されている」という妄想が消えない。これに決着をつけるために、世の判断を仰ぎたいと思い立った。これまでの貫之に対する論評で物足りないのは以下の三点であり、これらについて考察したい。

一、貫之の出自である紀氏についての認識が足りない。
二、貫之の『伊勢物語』『竹取物語』への関与をまともに論じていない。
三、貫之の最晩年の作品『土佐日記』と『新撰和歌集』の評価に納得がいかない。

貫之が『古今集』『土佐日記』『新撰和歌集』に加えて『伊勢物語』『竹取物語』にも何らかの形で関与していたのではないか、とする説は散見される。だとすると貫之は和歌、歌物語、物語、日記、散文文学、ひいては日本文化の源流そのものだったことになる。しかし、それらの説では、貫之がこれらの作品に関わった可能性があるとしているだけで、「なぜ貫之がその作品に関わったのか」「彼自身がその作品に関わる必然性はどこにあったのか」というところまで考察されていない。

紀貫之を理解するためには、「紀氏」という氏族の本質について、根本的な検討が必要である。紀氏は貫之を最後の光芒として、歴史の表舞台から姿を消した。通説では、紀氏は古代部族の雄の一つではあるが蘇我氏や物部氏よりは格下で、職掌は軍事が主だったということになっている。これに対し私の見解を端的に言ってしまえば、紀氏は最も正統性のある天皇家だったということだ。しかし、こう書いただけでは、単なる思いつきとしかみなされないだろう。

そこで、貫之について論じる前に、大変な回り道をしなければならない。紀氏の実像とその事蹟を、主に六国史・『日本書紀』『続日本紀』『日本後紀』『続日本後紀』『文徳天皇実録』『日本三代実録』、また適宜『万葉集』『懐風藻』などを参考にしつつ明らかにし、貫之の生きた時代までたどっていく。これを第一部とする。第二部に至って、紀貫之自身について論じる。

この作業は巨大な外輪山に守られたカルデラ湖を探索するようなものだ。わずかな手がかりを探して崖を上り続けても、なかなか頂上が見えない。ついに崖を登り切って見下ろすと、火口だった場所に透き通った湖が姿を現すが、そこから先は、すべてを捨てて水の中に潜るというようなことが要求される。しかしそれだけのことをやらなければ、貫之の心には迫れない。

なぜこのようなことを思い立ったかと言えば、貫之の『古今和歌集』仮名序の結び、「歌のさまをも知り、ことの心を得たらん人は、大空の月を見るがごとくに、いにしへを仰ぎて今を恋ひざらめかも」という堂々たる言葉にみなぎる自負、確信の強さに感じるところがあったからだ。この気魄はなんだろう。このような言葉は、いかに優秀な人材であれ、単なる文部官僚や御用芸人から発せられるようなものではない、と。

月をみていた人　紀貫之／目次

第一部　紀氏について

第二部　紀貫之がなしとげたこと

装丁／宮田麻希

第一部　紀氏について

第一章　祖神スサノオから大和朝廷成立まで

故地紀伊半島　大和

紀氏については、まず、地図を見ていただきたい。大和朝廷のふるさと、奈良盆地は紀伊半島の中央にある。紀氏は紀伊半島沿岸部の氏族だと言われるが、周辺部のみにとどまっていたはずはない。紀氏が「紀の川」から始まった氏族であることは確かだ（「紀の川」がなぜか途中で「吉野川」と名を変えているのは不審だが、「吉野川」は「きのかわ」とも読める）。その紀氏はさらに良港を求めて、大和川と木津川を開発し、難波を整備する一方、太平洋に向かう紀伊半島の東側にも深く愛着した。また熊野、吉野の森林資源に注目したのは、彼らが製鉄と造船を重要視したからだ。このような人々が、葛城山脈の向こうにぽっかりと広がる紀伊半島の中央、奈良盆地を放っておくわけがない。

神紋「三つ巴」について

最初に、ひとこと言っておきたいのは「三つ巴」のことだ。「三つ巴」を神紋とする、由来の古い神社群の祭神を列記する。

大神《おおみわ》神社　大物主大神
貴船《きふね》神社　大国主神、事代主神、少彦名《すくなびこな》神
鹿島神宮　武甕槌《たけみかづち》命
香取神宮　経津主《ふつぬし》命
塩釜神社　武甕槌命、経津主命、岐神《くなどのかみ》
熊野本宮　家津美御子《けつみこ》大神（素戔嗚《すさのお》尊）
神倉神社　高倉下尊《たかくらじのみこと》、天照大神
熊野速玉《はやたま》大社　熊野速玉大神、熊野夫須美《ふすみの》大神

この神々の顔ぶれは、私に言わせれば「紀氏そのものだ」ということになる。

「三つ巴」は一般的に八幡宮の神紋とされているが、それにとどまらず、古くから海に近い神社に多く受け継がれ、特定の神社のものではなく「お祭りの紋」「お御輿の紋」「太鼓の紋」として広く受け取られている。しかしこれはもともと紀氏ゆかりのものだったのではないか。「三つ巴」は魂の渦である。韓国の国旗にある「二つ巴」の発展形に見えなくもないが、「三つ」に意味がある。三つになると、すき間と動きが出る。日本と太平洋を介してつながるミクロネシアの民族舞踊を上から見ると、

まさにこの三つ巴だそうだ。「三つ巴」はさまざまな「魂」を渦として統合し、まきこみ、広がっていこう、という紀氏の精神を表現していると思えてならない。

またもう一つ、平安京の守護神という面でも、この「三つ巴」と紀氏由来の神社が、石清水八幡宮だけでなくひそかに？　平安京を取り巻いていることを指摘したい。

まず上賀茂・下賀茂神社の「賀茂氏」は紀氏本拠である葛城の「高鴨神社」につながる。太秦《うずまさ》の広隆寺近くの「太子道」に秦氏由来の「木嶋《このしま》神社」があり、上から見ると三角形の三つ鳥居で有名だが、神社名に「き」が入っている。紀氏と秦氏の縁の深さから、なんらかの関係があると思われる。

宇治上神社は宇治稚郎子《うじのわきいらつこ》を祀る神社で、日本最古の神社建築であり、世界遺産である。「この神社の神紋は「三つ橘」という独特なものだが、境内の軒瓦には「三つ巴」があふれている。「三つの内殿が覆屋で囲まれた特異な構造」となっているが、葛城の「平群坐紀氏神社《へぐりにますきしじんじゃ》」にも、三つの建築物が向かい合って建っている。

貴船神社の神主家は「舌《ぜつ》」家、という珍しい姓だが、これは「言ってはならない」ことを忘れないように、という言い伝えによるのだそうだ。「言ってはならないこと」とは、「本当は紀氏だ」ということ以外に考えられない。だいたい「きふね」神社なのだし。もちろん神紋は「三つ巴」である。

これらに限らず、紀氏が関係していると思われるものごとはたくさんあるのだが、なぜかそれが表面に出ない。これは不思議なことではないか。ここから歴史の考察に入る。

歴史考察　大和朝廷成立まで

他国資料

西暦（以下、単なる数字の年号はすべて西暦）57年、『後漢書』より。漢倭奴国王が後漢に遣使を派遣して印綬を授けられた。これが北九州・志賀島から出土した金印、と言われている。この金印が本物か否かという議論もあるが、ともかく、北九州から「奴国王」と名のる王が後漢にやってきたことは確かだ。

107年、同じく『後漢書』より。倭国王師升と名のる王が後漢に朝貢した。この後、倭国に大乱があった。

239年、『魏志倭人伝』より。「倭の女王・卑弥呼（以下ヒミコ）」が魏に遣使した。この倭国の位置について、激論が続いている。魏から北九州までの行程はほぼ正確なのに、それからの記述に従えば、どうしても日本列島におさまらないからだ。この時ヒミコが魏に献上したものは奴隷と布製品などだった。このヒミコは247年、「現在交戦中」と魏に助けを求め、次いで彼女の死が記録されている。

266年、『晋書』より。「倭の女王・**台予**《とよ》（以下**トヨ**）」が魏に朝貢。この時の献上品には新潟県糸魚川産の翡翠《ひすい》が含まれていた。

なお、これ以降、紀氏の関係者と考える人物についてはその名称を太字表記する。最初にその対象となるのはこの**トヨ**である。

物証　古墳時代の始まり

ヒミコ出現以前、時代は弥生時代末期、日本列島にはすでに稲作、鉄器、青銅器が伝わっていた。関東以西に銅剣、銅矛、銅鐸の文化圏があり、北九州、ついで西日本、関東に環濠集落、高地性集落がみられ、「倭国大乱」の様相が裏付けられる。

ヒミコの魏への遣使とほぼ同時期に、近畿では青銅器文化が終焉を迎え、吉備に特殊器台型土器、つぼ型土器を伴った大規模墳丘墓が作られた。大阪～和歌山で製塩が開始される。同時期に奈良県三輪山のほとり纏向《まきむく》に、前方後円墳群が出現する。三輪山をのぞむ盆地の東側に、最古とされるホケノ山古墳を経て、最初の完璧な巨大前方後円墳・箸墓と、三角縁神獣鏡三十三面が発見された黒塚古墳が出現する。これが大和朝廷成立を裏付ける決定的な遺跡とされる。

この纏向が「首都」だったのは確実だ。特筆すべきは、この「首都」がいきなり出現したということだ。この地に以前から強大な権力者がいた形跡はなく、ほぼ更地状態だった。「前方後円墳」という形式自体、吉備、出雲、東海、北九州など、各地の祭祀・葬送儀礼が合体、融合したもので、ここから想像される「大和」は、連邦制、というか合衆国的な政体だったと言える。

いわゆる「古墳時代」を概観すると、古墳群は２００年代後半に発生し、奈良盆地の東から北を回って西へ西へと移動し、ついに葛城山脈を越えて難波潟に達して最盛期を迎える。奈良盆地の南、飛鳥に古墳ができるのは５００年代の蘇我氏全盛のころのことで、これが古墳時代の終わりとなる。

葛城に存在した纏向以前の遺跡　鴨都波1号墳

ところが、「その前」の遺跡が出現した。2000年に発見された葛城山のふもと、鴨都波《かもつば》1号墳である。この遺跡は他の古墳群と異質だった。「一辺二十メートル弱の小方墳であり、かつ埋葬施設もきわめて簡素な粘土槨《かく》であったにもかかわらず、三角縁神獣鏡四面、方形板革綴短甲、漆塗り靫など、大形前方後円墳にも匹敵するような副葬品を持っていた」（「古代葛城とヤマト政権」御所市教育委員会編）のだ。さらにこの近辺を発掘した結果、ここには弥生時代・古墳時代を通じて集落、居住地が広がっていたことがわかった。すぐ南に南郷遺跡があるが、ここには「あらゆるものがある。大きな神社みたいなものもあれば、農業祭祀をしたと思われるような水のお祭りをした場所もある。あるいは、豪族居館と思われる建物や大工業地帯のようなものもある。それらのものがすべて約一キロ四方の中に何本もある尾根上に集中している」（同）さらにすぐ横には「室大墓《むろのおおはか》」と呼ばれ、**タケシウチノスクネ**の墓とも**葛城襲津彦**《かつらぎのそつひこ》の墓とも伝えられる大型前方後円墳がある。

つまり、奈良盆地に大和政権以前から継続して居住し、大和政権とも緊密なつながりを持ち続けてきた人々がここにいたのではないか、と考えられるのだ。彼らは、弥生時代からこの地で生活を営んできたが、それは単なる地場産業ではなく、人、物の両面で大陸とも密接に関わり、工場まで持った先進的なもので、宗教的にも独自の様式があった。そして、その人々は、纏向の誕生にも影響を受けず、というか同調せず、しばらくは前方後円墳を造りもしなかったが、ある時点でこぶりな方墳（鴨《かも》都波《つば》1号墳）を造り、そこにこれまでの宝物をまとめて入れ、その後、纏向に匹敵する前方後円墳を造るようになった。この地は奈良盆地と難波潟の中間地点である。

私が紀氏の祖と思っているのはこの人々である。

大和朝廷成立まで『古事記』『日本書紀』検討

基本姿勢

文献検討を始める前に断っておくと、『古事記』『日本書紀』（以下『記紀』とする）の記述は不可解なことに満ちているが、このような記述は意図的なものとして読み解くことにする。我々はとかく「これは神話」と思うから、少々荒唐無稽なことが書いてあってもなんとなく納得してしまうが、『記紀』成立当時の人々からみれば、たかだか四百年前の歴史である。なのに、書いてあることはあまりにも「神話的」で、従ってこれらの記述は信用できないという論があるのは当然だろう。だが、すべてを捨ててしまうのはもったいない。『日本書紀』の記述に責任編集者の舎人親王なり、あるいはその黒幕の政治勢力なりによる意図的な改ざんがあったとしても、うそをつく人がよくやるように、大部分は本当のことを言っておいて一番肝心なところをごまかす、という手を使うはずだ。何から何まで創作するわけにはいかないだろうし、ごまかしの手法自体がヒントになることもありうる。『記紀』には、一見無駄な、荒唐無稽な情報が多量に混入しているが、そこにこそある種の真実が含まれていると思うので、「妙なほころび」や「なぜかわからないが書いてあること」に注目した読み方をしていくことにする。

なぜかといえば、『記紀』には時の権力者の検閲をかいくぐってなんとか真実を後世に残そう、という努力が秘められていると考えるからだ。特に『日本書紀』編集陣の実務筆頭者は**紀清人**であることに注目している。私の想像通り、紀氏が天皇家に深く関わり続けた一族であり、その経験値や読解能力、記述能力から、日本のたどってきた道を語るに不可欠の一族であり、だからこそ史書の編集作業に起用されたとするならば、彼、**紀清人**は、唯々諾々と時の権力者の言いなりになることなく、その読解力を見切って、真実に至るヒントを埋め込んでいるはずだ。彼にはそれだけの胆力と能力があったと思う。『日本書紀』完成後、なぜか編集最高責任者の舎人親王は「対面しても立ち上がって敬意を払う必要がない」という異様に屈辱的な仕打ちを受けていて、その理由は不明とされている。だれか権力者側にいる人間が『日本書紀』を熟読して、その危険性に気づいたのではないか。

読解の基本姿勢についてもう一つ。書いてある順にはこだわらない。

なぜなら、基本的に『記紀』は歴史を改ざんしていると思っているが、そのテクニックの最たるものが「歴史の順序をごまかす」ことだからだ。『記紀』の時間は何度も繰り返す、後戻りする。また同じ人物が別名で現れる、あるいは驚異的な長命で生き続ける。このような混乱した物語に対応するには、順序を組み替えた物語を提示するしかない。

海から始まる創世神話

『日本書紀』の創世神話は、紀氏伝来のものと考えるのが最もしっくりくる。神々は海から活動を開始しており、日本列島の陸地から生まれた神ではない。そして、日本列島で最も早く大陸と通行した北九州と瀬戸内海を無視して、いきなり淡路島が視界に入ってくる。これは日本の表玄関というべき九州、瀬戸内海にはすでに「別の人々」がいて手が出せなかった、という事情が想像される。

ともかく、海を渡り、永住の地を求めて太平洋の黒潮に乗り、瀬戸内海の裏口から日本列島に到着した人々がいる。その日本列島とは、紀淡海峡の向かい側、紀伊半島である。大和の次が四国だが、これは太平洋側のことだろう。続いて日本海側が加わる。隠岐、佐渡、越。琵琶湖とつながったのかもしれない。最後に瀬戸内海の中央部、吉備との連絡がつく。『古事記』の記述もほぼ同じだ。**イザナミ**の墓所は紀伊半島東側の熊野、**イザナギ**の墓所は淡路島だと伝えられている。東西から紀伊半島を包みこんでいる。このような伝承を持つ人々として、最もふさわしいのは紀氏である。

スサノオ

スサノオは**イザナギ**と**イザナミ**が生んだ三神のうちの一柱である。**イザナミ**の死後、**イザナギ**が彼女を黄泉の国に迎えに行って果たせなかったという一件のあと、禊をし、その際、難波の日吉大社に祀られた海の神三神と、安曇《あずみ》氏の祀る海の神三神が生まれ、次に、アマテラスとツクヨミと**スサノオ**が生まれたとされる。アマテラスとツクヨミは太陽と月できれいに対応し、そこに**スサノオ**、という異分子が割り込む形になるが、アマテラス、ツクヨミと比較して、**スサノオ**の実在感がきわだつ。

まずアマテラスと**スサノオ**の「神生み合戦」がある。この時**スサノオ**の子として生まれた女神三神が北九州の宗像《むなかた》三神であり、アマテラスの子、天孫たちと違って実体がある。その後**スサノオ**の「乱暴」があり、アマテラスの「天の岩屋ごもり」があり、女神の再登場を願って「アマテラスそっくり」の神が作られたが、その際、天の香久山の金を採って矛を作り、真名鹿の皮を丸剥ぎにしてふいごを作りこれで鏡を作った。これが紀伊国の日前《ひのくま》神社の祭神となった。三種の神器の一つ、神鏡はこのようにして作られたという説明だが、ここに香具山、紀の川河口の日前神社が登場する。この話の舞台は奈良盆地と紀伊半島だ。その後、天上界を追われた**スサノオ**は手足の爪を抜かれ、蓑笠をつけて罪人の姿で出雲の地までさまよい、ここでヤマタノオロチを退治して櫛稲田姫と草薙の剣を手に入れる。これも三種の神器の一つだ。

また、『日本書紀』の「一書に曰く」として、**スサノオ**は子の**イタケル**（五十猛）と新羅に渡り、木の種を持ち帰り熊野で亡くなった、とも語られている。**イタケル**を祀る伊太祁曽《いたきそ》神社は紀の川を遡ったところにある。**スサノオ**は、新羅、出雲と放浪の後、最終的には紀伊半島に落ち着き、熊野で臨終を迎えている。天上にとどまったままのアマテラスの話をわきに置くと、紀氏の祖神としてのスサノオの姿がはっきり見えてくる。

オオクニヌシ

スサノオの子、あるいは子孫か婿の**オオクニヌシ**について、『日本書紀』はスクナビコナと協力して天下を経営したことを述べる。スクナビコナは多くの神社で祀られており、日本の民話の基層に近い存在でありながら、その医術、酒の醸造、農業技術などの属性から渡来人の面影がある、謎めいた神だ。事業半ばにしてスクナビコナは熊野から「常世郷」に去り、一人残された**オオクニヌシ**が、「これからどうすればいいのか」と途方にくれていると、海上に不思議な光が現れ、「私はあなたの幸魂奇魂《さきみたまくしみたま》である」「おまえは大和の三諸山に住むのだ」と言った。そこで**オオクニヌシ**は大和にやってきて、大三輪の神となり、その子孫が賀茂の君の祖となったとある。この話の舞台は出雲・敦賀、という日本海沿岸だ。特に**オオクニヌシ**がスクナビコナの助力を失って大和に向かったという記事は、紀氏の成り立ちを考える上で重要だ。**神功皇后**は三韓征伐から凱旋して敦賀の気比神社に報告しているが、その際「スクナビコナの恩を忘れてはいけない」という趣旨の歌を『古事記』に残している。スクナビコナは**神功皇后**を支援していた。あるいは実家筋だったのではないか。

『古事記』では、**オオクニヌシ**の記述はぐっと多くなる。私は『古事記』は『日本書紀』より後に書かれたと考えているが、『古事記』の執筆動機の一つに『日本書紀』にない**オオクニヌシ**の実像をもっと伝えたいということもあったのではないか。『古事記』のみにある神話は、「因幡の白兎」「八十神の迫害」「根の国訪問と**スセリヒメ**獲得」「越の沼河比売への求婚」「**スセリヒメ**の嫉妬」「**オオクニヌシ**の子孫」である。

オオクニヌシには八十神と言われる兄神たちがいて、彼の立場はほとんど従者扱いだったが、みなが望んでいた因幡の八上比売を、最終的に**オオクニヌシ**が得た。因幡については「因幡の白兎」の話もある。「因幡の白兎」が丸裸にされたのは、海を渡って隠岐の島に渡ろうとしたからで、これを**オ**

オクニヌシが助けた。二つの話の共通項は、出雲と因幡の同盟、海を渡ることの困難、それに対する激しい妨害である。なぜ因幡が重要かと言えば、隠岐の島経由で北九州発以外の大陸への通路が開けたからだろう。

オオクニヌシへの八十神の迫害がいかに激しかったかが『古事記』には描かれているが、その迫害者は伯耆《ほうき》の山のイノシシ（実は真っ赤に焼けた大岩）、大木のくさび、弓矢をつがえた兵団によって暗示される。これは山越しに出雲を圧迫した瀬戸内海の覇者である吉備の物部氏ではないか。一方、瀕死のオオクニヌシを献身的に看病した「キサガイヒメ」「ウムギヒメ」（赤貝、ハマグリの擬人化とされる）は日本海の同盟者や医術にたけたスクナビコナと重なる。結局、ここで語られているのは、瀬戸内海に対抗しようとして苦境に陥った出雲が紀伊に活路を見いだしてやってきた、ということだ。

オオクニヌシの「国造り」

日本列島全体の地理的環境で言えば、最初に栄えたのは、大陸との交通で至近の位置にある北九州であり、ここと独占的に同盟した瀬戸内海だろう。この優位性を保つため、瀬戸内海の吉備は北九州と連携して下関海峡を封鎖し、鉄などの資源の輸入を占有した。このルートから外された出雲の人々は日本海連合を模索したが、何らかの理由でスクナビコナが抜けた段階で紀州熊野が手をさしのべ、あるいは出雲が紀州に目をつけ、最終的に出雲が大和に乗りこんだ。このあたりの事情が**オオクニヌシ**の神話に反映していて、これが、「国造り」と言われることの中身だったのではないか。

問題は、彼らの「国造り」がどこで行われたのか、よくわからないことだ。「国造り」というからには拠点となる「国」があったはずだが、『記紀』ともに茫漠とした広い範囲で話が進んでいく。この時代に出雲・越・紀伊・北九州をカバーする「国」が、核となる地を持たずに実在したとは思えない。だが、それにふさわしい場所が比定できない。

奈良盆地南東部の纏向《まきむく》は確かに政治・宗教に特化した巨大都市だが、この都市が三世紀前半に忽然と出現したことは、水路工事から建設が始まったという考古学的事実に裏付けられている。まさにニュータウンである。歴史は浅い。

かといって出雲にも、拠点となるような都市遺跡は出土していない。「出雲の国譲り」というからには出雲に拠点都市があってもおかしくないのに、「出雲王朝の王宮」の痕跡はない。確かに近年、大量の銅剣銅鐸が埋納されていたことで、出雲の歴史的存在感は実証されたが、あの大量の銅剣銅鐸の埋納のしかたは「宝物として保存しよう」というより、乱暴に言えば「廃棄」に近いと思うのだ。そこで前述の、弥生時代からつながる副葬品の出た鴨都波1号墳が、紀氏と出雲が最初に営んだ同盟の本拠地として浮かび上がってくる。

アメワカヒコとアジスキタカヒコネ

鴨都波1号墳にほど近い葛城・高鴨神社の祭神**アジスキタカヒコネ**にまつわる挿話は『記紀』ともに記述がある。時代設定は神武天皇東征の直前になる。高天原の神々が「葦原の中つ国」に天下ろうとしたが、そこには**オオクニヌシ**が君臨していた。そこでアメワカヒコを遣わしたが、彼は**オオクニヌシ**の娘と結婚し懐柔され、八年復命しなかった。高天原の神々が、「雉・名は鳴女」を遣わして詰問させたところ、アメワカヒコは高天原から渡されていた弓矢でこの雉を射殺してしまった。この矢が高天原に届き、そこに血がついていることで不審に思った高天原の神が矢を投げ返したところ、矢はアメワカヒコの胸を貫いた。彼の葬儀の際、アメワカヒコの友人、**アジスキタカヒコネ**が「天に上って」弔問にやってきた。アメワカヒコの妻**下照姫**は、彼が夫とそっくりだったため、「わが君は死んでいなかった」と喜んですがりついた。**アジスキタカヒコネ**は「友達だから来てやったのに、私を死人と間違えるとは」と怒り、喪屋を蹴り崩して去ってしまった。その山が美濃にある喪山なのだ、と話は結ばれる。

『古事記』では、そのあとに、**アジスキタカヒコネ**の巨大な姿を、谷を二往復するほどの光輝く大蛇あるいは雷光として讃える歌をあげている。蛇の姿をした神と言えば出雲大社の大しめ縄であり、三輪山の神である。つまり、彼は出雲神だ。

この話にどういう意味があるのか、ずっと気になっていた。前後の脈絡を無視したように挟み込まれた「アメワカヒコ」「**アジスキタカヒコネ**」の話だが、考えてみると、「葦原中つ国」について、具体的な位置情報は、『記紀』を通じて、ここしかない。この葬儀の場所は「美濃」と明言されている。しかし葬式が美濃（上空？）で行われているなら、アメワカヒコが派遣された「葦原の中つ国」はどこにあるのか。彼の遺体を前にして泣いていた妻、**下照姫**はどこにいたのか。美濃は、彼女の実家なのか、それともアメワカヒコの実家なのか。また、**アジスキタカヒコネ**は「高天原」の葬式に気軽に参列してさっさと帰ってしまうが、「高天原」を九州の高千穂などに想定していると、読んでいて非常に混乱する。しかし普通に考えれば、**下照姫**のいた場所が、「葦原の中つ国」だろう。

現地調査「葦原の中つ国」

このような疑問を胸に、葛城古道を歩いてみた。風の森のバス停からほど近く、葛城山脈の南端の中腹に、**アジスキタカヒコネ**を主宰神とする高鴨神社があった。鳥居をくぐった時の清新な印象は忘れられない。なにしろ山の上なのに、満々と水をたたえた池がある。この池を囲むようにして、新しく補修された朱色の神社が鎮座している。神秘的で美しく、まさに竜神の住処にふさわしい。

さらに高天彦神社をめざす。参道と思われる道をひたすら登る。坂は急で、はてしなく上へ上へと続き、その傍らに水路が走り、山の上の方からどうどうと音を立てて水が流れ落ちてくる。こんなに高いのに、この水はどこから湧いてくるのか。と思いつつひたすら登るが、突然通行止めになってしまった。途方に暮れ、葛城山をさまようはめとなった。

途中、奈良盆地を見晴るかす景色に出会った。眼下に大和三山がかわいらしく連なっている。彼方にこの盆地を囲む山並みも見える。吉野にもつながっているだろう。雲が美しい。なんとか高天彦神社に着くと、ここにはなんと水車があった。日が暮れる前に一言主神社と長柄神社に参拝することができた。長柄神社の祭神は**下照姫**だった。

下照姫はここにいた。つまり、アメワカヒコが派遣された「葦原の中つ国」とはここだ、という思いがわいてくる。「葦原を抜けて海から入り、山をこえる。そこが大和、葦原の中つ国」という地名もすっきり納得できる。前述した鴨都波1号墳は、ここからごく近い。大和盆地を、そして、耳成、畝傍、天香具山を眼下に一望できる風景を目にして、確信した。「葦原の中つ国」とは、**オオクニヌシ**、**アジスキタカヒコネ**のような人々が営んだ紀氏の都だったのだ。

箸墓

その後、奈良盆地で起こったことで重要なのは、最初の完璧な巨大前方後円墳・箸墓の出現であり、これが大和朝廷成立のシンボルといえる。その成立年代は200年代半ばから300年代前半とほぼ特定されている。この前方後円墳は、各豪族の技術を持ち寄り、祭祀形態は吉備によっているとされる。ということはこの時点で、出雲に敵対していた吉備がいつのまにかリーダーとなって大和朝廷に君臨していることになる。

話を**オオクニヌシ**や**アジスキタカヒコネ**の時点に戻すと、出雲は紀伊半島と手を組むことで力をつけ、瀬戸内海の東端にあたる難波の奥に位置する葛城に本拠を置き、東海とも連携を取りだした。この時点で、吉備・瀬戸内海グループは、相当あせったに違いない。難波を取られるというのは、瀬戸内海の優位性を維持する上で、どう考えてもまずい。瀬戸内海がただの池になってしまう。瀬戸内海を本拠とする吉備が徹底的に出雲、日本海を敵視したのはこれがあったからだ。「高天原」という謎の存在が東海グループを懐柔し、葛城に対しスパイ活動を試みたことは、前述のアメワカヒコの話で推測できる。この正体も吉備・瀬戸内海グループに違いない。

しかし、どういう経緯かはわからないが、箸墓出現時点で吉備・物部氏は大和・奈良盆地に進出し、この地の盟主となっている。葛城の地にはいつの間にか物部氏の祖、饒速日命が「天の磐船に乗って」降り立ち、日本書紀では**登美彦**、古事記では**ナガスネヒコ**、という葛城・紀氏の神と姻戚関係を結んでいるし、奈良盆地東部には、物部氏の神社の大元締めともいうべき石上神宮が鎮座する。難波における物部氏の拠点は八尾市近辺に存在し、交野に物部系の磐船神社がある。

トヨの翡翠

ではなぜ、物部氏が敵地、紀氏の牙城葛城に乗り込み、紀氏もこれを許容したのか。いちばんありそうなことは、共通の敵の存在だろう。ここで思い出されるのが、247年「親魏倭王」であるヒミコが死に、ついで266年倭の女王「**トヨ**」が西晋に翡翠を含む朝貢をしたという『晋書』の記述である。翡翠は新潟県糸魚川産で、日本海と関係を持つ者でなければ入手困難な品だ。ヒミコが手にできなかった翡翠を、**トヨ**は持っていた。この意味は明らかだ。ヒミコは日本海勢力出身の**トヨ**に倒されたのだが、倒した側は宗主国魏の手前、これを表ざたにできなかったのだ。また、この**トヨ**が少なくとも二十年間近く倭の女王を名のり朝貢を行うことができたのは、吉備を含む大和勢力の容認があったからで、これらの出来事の背後には、日本海と瀬戸内海の同盟があったはずだ。

神功皇后

では、この**トヨ**について『記紀』がなんらかの形で記述を残していないだろうか。『日本書紀』**神功皇后**の条に、ヒミコ関連で見過ごしにできない記事がある。摂政前記、敦賀から出発して夫の仲哀天皇と合流した**神功皇后**は、夫の突然死後、山門県《やまとのあがた》の「土蜘蛛《つちぐも》田油津媛《たぶらつひめ》」を誅している。この山門県とは福岡県山門郡で、邪馬台国の有力比定地である。**神功皇后**はその後、新羅に遠征し名高い「三韓征伐」に出発する。「田油津媛征伐」などほんのもののついでのように書かれているが、この田油津媛征伐こそ、「倭国王・ヒミコ征伐」であり、ヒミコの宗女**トヨ**とは、**神功皇后**のことではないかと関裕二氏は推測する。同意する。

以下、推測すると、吉備・物部氏は、地勢学的に見て北九州と難波では難波が有位にあると悟り、北九州との同盟に熱心でなくなった。このような風向きを察知したヒミコは危機感を持ち、おそらく単独で「倭女王」を名のり、魏に認めさせたというのが関氏の説だが、ありそうなことだ。ヒミコは早くから大陸との交通を独占することで権勢を保ってきた北九州の総帥として、中国大陸の大国・魏を後ろだてとし、だれも自分に手出しができないようにさせたかったのだろう。しかし、逆に吉備・瀬戸内海の物部氏は、奈良盆地に進出し、大和の盟主としてヒミコ討伐軍を送ったのだ。その際、ヒミコの代役が可能な女性シャーマンとして起用されたのが日本海代表の**神功皇后**と呼ばれることになる少女だった。もちろん物部氏としては彼女の夫である吉備代表の仲哀天皇にこの討伐軍の実権があると思っていたはずだ。

仲哀天皇の急死

ところが、ここで吉備にとって、大きな誤算が起こった。討伐軍の顔である**神功皇后**が、夫を、吉備・物部氏代表の仲哀天皇から紀氏代表の**タケシウチノスクネ**に取り換えてしまった、あるいは**タケシウチノスクネ**が仲哀天皇を殺害して**神功皇后**の夫に成り代わったのだ。この一件は『記紀』ともに記されている。

仲哀天皇はこの豊浦で「新羅を先に討て」という「託宣」を無視して「突然死」したとされる。思うに、この託宣の真意は「新羅と連携して北九州を討て」だったのではないか。出雲、紀伊半島と新羅が古くから結びついていたのは、**スサノオ**の話にもある。しかし、これは吉備にしてみればとんでもないことだ。そもそも、国家から派遣された軍が、戦地に到着するや司令官を勝手に変更するというのは反逆行為だ。それに、吉備が長年付き合ってきた大陸側の勢力は、おそらく紀・日本海とつながる新羅と敵対していた。ここで新羅と出雲・葛城の関係が強化されれば、大和における吉備の盟主たる立場が危うい。仲哀天皇の抵抗は当然と言えるが、**神功皇后**と**タケシウチノスクネ**は彼を消して突っ走り、ヒミコを葬り、新羅の容認のもとに北九州を掌握した。

吉備を盟主とする大和政権はしばらく、この状態を甘受していた。歴史上の事実に重ねると、**タケシウチノスクネ**は247年に**神功皇后**と組んでヒミコを滅ぼし、**神功皇后**は「ヒミコの宗女・**トヨ**」を名のって266年に西晋に貢献した。このころまで、おそらく**トヨ**は大和からすると北九州総督で、魏に対しては少なくとも265年の魏の滅亡まで「倭王」として君臨していたはずだ。

「倭」と朝鮮半島に関する他国資料

『三国史記』巻四十五、列伝に「于老」の記述がある。于老は伝説的な第十代新羅王の子である。彼は倭王の使い葛那古（「まなこ」と読むなら後述の「真根子」と重なる）に向かって、「お前たちの王を塩汲みに、后を娼とする」というようなことを言って怒らせ、倭王の遣わした将軍によって火あぶりにされた。その後于老の妻が、新羅を訪れた倭国の使者を火あぶりにして復讐し、これに対し倭国王が金城を攻めたが勝利を収めず帰ったという。

この記述は、**神功皇后**摂政紀の「一に曰く」と共通点がある。こちらでは、新羅の王の膝の筋を抜いて岩の上に腹這わせ、殺して海岸に埋めた。その後、一人を残して新羅の「宰《みこともち》」として駐留させていたところ、この新羅王の妻がこの宰を殺し、夫の墓の下に埋め「尊卑のけじめをつけた」と語った。これに怒った倭国王が軍隊を新羅に送り、新羅はこの妻を殺して謝罪したという。結末は少し違うが、「倭」と「新羅」が時に武力衝突をしながらせめぎあい、一方で親しい交通もあったということがわかる。

年代は『三国史記』によると247~284年で、まさにヒミコのあとをついだ**トヨ**の時代であり、箸墓完成時点の最も早い推定がひっかかるかどうかというところだが、この「倭国王」がだれか特定できない。『日本書紀』の**神功皇后**摂政紀、**応神**紀では、なぜか干支二回り分、つまり百二十年分時間がずれていて、この部分に集中的に**葛城襲津彦**《かつらぎのそつひこ》や**斯摩宿祢**《しまのすくね》、**千熊長彦**《ちくまながひこ》など、紀氏と思われる人々の朝鮮半島との外交の記事が書き込まれている。

『日本書紀』**神功皇后**摂政紀では、**葛城襲津彦**が新羅を討ったのは３８２年のこととしている。高句麗の好太王碑文によると、「倭が攻めてきて新羅を臣民にした」というのは３９１年のことである。これが大和朝廷の成立の引き金になった出来事なのか、成立直後の出来事なのかはわからない。**襲津彦**は天皇妃である妹に自分の不始末のとりなしを頼んでいるので、大和政権はすでに存在しているが、その関係は非常に微妙である。このあたり時系列が曖昧なので、この天皇がだれかも特定できない。

なぜこのような記述になるか。新羅との交渉の主導権はだれが握っていたのか。どうも北九州の**タケシウチノスクネ**と**神功皇后**のグループは吉備・大和の意向を無視し、新羅と深く関わる独自外交を展開していたのではないか。しかし**神功皇后**と**タケシウチノスクネ**の栄光は終わりを迎えた。魏が滅びたのだ。これで、近畿の大和に君臨する吉備・物部は遠慮することなく、目障りな者をつぶすことができる。

タケシウチノスクネの末路

『日本書紀』**応神天皇**九年の記述に、**タケシウチノスクネ**を筑紫に派遣して、現地調査にあたらせた、とある。この時、**タケシウチノスクネ**の弟、**甘美内宿祢**《うましうちのすくね》が「**タケシウチノスクネ**は常に天下をねらっており、筑紫と三韓とを合わせて新しい国を造ろうとしている」と告げ口した。これを聞いた**応神天皇**は**タケシウチノスクネ**を殺させようとした。**タケシウチノスクネ**は「私に二心はないのに」と嘆いた。この時、タケシウチノスクネによく似た「壱岐直祖・**真根子**」という者が身代わりを申し出て死んだ。**タケシウチノスクネ**は筑紫から逃げ、船で南海から回って紀水門に泊まり、天皇の前で自分と**甘美内宿祢**、どちらが正しいかを争った。熱湯に手を入れて無事ならうそをついていないという「探《くが》湯《たち》」の結果、**タケシウチノスクネ**が勝利したが、**甘美内宿祢**は死を許されて紀直らの祖となった。

この出来事は**応神天皇**の時代のこと、と『日本書紀』はいうが、まさに実在の**タケシウチノスクネ**の身に起こったことを記述したのではないか。つまり、筑紫で勢威をふるっていた**タケシウチノスクネ**が大和から派遣された紀氏同族に追われ、一方では別の同族に助けられ、命からがら生きながらえた、ということだったのではないかと思われる。

大和朝廷成立に関する私見

以下は私見の要点と、その内容に対応すると思われる『記紀』の記事を述べる。

○北九州のヒミコと手をわかつことを決断した吉備・物部氏は、紀氏本拠であった奈良盆地西側の葛城山の反対側に、香具山を中心に据えた拠点をかまえ、この地の地権者と精力的に姻戚関係を結び、基盤を固めた。「磯城の県主」と結んだことしか書かれていない「闕史八代」時代である。実際には美濃や敦賀、葛城など、各地から妃を得ようとしていたことは景行天皇の事蹟などにうかがわれる。

○次いで、吉備から仲哀天皇を、日本海から**神功皇后**を派遣して北九州のヒミコを掃討させた。ところが**神功皇后**は仲哀天皇を排除し、紀氏の**タケシウチノスクネ**と組んでヒミコを滅した。これが**神功皇后**の「三韓征伐」の記事となる。

○九州に盤踞《ばんきょ》する**タケシウチノスクネ**と**神功皇后**の勢力が独自外交を行い、吉備・物部氏の大和政権一極支配が困難になってくる。この様子が**神功皇后**紀・**応神**紀で**タケシウチノスクネ**やその子、**葛城襲津彦**などの朝鮮半島との交渉として記されている。

○**タケシウチノスクネ**と**神功皇后**は吉備勢力下にある大和朝廷に襲われた。実働部隊は紀氏と近い関係にある人々で、その面影は**甘美内宿祢**、**ヤマトタケル**、**タケミカヅチ**などにある。彼のお目付け役に物部氏の人物が同行したが、これがフツヌシなどに表現されている。彼らは**タケシウチノスクネ**と**神功皇后**を掃討し、日本海、関東など各地の紀・出雲勢力の拠点を攻撃し、追放し、押し込めた。これがいわゆる「出雲の国譲り」「東国征伐」である。

○**タケシウチノスクネ**と**神功皇后**は北九州を追われて南九州に逃れ、その子孫が日向に逼塞した。この状況を『日本書紀』では神武天皇紀「海幸山幸」で語っている。実際はほぼ三世代の出来事だ。この時点で紀氏は日向に逃れた**タケシウチノスクネ**たちを支える日向派と、大和物部氏と組んで日向派掃討にあたった大和派に分断された。以後、前者を「外の紀」後者を「内の紀」と呼ぶ。「外の紀」の主体が東海、熊野、「内の紀」の主体が難波、葛城にあり、紀伊半島の外と内に思われるからである。

○北九州の大伴氏は「外の紀」とともに**タケシウチノスクネ**の遺児たちを支えた。大伴氏のルーツは豊玉姫・玉依姫などと言われる「竜宮城」の姫の親だろう。**タケシウチノスクネ**の子孫は完全に掃討されたわけではなく、九州から熊野を結ぶ太平洋ネットワークは健在だったと思われる。

○大和の吉備政権はついに紀・出雲との連立を受け入れ、**タケシウチノスクネ**と**神功皇后**の子孫を祭祀王として三輪山に迎えることとした。これが神武天皇の「東征」であり、「**応神天皇**の帰還」である(「ホムチワケノミコ」の話も関連するかもしれない)。その手打ちのモニュメントとして「箸墓」と言われる前方後円墳を完成した。この設計図づくりには諸部族が参加し、当時の盟約の様子が可視化される。

○**タケシウチノスクネ**と**神功皇后**の子孫に密着して支え、大和朝廷の新体制下では物部流祭祀に合流できないとみなされた集団は、「天照大神」として大和盆地を追われ、最終的に伊勢に封じられた。この集団の主体は「外の紀」と大伴氏であろう。これは崇神天皇、垂仁天皇の事績で語られている。

これが、「箸墓」完成に象徴される古墳時代、つまり大和朝廷の始まりとなる。箸墓の成立年代からいえば、２００年代後半から３００年代の話になる。

『記紀』の記述の不自然さ

仮に実際の歴史が私の想像どおりであったなら、『記紀』は、なぜこのような史実をごまかすような記述をしたのか、という疑問がわく。考えられるのは、**タケシウチノスクネ**と**神功皇后**が天皇家の祖であるという事実を隠すためである。そのため、大和朝廷に迎えられた人物を神武天皇と**応神天皇**に分け、神武天皇は悠久の太古、虚空から天下った神の子にし、それまで、あるいはそれからの歴史を細切れにして神話時代に封じ込めた。一方、**応神天皇**は**タケシウチノスクネ**と**神功皇后**の子であることを明らかにされているが、両親、関係者ともに、いつの時代の人物であるかわからない伝説的な存在にされ、果てしない時間を生きさせられてしまうことになった。

だが、本当にこの事実を葬ろうとするなら、何も書かないのがいちばん確かだ。天皇家の祖は神武天皇という線で押し通すなら、**応神天皇**については記述しなければよいのだ。それなのに、『日本書紀』は実に巧妙にヒントを埋め込んである。

『日本書紀』にひそむヒント

例えば、神功皇后紀の「土蜘蛛田油津媛《たぶらつ》」征伐後、三韓征伐の際の記述はこうなっている。彼女は妊娠しており、出産の時「石を挟んで」産み月を遅らせたと。これは現代人でなくても妙だと思われたことだろう。むしろ、あまりにも詳しい日付は「皇子は**タケシウチノスクネ**の子です」と暗に言明しているようなものだ。このことは、重大な意味を持ってくる。というのは、ほぼ通説となっているとおり神武天皇と**応神天皇**が同一人物であるとすれば、その父である**タケシウチノスクネ**こそが天皇家の祖、ということになるからだ。

タケシウチノスクネについて、もう一つ、『日本書紀』編集者（実務者筆頭は**紀清人**）苦心の手際を紹介しておく。『日本書紀』による、**タケシウチノスクネ**の生きた時間についての記述は以下のとおりである。彼は第十二代・景行天皇の子で、**ヤマトタケル**の兄弟である。さらに同じ景行天皇の子で第十三代・成務天皇は**タケシウチノスクネ**と同日生まれ。**ヤマトタケル**の子が仲哀天皇で、その皇后が**神功皇后**で、その子が**応神天皇**、**応神天皇**の子と**タケシウチノスクネ**の子が同じ日に生まれ、名前を交換している。これが仁徳天皇と**木菟宿祢**《つくのすくね》である。不可解な記述だが、あえて世代に注目するとこのようにまとめられる。一、**タケシウチノスクネ**、**神功皇后**、仲哀天皇、**ヤマトタケル**、成務天皇の五人が同世代で、二、**タケシウチノスクネ**の子と仁徳天皇の二人が同世代である。

タケシウチノスクネと、**神功皇后**と、仲哀天皇の三人が同世代であることは納得できるとして、仲哀天皇の親で、大和への帰還を果たせずになくなった**ヤマトタケル**が**タケシウチノスクネ**と同世代、ということはありうるのだろうか。このような記述によって、**タケシウチノスクネ**の実在そのものが疑わしく感じられてくるわけである。

しかし、成務天皇紀にあるように、**タケシウチノスクネ**と成務天皇が同日生まれということは、ヤマトタケルを含め三者ともに景行天皇の子ということで、同世代になる。成務天皇紀には奇怪なことに、このことしか書いていない。そうなると、仁徳天皇という実質的に大和朝廷を始動させた人物の一世代前に、**タケシウチノスクネ**、**神功皇后**、仲哀天皇、**ヤマトタケル**が生きていたということになる。このようにして、**タケシウチノスクネ**と**神功皇后**の生きた時代がたどれるようになっている。

『古事記』が書き残した紀氏の全体像

『日本書紀』が書けなかったことを『古事記』がさりげなく補完しているのではないか、と思われるところもある。『古事記』にあって『日本書紀』にない情報、それは**タケシウチノスクネ**の系譜である。孝元天皇（『日本書紀』では景行天皇）が**木国造**の祖である**宇豆比古**の妹、**山下影姫**を娶り、生まれたのが**タケシウチノスクネ**だといい、彼の九人の子についても記している。天皇以外の人物としては異例のことだ。その九人の息子とは、**波多《はた》の八代宿祢**、**許勢《こせ》の小柄の宿祢**、**蘇我の石川の宿祢**、**平群《へぐり》の木菟《つく》の宿祢**、**木の角の宿祢**、**久米の摩伊刀比売**、**怒能伊呂《ののいろ》比売**、そして、**葛城の長柄の襲津彦**、**若子の宿祢**である。それぞれ、主だった氏族の祖となっており、ここに記された氏族の数は全部でなんと二十六にもなる。この系譜を見る限り、**タケシウチノスクネ**は諸豪族の祖の祖といえる人物である。

『記紀』は彼らを別々の氏族として登場させているが、**タケシウチノスクネ**の系譜全体を紀氏と考えると、その存在感は非常に大きくなる。そして彼らはなぜか天皇と妃を争ったり、天皇家以上の家を造って誅されたり、天皇家に対して公然と呪ったりしており、臣下という枠に収まらない振る舞いをしている。これは暗に、彼らが天皇家の一員であったことの証明になっている。

第二章　「倭の五王」時代　「内の紀」の全盛から「外の紀」の勃興へ

物証

３００年代から４００年代にかけて、奈良盆地北側の佐紀丘陵、西側の葛城山脈内側に、箸墓のある東側と較べても見劣りしない程度の古墳群が構築され、やや遅れて、葛城山脈を越えて河内に最大の規模を誇る伝・**応神天皇**陵、仁徳天皇陵が出現する。年代としてはこのあたりがいわゆる「倭の五王」時代にあたる。その後「倭王・武」とされる雄略天皇陵は奈良盆地の東南、長谷に回帰する。

他国資料

３６１年、朝鮮半島側の資料『高句麗の好太王の碑文』より。「倭」が渡海して押し寄せ、百済・新羅を「臣民に」したが、紆余曲折の末、４０４年には高句麗が倭を撃退した。

『宋史』「倭の五王」の記述より。

４３８年、倭王「讃」の弟「珍」が宋国に「讃」の死を伝えた。また自分を「使持節・都督倭・百済・新羅・任那・秦・韓・幕韓・六国諸軍事安東大将軍・倭国王」と認めよと願い出たが、認められたのは「安東将軍・倭国王」の肩書だけだった。このとき「珍」と肩を並べて「隋」という者が「平西将軍」に認められている。「珍」と「隋」の関係はわからない。

440年、444年と倭は新羅に侵攻する。また、443年には「済」という王が「安東将軍・倭国王」となっている。462年には「済の世子」を名のる「興」が遣使している。この倭国王たちの関係は憶測するしかない。日本側の記録はこの系図に一致しない。

477年、倭国が久しぶりに宋に遣使。

直後の478年、「倭国王・武」を名のる王が遣使。「興は死んだので弟である自分が即位した」といい、「安東大将軍」「倭王」の肩書を願い出、上表文を提出して対高句麗戦を宣言している。

こうして他国、宋の目で見てみると、大和朝廷成立から「倭王・武」とされる雄略天皇の時代までの二百年で、「倭」は大陸に朝貢するだけの存在から、武力侵攻し、地位を要求するまでの存在になっていったことがうかがわれる。国力は充実し、国際舞台でも認められていた。年代的にはまるまる五世紀、400年代、古墳時代前半から飛鳥時代直前までということになる。

この「倭の五王」について、『記紀』は完璧に無視を決め込んでいる。これはおかしなことだ。宋への朝貢は国家的プロジェクトなのに、このことに全く言及せず、王の系譜まで変えて記述している。

応神天皇から安康天皇までについての『記紀』の記述

「倭の五王」が、だれから始まるか。この問題は、言い換えれば、今まで「応神天皇陵」「仁徳天皇陵」とされてきた二大巨大古墳の主はだれなのか、ということである。仁徳天皇は「聖帝」と称され、その治世の最大の功績は難波の港の整備、それに伴う河川の改修、農地の増加である。『日本書紀』には、仁徳天皇が自らの宮が粗末でも構わなかった、粗衣粗食に甘んじた、民のかまどの煙があがることを自らの富と語ったとあり、堤の完成のために人身御供が立てられたという挿話も語られている。難波に最初に都を造ったのもこの仁徳天皇で、この際、人々は喜んで参集したという。

この時代は、前代と断絶した「河内王朝」が存在するのではないかと一説に言われるような画期的な時代である。「倭の五王」の活躍も本格的な古墳時代も、ここから始まっているとされる。『古事記』の「下つ巻」つまり「現代史」も仁徳天皇から始まっている。しかし、関氏も指摘するように「河内王朝」の繁栄は奈良盆地内の安定が確立して始めて可能なので、これが征服王朝であるという説には同意しない。この時代、難波の入り江から奈良盆地への通路に、百舌鳥《もず》古墳群（仁徳天皇陵とされる大山古墳を含む）と古市古墳群が並び、さらに和珥氏の地盤に添う形で佐紀盾波古墳群が微妙な序列をもって共存していたことは確かなことだ。この時代の直前、初期の古墳が奈良盆地東側の石上神社を中心として造られていったのに、この時代以降造られなくなっていったのは、物部氏の地盤も河内に移動したからだと考える。この時代こそが大和朝廷繁栄の時代なのだ。

実際はどうだったのかと『記紀』にあたると、みごとに迷宮にはまってしまう。だいたい、**応神天皇**の実像がどうだったのか、本当に仁徳天皇と親子なのか、という根本的な疑問があるうえ、仁徳天皇と皇位を争った**応神天皇**長男の大山守皇子や、皇位を譲り合った異母弟・ウジノワキイラツコの挿話も不審だ。「聖帝」仁徳天皇の正妃であった**葛城襲津彦**の娘**磐之媛**と八田若郎女の対立などは、紀氏と物部氏の対立ではないかとも思ったが、憶測の域を出ない。さらに、仁徳天皇以降の天皇たちの存在感が薄すぎる。『記紀』を読んでいると、天皇たちはもっぱら、だれを后にするかということばかりに精力を傾けていたようだが、それだけだったはずはない。

枯野

ただ、これだけは確かだ。「古墳時代」と言われた四世紀から六世紀まで、特に雄略天皇の出現まで、紀氏、特に「内の紀」は全盛期を迎えていた。なぜそんな断言をするかと言えば、この時代の繁栄の中心が難波だったからだ。地盤の弱かった紀の川流域の開発から始まって、営々と大和に通じる港を作ってきた紀氏にとって、難波の整備は悲願だったはずだ。やっとこれに手をつけ、完成させた。あの大山古墳を始めとする巨大古墳群は、海を渡り難波から入ってくる船上で見てこそ、その威容が輝いていたはずだ。紀氏以上にこの状況を望んだ人々はいない。

この時期の紀氏の勢威を、象徴的に表現していると思われるのは、「枯野」という船の話である。『日本書紀』では**応神天皇**の条に、『古事記』では仁徳天皇の条にある。

『日本書紀』の記述。伊豆国から貢がれた「枯野」という船が老朽化したので、焼いたところ塩が五百籠採れた。これを原資にして船を新造させ、武庫の浦に集めた。ところがここに停泊していた新羅の船から失火して、多くの新造船が焼失した。新羅の王は驚き、おわびに多くの技術者をよこした。なお、この「枯野」を焼いたときどうしても燃え残る部材があったので、天皇は不思議に思ってこれを琴に作った。その音は遠くまで響いたという。この「枯野」の琴を歌った天皇の歌。

枯野を　塩に焼き　其が余　琴に作り　掻き弾くや　由良の門の　門中の海石に
触れ立つ　なづの木の　さやさや

『古事記』の記述。免寸川（読み、場所、ともに不明）の西に大樹があった。その樹の影は、朝日に当たれば淡路島、夕日に当たれば高安山をこえた。この樹で船を造ったところ、たいそう早い船であった。「枯野」となづけ、朝夕、淡路島の清水を汲んで宮中に奉った。この船が古くなったので焼いて塩を採り、焼け残った木で琴を作った。その音は七里に響いた。（歌は同じ）

どちらの話も、その中心に由良の門、紀淡海峡があったというのは見過ごしにできないが、この船の由来が違う。『日本書紀』の方は、舟の材となった木の話はないかわりに話の範囲が広く、関わる人物も新羅王まで入っていて、具体的である。当時の倭が、国内的には太平洋岸の伊豆を傘下にし、多くの船を新造させて活動し、新羅の技術者を対等の立場で迎えている様子がわかる。その倭の中心にいる紀氏の勢いを感じさせる。

しかも『日本書紀』は別のところで、これとよく似た大樹の話を記している。景行天皇十八年、七月、場所は筑紫の国、御木、高田（大牟田？）。九百七十丈、というから、三千メートル？　そんなわけはないが、ともかく巨大な倒木があり、百寮の役人がその木を踏んで往来したという。この木はクヌギで、倒れる前は朝日が杵島山を隠し、夕日が阿曽山を隠した、というから有明海を覆い隠すスケールの大樹である。この話にも歌がある。

朝霜の　御木のさ小橋　群臣　い渡らすも　御木のさ小橋

この情景は、大和から追われ雌伏時代だったはずの紀氏の、北九州での活動状況を表現しているのではないか。海を結ぶ木。その木が舟となる。各地をつなぐ。その範囲が、木の影の大きさとして書かれている。かつて、**スサノオ**が海を越え、木の種を熊野にもたらした。これと同じような活動をしている様子がさりげなく描かれていると思うのは、深読みが過ぎるだろうか。

『古事記』が『日本書紀』よりも後発なのではないかと、この記事からもうかがわれる。『古事記』は『日本書紀』の二つの挿話をひとつにし、より鮮明で美しい、切ない話に仕上げているようだ。枯野の話は、特に『古事記』の記事は、紀氏の栄光への挽歌ではないか。『日本書紀』は、紀氏の往時の活動範囲をこの木の話で示唆し、『古事記』は海を覆う大樹、大樹で造った船、船で作った琴、という形で、紀氏の盛衰を象徴的に語ったのではないかと思えてならない。

雄略天皇についての『記紀』の記述

この紀氏の天下を終わらせたのが雄略天皇だったのではないかと思う。第二十一代雄略天皇は、いろいろな意味で特別な天皇である。まず、「倭の五王」の最後の王「武」として、その実在がある程度証明されている。「ワカタケル大王」という名が、埼玉県稲荷山古墳の鉄剣の銘に刻まれている。『記紀』の記述においても、特別な比重を与えられている。『日本書紀』において、雄略天皇は個人的に最も多くの挿話を伝えられている。事績も多岐にわたり、大陸関係の出来事も具体的で、関係者も多い。『古事記』においてはもっと踏み込んでいる。はっきり言えば、『古事記』は雄略天皇以後の天皇をほとんど無視している。序に「第四十代・**天武天皇**に編纂が命じられ、第四十三代・元明天皇の時代に成立した」と記し、**天武天皇**の事績を歌い上げているにもかかわらず、推古天皇から**天武天皇**に至る歴史は全く触れられていない。神話時代のことをあれだけ生き生きと記述してきた『古事記』が、ほとんど同時代のことについて沈黙している。これはどういうことか。『古事記』編者は、記述に値する天皇は雄略天皇で終わりであり、彼以降の天皇についてはっきり言えるのは系譜だけ、推古天皇以降の歴史は系譜すら責任が持てない、という意味にとれる。

ここで改めて『古事記』が『日本書紀』より後に書かれたと考える理由を書いておく。単純だが『日本書紀』の文体が、漢文直訳風の固い、形式的な感じがするのに対し、『古事記』の文体はより日本語としてこなれたものになっているからだ。『日本書紀』には大陸の中国語で書かれた史書風の書き方が散見されるのに対し、『古事記』はより日本語として自由度が高く、表現力も豊かである。これを、古き良き大和が残っているからだと考えるか、ようやくここまで中国語から脱して日本語として成熟してきたのだと考えるか、解釈は分かれるだろうが、私は後者だと思う。

となると、『古事記』の執筆動機に当然『日本書紀』批判、つまり『日本書紀』だけを歴史にしてはいけないという思いがあったのではないか、という可能性がでてくる。しかしいつの時代も、当局の意に沿わない情報を残すのは難しい。関裕二氏も指摘しているが、『古事記』は語らないことで語るという、苦渋の選択をしたのではないかと思われる。その語らなかったこととは、雄略天皇以後の歴史である。

『万葉集』における雄略天皇

雄略天皇を特別扱いしているのは、『万葉集』においてもである。周知のとおり『万葉集』巻頭を飾るのは雄略天皇の次の歌だ。

籠もよ　御籠もち　ふくしもよ　みぶくしもち　この岡に　菜摘ます児
家聞かな　名告らさね
そらみつ　大和の国は　おしなべて　我こそ居れ　しきなべて　我こそいませ

我こそば　告らめ　家をも名をも
（籠もね　きれいな籠をもって　スコップもね　いいのをもって　この岡で　若菜を摘むお嬢さん　家を聞きたいな　お名のりよ　この広い　大和の国は　すべて　私のもの　すみからすみまでの　王として　私がいるのさ　私こそ　名のろう　家をも　名をも）

この歌の主題は「自分が王だ」というあっけらかんとした主張なのだが、この無邪気さこそが彼の強烈な自信を物語っており、肉声を聞く思いがする。ただ、「王の中の王」の歌としてこの歌を見ると、違和感がある。自分が王であることを、あまりにも手放しに喜びすぎている。王であることが彼にとって、まだ新鮮なのではないか。しかし『万葉集』は、この歌を巻頭に据えることでまさにこの方こそ王の中の王、と認めている。

『日本書紀』における雄略天皇

雄略天皇の敵

雄略天皇は、ともかく敵が多いという印象が強い。あげていくと、まわりじゅう敵だらけの感がある。一つめは、身内のはずの天皇家である。彼はこのほとんどを自ら葬って即位した。きっかけは兄帝、安康天皇が皇后と前夫の子、眉輪王に殺されたことだが、この際、兄皇子二人、いとこで皇太子だった市辺押磐皇子とその同母弟・御馬皇子を殺害している。ほとんどクーデターと言ってよい。御馬皇子はこのとき、雄略天皇を呪っている。

二つめの敵は彼を推戴するはずの有力氏族である。ここには「妃の実家」も含まれる。雄略天皇は葛城氏の総帥・**円大臣**《つぶらのおおおみ》を滅ぼし、彼の娘を得て后にし、葛城の領地も手に入れている。皇后・草香幡《くさかのはた》梭姫《びひめ》皇女を得る際も、この縁談に快く同意したはずの兄・大草香皇子を殺している。三番目の妃は、吉備稚媛だが、吉備上道臣田狭《たさ》の妻だったのを、田狭を朝鮮半島・任那国司として追いやり、そのすきに手に入れた。つまり雄略天皇は、自らの妃たちの実家である葛城、日向、物部という有力豪族すべてに恨みを持たれるようなことをしている。言葉を換えて言えば、これらの妃をすべて強奪せざるを得なかったのだ。

三つめの敵は「神」である。有名な挿話だが、葛城山に狩りをして自分にそっくりな一行に出会う。雄略天皇は「この地で私と同じ格式で振舞うのはだれだ、名のれ」と言い、先方は「そちらから名のれ」と言い返してきた。この相手は「**葛城の一言主神**」と名のり、この日はそれから仲良く狩りをした。この神は帰りに盆地の中央(『古事記』では長谷近辺)まで雄略天皇を送ってきた。しかし、『続日本書紀』では、このとき実は、雄略天皇は賀茂氏の奉ずる**一言主神**を土佐に追いやっていた、とする。賀茂氏自身もこれを認めている。さらに、「三諸岡の神の姿を見たい、行って取ってこい」と命じ、大蛇を捕獲させたが、その勢威に恐れて解放した。大蛇を神の化身とするのは出雲・葛城である。

どちらも奈良盆地において絶大な崇敬を受けていたはずの神々である。さらに物部氏とおぼしき存在に対しても、限りなく挑発的にふるまっている。こうしてみると雄略天皇の敵は、それまで権力と権威を握ってきた大和の、「内の紀」すべてといってよい。

雄略天皇の地盤

ここでちょっと目を離して、地理的な面から雄略天皇を考えると、これらの敵に対抗するためか、雄略天皇は、歴代の天皇の根拠地から逆の方面、奈良盆地の東南、長谷に宮を築いている。「大初瀬幼武天皇」という名もこれに由来する。吉備系と思われる崇神天皇や垂仁天皇が都を築いた纏向、三輪に近い。応神天皇以来、都は奈良盆地より西、海よりの難波に多くなっていたが、雄略天皇はこれを奈良盆地の東南に戻し、纏向の裏のさらに東南のはずれ「こもりくの初瀬」に都をおいた。この地は平地も少ないし、長谷川も、紀の川や木津川に比べればアクセスが悪い。何よりも難波に遠い。初瀬には立てこもり、いざとなれば山沿いに伊勢に抜けるという利点しかない。雄略天皇が「秋津洲・大和」とたたえたのは吉野の近くである。ここも、川沿いの美しいところではあるけれど、広くはない。

要するに、地理的に見ても、雄略天皇は奈良盆地中心部の勢力、特に葛城から難波にかけての勢力つまり「内の紀」と対立しているように思えるのだ。では、雄略天皇の力の源泉は、どこにあったのか。

雄略天皇を支えた人々

『日本書紀』は、雄略天皇が頼りにしていたのがどういう人々なのか、それぞれの場面で固有名詞を記録している。その人々を拾っていくと共通点が見えてくる。

大陸出身者

『日本書紀』では、「雄略天皇がかわいがっているのは、史部《ふみひと》の身狭村主青《むさのすぐりあお》と、檜隈民使博徳《ひのくまのたみのつかひはかとこ》だけだ」と言っている。この二人は、大陸との交渉などに活躍しているが、いずれも朝鮮系漢人の帰化人とされる。雄略天皇が「倭王武」であったとするなら、彼は「倭の五王」の中で唯一、長文の上表文を残した王であり、そのために彼らのような人材を登用したのかもしれない。だが、彼らの重用は個人レベルのものにとどまっている。

大伴氏

雄略天皇が亡くなったとき、尋常でない悲しみ方をしたのは、「隼人」で、彼らは昼夜、陵に泣き叫びものも食べず、七日後に死んでしまったという。「隼人」と大伴氏・久米氏は、恐らく同じ人々であろう。大伴氏・久米氏は神武天皇・**応神天皇**に伴って大和入りする際、実際に大和内の現地抵抗勢力と武力で対決した氏族である。彼らの特徴は、天皇の最も身近な護衛者をもって任じていたことだ。おそらく九州時代の天皇家の妃の実家であろう。雄略天皇が皇后としたのは、九州・日向髪長媛《ひむかのかみながひめ》の系統である草香幡梭媛皇女だった。大伴氏は雄略天皇の登場とともに明らかに存在感を増し、瀬戸内海と祭祀権の物部氏、船と鉄の紀氏の二大勢力に割って入った。あるいは、このころとみに重要度を増していた騎馬関連の技術面で優れていたのかもしれない。

吉士

雄略天皇の配下に日高・難波・和泉・日下、と、紀伊半島南端の地名を冠する「吉士《きし》」が目に付く。実務担当として身軽に活動していたことが挿話のはしばしに見て取れる。その職掌は、紀伊半島の海関係が多いということ以外は「隼人」とかなり似ている。吉士については、よくわからないことが多い。朝鮮半島関係の使者、接待者として登場することが多く、戦闘を含めて大陸関係の外交をほぼ独占的に担っている。帰化人、あるいは百済の官職名ではないかとも言われるが、神功皇后摂政元年、彼女が大和に向かったとき住吉で待ち構えていた勢力のひとつが「吉師《きし》の祖・五十狭茅《いさち》宿祢」だったのだから、難波に在住していた人々だ。

彼らも「きし」だから、「紀氏」のうちではないか。**タケシウチノスクネ**が追われた時、奈良盆地・葛城に残って物部氏と棲み分けた「内の紀」と、**タケシウチノスクネ**とその子孫たちを支援して紀伊半島、東海地方、九州、はては朝鮮半島ともつながって活動した「外の紀」がいた、と私は推測する。この「外の紀」は従来の「内の紀」とは活動範囲など属性が微妙に違うため、区別して「吉士」としたのではないか。紀氏に関する記述では「紀ノ川」を上流では「吉野川」と言い換えるなどしてその印象を薄め「き」の音を「紀」「吉」「木」「城」と様々に言い換えて全体像を曖昧にすることが多々あることを指摘しておきたい。

いずれにせよ、雄略天皇は、自分の政策スタッフとして、紀氏、大伴氏の系統ではあるが、本流とは少しはずれた層を積極的に登用したと思われる。それに、これが雄略天皇のすごみだが、即位した時の幕僚の顔触れは**平群真鳥**、大伴連室屋、物部連目である。つまり紀、大伴、物部で、結局、すべての有力豪族を従えている。

雄略天皇の重視した神「伊勢大神」

最後に、あれほど傍若無人だった、無神論者を思わせる雄略天皇が自ら祀った神が二つあることを付記したい。

一つは、九州・宗像神である。雄略紀・九年。凡河内直香賜《おおしこうちのあたいかたぶ》と采女を遣わして「胸方神」を祀らせたが、香賜が采女を犯したので、**難波日鷹吉士**を遣わして誅したとある。

もう一つが、伊勢の「天照大御神」である。雄略天皇は**稚足姫皇女**《わかたらしひめのひめみこ》、またの名を**栲幡姫皇女**《たくはたひめのひめみこ》に伊勢の大神の社を祀らせた。伊勢斎宮を考える上で雄略天皇の存在が大きいというのは確からしいので、少し詳しく見ていく。

栲幡姫皇女の母は**葛城円大臣**の娘・**韓媛**である。「伊勢大神の祠に侍り」とあるが、彼女を「湯《ゆ》人《ゑ》」の「廬城部連武彦《いほきべのむらじたけひこ》」が「奸《けが》しまつりて任身《はら》ましめたり」という噂がたった。武彦は父親に殴り殺され、皇女は尋問された。「私は知りません」と答えたが直後、ひそかに神鏡を手に五十鈴川のほとりに走り、鏡を埋めてくびれ死んだ。雄略天皇は闇夜の中彼女のゆくえを探したが、河上に蛇のような虹がたっているのをみつけて掘ると神鏡があり、近くに皇女の屍があった。皇女は腹を裂かれ、妊娠の有無を調べられた。腹の中からは水と石がでてきて彼女の身の証はたった。武彦の父は石上神宮に難を避けたという。

悪夢のような話だが「伊勢大神」に侍る皇女は処女でなければならない、という規範がここまで厳しいものだったこと、武彦の父が物部氏の牙城・石上神宮に逃げたことに注目している。つまり、伊勢大神が男性であること、石上神宮に伊勢大神の力が及ばないことを示している。（また、ここからこの「伊勢大神の社」のあった場所が奈良盆地内ではないかと「アマテラスの誕生」の中で筑紫申真《のぶざね》氏が指摘されている。確かに、そうでないと武彦の父が大和の石上神宮にこもる必然性がないのだ。つまりこの時点で、伊勢に神宮と呼べるような施設はなかったことになる。）

雄略天皇と伊勢「外の紀」

雄略天皇の「伊勢」との関係をうかがわせる逸話がある。天皇が初めて「楼《たかどの》」を作った際、その匠の技に見とれて伊勢の采女が腰を抜かした。匠が采女に手を出したのだと疑った天皇は彼を殺そうとした。そこで、雄略天皇をなだめるために「伊勢の歌」が歌われた。このように雄略天皇には、必ずしも伊勢に友好的ではない印象の記事もあるが、裏返せばそれだけ日常的に関係があったということで、まったく東海地方に縁のない天皇よりよほど、伊勢と強く結びついていたことになる。

伊勢とは、大和朝廷発足当時天皇家に従って大和入りした神武または応神天皇直近の集団が、新体制側・主に物部氏と「内の紀」の巻き返しによってはじき出され、「天照大神」を奉ずるという名目で封じられた地だと考える。この人々を中心に東海・熊野・紀伊・難波を結ぶ「外の紀」のネットワークが形成され、雄略天皇によって表舞台に登場したのではないか。

ともあれ、雄略天皇は「内の紀」葛城の紀氏の繁栄に転機をもたらした。『古事記』は雄略天皇が春日の袁杼比売《おとひめ》を得た時点、つまり奈良盆地の南に都を置いた雄略天皇が北上し、奈良盆地のすべてを掌握した時点で歴史記述をほぼ終了している。『古事記』編集者は「内の紀」の心情を代弁していたのかもしれない。

第三章　飛鳥時代前夜の混迷　継体天皇から欽明天皇まで

継体・安閑・宣化天皇　天皇不在の危機の影で

第二十一代雄略天皇は自分の敵をすべて倒してしまったので、没後後継者が決まらず、大和朝廷は混乱した。そこで起用されたのが越出身の第二十六代継体天皇である。継体天皇は、現在の天皇家につながる祖とされているが、きわめて謎の多い天皇である。即位事情を簡単に記すと五十七才で薨去した第二十五代武烈天皇に子どもがいなかったので、大伴金村が天皇探しに奔走し、継体天皇となる男大迹王《おほどのおおきみ》を発見した。応神天皇五世の孫、近江の彦主人王《ひこうしのおおきみ》の子で、母は垂仁天皇七世の孫の振媛という。天皇家の系統としてはかなり遠縁であり心細い。きわめて例外的な出来事であることは確かだ。『万葉集』も継体天皇には口をつぐんでいる。

継体天皇の治世での事件と言えば「任那四県割譲」がある。つまり朝鮮半島を直接経営することが難しくなり、一部（大部分？）を百済に委託した。責任者は大伴金村だ。恐らくこれに対し、筑紫君磐井が叛旗を翻したがつぶされた。どちらも領土に関わることで大問題のはずだが不明な点が多い。

継体天皇の子である第二十七代安閑天皇と第二十八代宣化天皇の時代は、その実在を含めてよくわからないことが多い。この時代に注目されるのは、全国的に「屯倉《みやけ》（天皇直轄地）」が置かれていることだ。その範囲は筑紫、豊、火、播磨、吉備、阿波、紀、丹波、近江、尾張、上毛野、駿河とあるから、北海道、東北、南九州、四国高知を除くほぼ日本全国に及んでいる。さらにその徴税業務についても具体的に指示している。これで天皇家は、豪族たちから財政的に自立することが可能になった。こんなことは雄略天皇でもできなかったことだ。

しかし、これが継体・安閑・宣化天皇の実力によるものだとは思えないところに謎がある。まるで「天皇家の面倒はみんなで」というようなこのシステムを立ち上げ動かしているのは、明らかに政権を担っていた重臣たちだろう。このあたりから『記紀』の記述は明らかに不透明になっている。

欽明天皇

第二十九代欽明天皇に関してはいくつもの気になる点がある。

まず、この天皇には皇子としての名がない。初めから「天国排開広庭天皇《あめくにおしはらきひろにはのすめらみこと》」と呼ばれている。即位時、また薨去の際も、何才だったのかはっきりしない。それなのに、その存在の重要さを訴えているような『日本書紀』の記述がある。

欽明天皇の幼年時代の挿話として、「夢」の話がでてくる。夢の中の人が、「秦大津父《はたのおおつち》を探し出して優遇すれば、壮年になって天下を治めることができる」というので、探させると、山背国の紀郡の深草里に確かにその名の人物がいた。その秦大津父が欽明天皇に語ったことは、「私は伊勢に商いに行った折り、山で二匹の狼が食い合いをして血だらけになっているのを見た。そこで、口手を漱いで『あなた方は尊い神ですが、このままでは猟師に捉えられてしまいますよ』と警告したところ、おわかりになったようでともに生きながらえることができました」である。欽明天皇は彼を優遇し、後に「大蔵省」を任せたという。これは、ずいぶん意味深長な挿話ではないか。本拠地「山背の紀の深草」も、紀氏に関連がありそうだ。

また、即位時に迎えた皇后は、先帝宣化天皇皇女の石姫なのだが、翌年、妃の一人として**蘇我稲目**宿祢の娘**堅塩媛**を迎える。この二妃所生の天皇たちは、複雑な様相を見せる。まず石姫所生の敏達天皇が即位し、続いて**堅塩媛**系列の男子が用明・崇峻と天皇になったあと、女子の**推古天皇**もこの系列から即位し、その子が**聖徳太子**だが、なぜかこの系列は一人残らずこの世から消える。その後、石姫の系列から敏達天皇の孫が第三十四代舒明天皇として即位し、結局皇統を継いだのはこちらなのだ。どちらにせよ欽明天皇から発している。

また、推古天皇以降『古事記』が系譜を含め、記述自体をやめているということも注意しておきたい。『古事記』は、石姫から始まる舒明天皇の系列を黙殺している。

『欽明天皇紀』の記述の異様さ

『日本書紀』の欽明天皇の項を読んでいて、どうしても抱いてしまう最初の感想は「これでは日本史ではなくて、百済史ではないのか？」ということだ。舞台となる場所も、圧倒的に朝鮮半島でのことが多く、しかもこまかい。異様だ。かいつまんで紹介するが、ある程度読まないとこの異様な雰囲気が伝わらないので、できればつきあっていただきたい。不審に思ったことを適宜挿入する。先回りして言えば、日本が任那を失い百済の聖明王が死に、百済が滅びるまでの流れが書かれている。

任那復興会議

欽明天皇二年（541年）、百済の聖明王が、百済の地で任那復興を議題として会議を招集し、任那日本府の各国代表と、日本府の吉備臣（氏名不詳とあるが、そんなわけはない。なぜ明記しないのか）が出席している。まず違和感を覚えるのは、この会議の議長役が百済の聖明王であり、彼が欽明天皇の詔書を代読、代弁していることだ。なぜ、日本の代表が行わないのか。

また、この会議に新羅も招集したが、回答がなかった。だから新羅はけしからん、ということになるのだが、ならば「任那」について協議するメンバーの中に、もともと新羅は入っていたわけだ。それなのに一方的に「新羅は任那を滅ぼそうとしている、天皇の詔に従って、ともに新羅を討ち任那を再興しよう」という会議を設定し、新羅の出席がないと言って怒るのはどうなのか。

欽明五年（544年）、百済は任那の執事と日本府の執事を招集するが、ともに「祭りがあるので」などと言って応じなかった。これに対し百済は再三、招集をかけ続ける。

二月、日本府の方から「今まで招集に応じなかったのは、直接に欽明天皇の意向を確認していたからである。欽明天皇は、独自に新羅、百済に太子を派遣している。会議の場所も新羅を考えている。

従って現時点では、新羅、百済とも、まだ動かないこと。また、百済に遣わされた津守連は『今、自分がここにやってきたのは、下韓に居座っている百済の郡令と城主を退去させるためであり、百済で天皇の詔をともに聞くなどという件は聞いていない』と言っている」と通告した。これは百済・聖明王の代弁ではない、はっきりとした欽明天皇自身の言葉の記述としてほとんど唯一のものになるが、意味していることは重大である。つまり、百済の聖明王の言い分が、非常に疑わしく思えてくるのだ。明らかに、日本府側では聖明王の言うことに疑いを持ち、欽明天皇の真意を独自に確かめているわけだし、欽明天皇の方でも、新羅と百済を同等に待遇しており、どちらかと言えば任那領域内の下韓に居座っている百済に対し、不快感を表明している。基本的に百済寄りと言われている『日本書紀』の記述だけに、この一件は信頼できる。

これに対し、百済・聖明王は日本府の代表三人がうそを言っているのだろうと言い、「彼らがいるうちは任那は再建できないし、この勅書に回答することもできない」と言う。これに対し、欽明天皇は「任那が機能すれば、その三人など自然に力を失うだろう」と、以前と同じ回答をし、議論は平行線になってしまう。この時、百済をたしなめるためか「あなた方が非難する日本府の代表三人が新羅に連絡をつけているので、新羅国境に近い地域で畑に種をまけるようになったという。そのような功績もある」と付け加えた。すると百済側では「あの地では、新羅は昔から種まきを禁じたりしていなかった。これで、あの三人が信用できないことがわかるだろう」と言い返した。日本府の三人の功績などではない。この言をよく考えると逆に、新羅は任那の土地を犯していないと百済側も認めているわけだ。

百済　聖明王の死

欽明六年(545年)、百済との交通が記されるが、内容はわからない。だが九月になって、百済が「丈六の仏像を造って差し上げた」とある。交渉が平行線をたどる中、百済が切り札として出してきたのは「仏教」だった。この時の日本側の反応は書かれていない。

欽明七年（546年）、高麗の内乱が記される。これ以降、百済の当面の敵は南進を続ける高麗になり「救援をお願いする。日本府の三人のことは、欽明天皇にお任せする」と要請、これに欽明天皇も応じ、兵や麦の種などを送っている。百済の聖明王は「日本府と高麗が通じているのではないか」と再三疑いを表明している。しかし、この時百済は新羅にも救援を要請していて、新羅もこれに応じたのだ。

欽明十二年（551年、百済の聖明王は、新羅任那の連合軍を率いて高麗を撃退し、漢城《ソウル》・平壌《ピョンヤン》を得た。欽明天皇も安堵したらしく「これからも心を一つに、任那とともにあってほしい」という発言がある。この時、いわゆる「仏教公伝」があり、聖明王から釈迦の金銅仏像一体と幡蓋《ばんがい》、経論などが贈られ、欽明天皇が感激したという。

欽明十三年（552年)、百済は漢城と平壌を放棄し、そのあとに新羅が入った。

欽明十四年（553年)、日本は百済に「医、易、暦の博士を最新の技術者に交代させてほしい、情報や備品も最新のものにとりかえてほしい」と要求し、これは受け入れられた。日本からすると百済のメリットは、このような方面になってきたのだろう。この時の日本側の使いは「内臣」とあるだけで、名は不明だという。百済側の人名は非常に詳しく書かれているのに不可解である。

欽明十五年（554年）、百済の聖明王が亡くなった。新羅に殺されたのである。いきさつを簡単に言えば、聖明王の子、余昌が新羅領内に侵入したと聞き、父の聖明王が救出に向かったところを新羅の「飼馬奴」に殺された。聖明王は「王の首をおまえのような奴にやるわけにはいかない」と言ったが、飼馬奴は「我が国の法では、盟うところに違背した場合、国王であろうと同じ事だ」と言い、これを聞いた聖明王は納得して首を討たせたという。ここで違背というのは、高麗を撃退する時、百済は新羅と同盟したはずなのに今、新羅を討とうとして侵入していることを意味しているのだろう。

欽明十八年（557年）、百済の王子で日本に人質格で来ていた恵を百済に送り返した。百済では、父聖明王が殺されるきっかけを作った王子余昌が即位して威徳王となった。

欽明二十一年（560年）、新羅が日本に調を献じた。これは、宗主国に対する礼である。日本側も丁重に迎えたはずだが、新羅は百済より下位に扱われて不満を持ったとある。

欽明二十三年（562年）、新羅は任那の屯倉をすべて滅ぼした。しかし、新羅は任那を支配下に置いたまま、日本に調賦を続ける。調賦のため訪れた使者が、新羅に帰るのを恐れて帰国せず土着したという記述もある。両国の関係が良好だからこそ土着する人々がいたというふうにも考えられる。これらの記事から推測するに、日本は朝鮮半島における主な交渉相手を、百済から新羅に変更したのではないか。

欽明三十二年（571年）、欽明天皇は皇太子の手を取り、「新羅を討ち、任那を再建せよ」と言い残して崩じた。年齢は不明。こうして、欽明天皇の治世は終わる。

『欽明紀』の百済関連記事

さて、ながながと、欽明天皇紀の対・朝鮮半島関係の記述を読んできた。読み終わってみて、私には、深い霧を通して、浮かび上がってくるものがある。日本にとって、朝鮮半島でもっとも古く深い交流があったのは新羅であり、百済はむしろ後発だった。新羅には釜山港があり、最も古い交通ルートはこちらである。因幡の白兎や宗像三神の目指す地点も、こちらであろう。前述したが、**スサノオ**、**神功皇后**と強くつながっていると明記されているのも新羅である。任那は、（おそらく**神功皇后**の時代、つまり日本建国当時）新羅の後援を得て、当時まだ中国大陸中央の漢文化から遠い政治的空白地帯、朝鮮半島南端に設置された「倭」の飛び地、文物の仕入れ先だった。そして紀氏は、陸より海に親しい半島南部の国々の中で、いわば中国大陸から見て辺境専門の配送センターの元締めとして、存在を認められてきたのだろう。

一方百済は、そのような日本にとって必要な中国大陸の提携国として、地歩を重ねて行ったものと思われる。百済は二度、王を死なせ国土を失った。そのたびに日本に滞在中の王族を呼び返して王統を維持し、土地の割譲も受けてきた。このことが百済という国の自立力を弱めた。欽明天皇紀を読んでいて、私はほとほと百済・聖明王という人物の身勝手さにあきれた。日本側にすれば、新羅も百済も、どちらも大事な提携国である。新羅とは古い付き合いがある。百済は任那に近く、味方でいてくれなければ困る国ではある。「仲良くしろよ」数少ない記述からではあるが、欽明天皇の真意はこれに尽きるのではないか。『日本書紀』は百済・聖明王の死後、新羅、高麗などから朝貢の使いが続々とくること、これに対し、おそらく百済による妙な邪推や邪魔が入ることを記している。『日本書紀』は一見、百済側の資料を丸写ししているように見せて、要所要所でこのように貴重な反対資料も入れている。

そもそも『日本書紀』はなぜ、朝鮮半島関係のこまごまとした記事で『欽明天皇紀』を埋め尽くしたのか。「こんなこと、外国のことで、関係ないではないか」そう思わないでもなかった。しかし、そうではなかったのだ。このことに気が付いたとき、慄然とした。『欽明天皇紀』は、印象的な「二匹の狼」の逸話から始まったのだった。今になると、この話の意味がよくわかる。二匹の狼とは、新羅と百済、あるいは新羅派と百済派、実態は、今までのいきさつから考えて紀氏と物部氏に違いない。欽明天皇は、百済聖明王の死という事情もあっただろうが、この両派の調整に成功したのだ。それが次世代の飛鳥の繁栄につながったに違いない。しかしこの彼の最大の業績が、このような形でしか語られない、というのはなんということだろうか。

第四章　「乙巳の変」暗転した飛鳥

敏達天皇以降の『日本書紀』の記述の奇妙さについて

さて、『欽明天皇紀』に続いて『敏達天皇紀』以降を読んでいくが、その前に一言言っておきたい。ここから、『日本書紀』の記述は段違いに事実から遠いという感触があるため、逐語的に読んではいかない。なぜそう感じるのか、というと、まず人々の行動が妙である。意図がわからない。一貫していない。この人物は何がしたいのか、とお手上げになることが異様に増える。敏達・用明・崇峻・推古・舒明・皇極と続く歴代天皇の記述は、神話時代以上に奇々怪々である。山岸涼子作のまんが『日出処天子』は『日本書紀』の世界を題材にしているが、実はかなり原作に忠実である。つまり、『日本書紀』の記述に従ってこの時代を再現しようとすると、どうしてもあのように超現実的な設定が必要になるのだ。

この時期の人物の支離滅裂さをかいつまんで指摘すると以下の通りである。欽明天皇の皇子穴穂部皇子は父の妃であり異母妹である豊御食炊屋媛を犯そうとして殯の場に侵入し、**蘇我馬子**の衛士によって殺される。あまりに非常識だ。**馬子**の後援を得て皇位についた用明天皇の弟、崇峻天皇は「いつになったらこの猪のように**馬子**の首を斬れるのか」などと言い、結局**馬子**に殺される。皇子と天皇が殺されたというのに、いずれも問題になっていない。崇峻天皇を殺した男は**馬子**の娘を犯したとして直後に消されている。**蘇我馬子**と物部守屋の争いはあまりにも幼稚に記されるが、別の部分の記述では両者が連携してことに対処している。支離滅裂と言えば、**推古天皇**の曖昧で人騒がせな遺言と**山背大兄王**の滅亡に向かう言動、それにまつわる記述などはその最たるものだ。そしてその流れの中で、聖人**聖徳太子**が美しい虹のように現れ、一人の子孫も残さず消え去っていく。

人物の行動が妙である、というのはこちらの解釈力の未熟のためかもしれない。しかしこまかいことを言えば、このあたりの記述で「名前がわからない人物」「名前を書き洩らした人物」「この部分以外に登場しない人物」、つまり正体不明の、だれの子でだれの父であるのかさっぱりわからない人物が皇族を含めて多数登場し、けっこう派手に活躍しては消えてゆく。

ついでに言えば、その名前があんまりである。まず気になってしかたがないのは、**聖徳太子**の妃の名「菟道貝蛸皇女《うじのかいだこのひめみこ》」またの名を「菟道磯津貝皇女《うじのしつかいのひめみこ》」。この名など、当時の人はどう感じていたのだろうか。「かいだこ」とは「貝の中に住む小さな蛸で、両手両足を貝の外に出して海を泳ぐものである」と『名義抄』で説明しているそうだ。古代人のセンスとしては、皇女をことほぐよい名なのだろうか。しかも異母姉妹に同じ名の皇女が記されている。こんな名の皇女が二人も、かなり近い親戚関係で、しかも「またの名」つきで、同一人物かどうかもわからないというのはどうなのだろう。

一般人の名前も妙なものが多い。「押坂部史毛屎《おしさかべのふびとけくそ》」、「錦織首久僧《にしこりのおびとくそ》」「河辺臣彌受《かわべのおみねず》」などなど。このことについて想像をたくましくすれば、もし架空の歴史をでっちあげる必要があるとして「実在しない名前」「だれでもない名前」を考えるのは、けっこう大変なのではないだろうか。偶然、実在する人と同名であったりしたらさしさわりがあるということも考えられる。もう一歩踏み込めば、これも『日本書紀』編集陣のささやかな抵抗、ヒントではないかと思えてならない。あるいはやけくその開き直りかもしれない。ともかく、『日本書紀』完成から振り返ってたった百年ほど前の出来事が、克明に記述してある古代の出来事より曖昧だというのは妙ではないか。

飛鳥時代の物証と他国資料

実は、この飛鳥時代も「倭の五王」の時と同じように、第三者の証言あるいは物証と『日本書紀』の記述が非常に食い違っている。前方後円墳の時代が終わりに近づき、かわりに仏教寺院が建立されるようになる。飛鳥に「酒船石」や「鬼のまな板」と呼ばれる、謎の石造物が数多く現れる。大規模な上下水道や貯水の機能も併せ持つ池などを配した、広々として美しい庭園も整備される。「板葺きの宮」と呼ばれる新様式の宮殿が完成する。飛鳥と斑鳩を結ぶ三本のまっすぐな道ができ、斑鳩と四天王寺を結ぶ道もできる。『隋書』によれば「日出処天子」と堂々と名のる手紙が隋の煬帝に送られる。驚いた隋が確認のためによこした使者裴世清《はいせいせい》が日本の国力の充実に驚き賞賛すると、これに対し男性の倭国王が「いえいえまだまだです。これからも教えていただきたい」とゆったりと答えている。

先入観なしにこれらのことから推測するなら、ここで起こっていることは新体制での国家建設であり、近代化、国際化であり、しかもそれはうまく行っていたということだ。前方後円墳に代わる寺院、宮殿という巨大建造物、大規模工事。それらはかつて仁徳天皇が難波を開発したような一大プロジェクトだが、すべて順調に進行中だった。ここには強力なリーダーシップの存在が想定される。ところが、前述のように『日本書紀』によると、人々は皇族を含めくだらないことで争い殺し合い、泥沼の様相を呈していることになっている。本当にこんなていたらくだったら、この壮麗な飛鳥の都を作れるわけがない（残念ながらこの飛鳥の都はなぜか完膚なきまでに破壊しつくされ今に至っている）。そこで『日本書紀』のわけのわからない部分を飛ばして、「乙巳の変」**蘇我入鹿**暗殺事件の記述を検討する。

「乙巳の変」についての『日本書紀』の記述

『日本書紀』によると、「乙巳の変」**入鹿**暗殺は645年六月一日。舞台は「大極殿」。「三韓の調」を奉るという儀式の席上で行われた。この時三韓、つまり百済、新羅、任那あるいは高麗が、地位的に対等の立場で朝貢していたことがわかる。ここは「板葺きの宮」だったとされているが、「板葺きの宮」に「大極殿」があったかどうかは明言を避けている。

同席者は皇極天皇、**蘇我入鹿**、舒明天皇の皇子・**古人大兄皇子**。彼は**蘇我入鹿**が次期天皇に望んでいた人物とされている。そして三韓からの表文を読み上げる役で、かつ**入鹿**暗殺を中大兄皇子に迫られ、承知していたとされる**蘇我倉山田石川麻呂**《そがのくらやまだのいしかわまろ》。一方中大兄皇子は儀式が始まる前、俳優《わざひと》におどけさせて用心深い**入鹿**の剣を取り上げ、十二門を閉じ、会場と外界を遮断し、護衛していた者を「ものを授ける」としてひとところに集め、儀式の場から遠ざけた。儀式の間、彼は長い槍を持って物陰に隠れていた。そして中臣鎌子は弓矢を持って見守っていた。これに先立ち、海犬養連勝麻呂《あまのいぬかいのむらじかつまろ》が二人の男に箱の中から剣を取り出して渡している。佐伯連子麻呂《さえきのむらじこまろ》と葛城稚犬養連網田《かつらぎのわかいぬかいのむらじあみた》で、彼らが暗殺の実行役だ。子麻呂たちは緊張して吐いたりしている。

入鹿殺害は、**蘇我倉山田石川麻呂**が表文を読み上げている間に設定されていたらしいが、読み終わろうとしているのに何も起こらない。**石川麻呂**は声が乱れ、手が震えた。このとき**鞍作臣**つまり**蘇我入鹿**が「どうして震えているのか」と尋ねた。**石川麻呂**は「天皇に近づいている緊張で、汗が」と答えている。この天皇はもちろん、同席している皇極天皇のことだとされているが、続く文では子麻呂たちは「**入鹿**の威に畏れ」手が出せなかったとある。

ここで、中大兄皇子は「やあ」と声をかけて子麻呂たちを鼓舞し、自ら剣で**入鹿**に切りつけ、頭と肩を傷つけた。**入鹿**が驚いて立ったところへ子麻呂たちが足に切りつける。**入鹿**は皇極天皇の前に転がりつき、「私は罪をおかしていない。説明してください」と訴える。皇極天皇は「私は知らない、何があったのです」と動転する。中大兄皇子は「**鞍作**は天皇位を傾けようとしているのです」と言い、皇極天皇はその場を去る。**入鹿**は殺され、その死体はむしろで包まれ、雨の降る庭に放り出された。同席していた**古人大兄皇子**は、これを見て私邸に戻り、「韓人、**鞍作**を殺しつ。吾が心痛し」と言って引きこもってしまった。

その後中大兄皇子は法興寺に籠城して戦った。諸臣はこれに同調したという。**入鹿**の父、**蘇我蝦夷**は天皇記、国記、珍宝を焼いて死んだ。この燃え残りを、船史恵阪《ふねのおびとえさか》が取り出して中大兄皇子に捧げた。

この日、**蘇我蝦夷**と**鞍作**（**入鹿**）の屍を墓に葬ることを許したという。『日本書紀』が伝える**入鹿**暗殺事件の概要は、以上である。

「乙巳の変」記述の疑問点

この暗殺の一件についての疑問点は次の三つである。

一、「**古人大兄皇子**」の立場について。「三韓の調」の議式が進行している際、中大兄皇子と中臣鎌子は「物陰に隠れていた」のだから同席者ではない。この場の扱いとしては乱入者、あるいはスタッフだ。となると出席者だった**古人大兄皇子**は、中大兄皇子より数段格上の人物ということになる。このことに対する注目がたりないのではないか。

二、この現場は、通説では飛鳥板葺きの宮ということになっているが、本当だろうか。もしそうだとしたら、事件後、中大兄皇子が法興寺にこもったというのが不可解だ。法興寺は、蘇我氏が我が国最初の寺院として総力をあげて建立したものである。蘇我氏の牙城と言ってよい。なぜ板葺きの宮から出て、わざわざ蘇我氏エリアの真っただ中にたてこもらなければならないのか。

三、これはあまりにも素朴な疑問だが、なぜ大臣の**入鹿**が死んだからといって、皇極天皇が退位しなければならないのか。これに対する私の答えは、**入鹿**が天皇だったから、というものだ。

敏達天皇から皇極天皇までの記述の不可解さ

さてこうなると、今までの話はなんだったのかということになってしまうのだ。つまり、敏達天皇から皇極天皇に至る『日本書紀』の記述の根本的な部分からして信用がおけないと言わざるをえない。以下、その理由を列挙する。

一、前述したが、この部分には異様に一度しか出てこない人物が多い。皇族でさえ、いつの間にか登場し、いつの間にか亡くなっている。

二、皇族の急死が多い。敏達天皇皇后の広媛、用明天皇、舒明天皇、泊瀬皇子、推古天皇の皇子、竹田皇子、久米皇子。それによって目まぐるしく事態が動いているように見えるが、実は皇位の変動以外何も起こっていない。さらに、この時期の天皇の陵はほとんど改葬されているし、単独に葬られていないことが多い。墓がない、またはその存在が曖昧だということは、この時期の皇族や天皇の実在を疑ってもよいのではないか。

三、この頃の人物で、子孫を一人も残さず消えた人物の実在は疑わしい。筆頭が**聖徳太子**、その人である。彼の長男、**山背大兄王**は、**聖徳太子**の子孫をすべて引き連れて消えている。**聖徳太子**の父、用明天皇と母、穴穂部間人媛皇女も実の姉妹の子同士となっていて、いくら古代でも血が近すぎるが、この夫妻が消えても他氏族に影響が出ないので都合がよいからではないか。

つまり、欽明天皇の子で母を**堅塩媛**とする系列の天皇たちは、次々にきょうだいで皇位を継承したとされるが、子孫が残らず、その墓もはっきりしない人たちである。しかしこれだけの天皇が「消えて」しまうとなれば、皇統にぽっかり穴があく。乱暴に言えば、そこに「蘇我氏三代」**馬子**、**蝦夷**、**入鹿**をはめこむとぴったりおさまる。

というわけで『日本書紀』の記述をそのまま鵜呑みにするわけにはいかないが、残された方法として、いわば行間から真実を推測する作業に入りたい。

「乙巳の変」前後についての考察

蘇我氏の事蹟

まず蘇我氏について述べる。蘇我氏は**蘇我石川宿祢**を始祖とするが、彼は**葛城襲津彦**や**紀角宿祢**などと同じく、**タケシウチノスクネ**の子孫、つまり紀氏の同族である。蘇我氏が政権を担っていた時の事績は**聖徳太子**が行ったこととされている。問題は「**聖徳太子**は実在したのか?」だろう。超人**聖徳太子**が本当にいたのかということならば、私の答えはノーである。しかし、**聖徳太子**の事績を実行した人物がいたかということならば、もちろんイエスである。そしてそれは蘇我氏だったに違いない。

蘇我馬子は仏教の受け入れを率先して進め、初めて三人の尼僧を出家させ、留学させ、葛城の地に初の仏殿を作った。飛鳥の金剛寺、法興寺を建立した。**聖徳太子**の事績とされる難波の四天王寺建立、「冠位十二階」「十七条の憲法」などは**馬子**の時代に重なる（「冠位十二階」について付け加えると、この冠位の対象に蘇我氏は含まれていない。つまり、蘇我氏は官位を授与する立場にあると解釈することが可能である）。**馬子**の時代に行われたことを続けると、遣隋使、小野妹子派遣。隋の客、裴世清を難波の館に迎える。奈良盆地各地の池、難波から都への道を建設。天皇紀・国記・各氏族の本記を記録。推古三十二年、**馬子**没。桃原の墓に葬るとあるが、これが飛鳥の石舞台古墳だといわれている。

馬子の子、**蝦夷**は「島大臣」と呼ばれ、飛鳥に自邸を置いた。遣唐使を送り、難波に「三韓の館」を作る。百済大寺を建立、蝦夷（東北の未帰属民）を自邸でもてなす。祖廟を葛城高宮に立て、天子の特権とされる八佾《やつら》の舞を行う。二つの墓（双墓《ならびのはか》）を自分と息子の**入鹿**のために作る。また、私的に「紫冠」を**入鹿**に授ける。（「紫冠」は「冠位十二階」以外の冠である）

蝦夷の子、**入鹿**は、勢威は父をしのぐとされ、甘樫丘に邸宅を作り、**蝦夷**の家を「上《うえ》の宮門《みかど》」、入鹿の家を「谷《はざま》の宮門《みかど》」と呼ばせ、子どもたちを「みこ」と呼ばせ、家を柵で囲み、兵器庫、護衛の兵を置いた。

　これらのことは、天皇でもないのに行えば悪事だが、天皇が行ったとすれば当然のことで、むしろ立派な天皇だと評価されるべきものである。**入鹿**の時代、人々は道にものが落ちていても拾わなかったという。これはこの時期の治安が非常によかったということを意味している。『日本書紀』はこのような形で蘇我氏の業績を記している。また、それ以外の「蘇我氏の横暴」の中身を見ると、要するに皇統に関与し、**聖徳太子**の末裔を滅ぼしたということに尽きる。「**聖徳太子**」が幻であれば、その「犯罪」は成立しない。

　蘇我氏が行ったとされる物部守屋討伐についても、『日本書紀』は、守屋討伐の直後に「**蘇我大臣**の妻は物部守屋大連の妹だ、妻のいうことを聞いたからこのようなことになったのだ」という微妙な言い方で両者が姻戚関係にあったことを伝えている。あの、「二匹の狼」の不和を調停したという秦大津父を重用した欽明天皇の次世代が**馬子**・守屋の世代なのだ。

こんな考えは認められない、「蘇我氏三代」はこの時代を「実力者として」仕切っていた、それでいいではないかと思われるかもしれないが、問題はまだある。気がつくと、この「蘇我氏三代」も子孫を残さずに消えた人々なのだ。いわゆる「蘇我氏」は続くが、「**入鹿**の子」は存在しないことになっている。そんな実力者があるだろうか。そもそも「蘇我氏三代」の人々は、本当に「**蘇我馬子**」「**蝦夷**」「**入鹿**」と呼ばれていたのか。私の想像通りなら、彼らは即位していたのだから天皇としての名を持っていたに違いない。

第五章　中臣鎌足の実像と入鹿暗殺

中臣鎌足・余豊璋同一人物説について

ここで、愛読し、多くの示唆を受けている関裕二氏の説について言及しておく。初めて『聖徳太子は蘇我入鹿である』という氏の著書を読んだときは、正直言って半信半疑だった。だが、私なりに『日本書紀』『古事記』を読んできた今では、どうして関氏以外にこの説をとる人がいなかったのか不思議だと思うまでになった。私は関氏の説の大部分、「神武天皇＝**応神天皇**」「崇神天皇と**応神天皇**は同時代人」「**神功皇后＝トヨ**」「**タケシウチノスクネ＝塩土老爺**」そして、「**聖徳太子**と**山背大兄王**は架空の存在」などについて正しいと考えている。ただ一つだけ、関氏の説に同意できないのは、氏が、私の最大関心事である「紀氏」について私の思うような評価を与えていないことである。

なぜ今、こんなことを改めて言い出したかと言えば、ここから関氏の説の要である「藤原鎌足＝百済王子・余豊璋《よほうしよう》」に関わってくるからで、あらかじめこの説に同意していることを言明しておきたいからだ。まず『日本書紀』がどう記述しているか、確認していきたい。

百済王子・余豊璋と翹岐についての『日本書紀』の記述

舒明二年（631年?）、遣唐使を送った次の年、余豊璋が初登場する。百済の義慈王が「質」として王子・豊璋をたてまつったとある。姓の余は百済王の姓である。余豊璋という人物がいたことは、三国史などの大陸文献にてらしても確からしい。ただ、彼が本当にいつ来日したのかということはよくわからない。『日本書紀』補注によると、義慈王の即位は舒明十三年（641年）である。舒明二年当時は武王の治世だったはずなので「義慈王の子」としての余豊璋はまだ存在しないことになる。

義慈王の即位の記事は皇極元年（643年）。筑紫の百済担当大臣・安曇山背連比羅夫から早馬がくる。「百済の王がなくなったと聞いて、私は弔使を送った。ともに百済に行こうかとも思ったが、舒明天皇の葬儀の方が大事なので戻ってきた。百済の国は、大いに乱れている」という内容である。この後、義慈王が即位することになるが、このあたりの時系列が乱れている。

その一か月後の百済王の伝言として、「弟の塞上はいつも悪いことをする。そこで日本から帰国させたいが、天皇はお許しにならないだろう（よくわからない発言である）」とあり、さらに百済からの使者の従者の言として、百済について「実力者の智積がなくなった。百済の死者は崑崙の使いを海に投げ入れた。また義慈王の母もなくなった。弟王子や王子の翹岐《ぎょうき》などなどが、島に追放された」と、不安定な情勢を伝えている。

この時、日本は王子・翹岐を保護し、安曇山背連比羅夫の家に置いている。百済の義慈王が「弟の塞上を帰国させてほしい」と言ったのはこの頃である。ということは、百済の混乱の結果「島に追放された」という王の弟・塞上と王の子・翹岐が、この時点で日本にいることになる。このようなことから推測するに、比羅夫はやはり、実際に百済に渡って、不安定な状態にあった塞上と翹岐を保護し、連れ帰ったのではないか。「舒明天皇の葬儀の方が大事なので、百済に行かなかった」という先刻の発言は、百済の混乱の大きさをごまかすための方便ではないか。舒明天皇の葬儀が実際にあったかどうかも疑問だ。この翹岐は、百済の大使という扱いで**蘇我大臣**（**蝦夷**？**入鹿**？）が畝傍の家に招いてねぎらったが、塞上だけ呼ばなかったという。また、『日本書紀』の記述通りならこの時、豊璋もすでに日本にいたはずだが、一言の言及もない。

この翹岐に対して、**大臣**は手厚いもてなしをしているが、しばらくして翹岐の子が亡くなった時、翹岐以下縁者たちが弔いに臨まなかった、百済や新羅の習俗は薄情なことだと非難する記述がある。一方、百済、新羅の葬送の礼は通常どちらも鄭重を極めていて、事実と思えないという注もある。『日本書紀』編集陣が、翹岐の個人的な資質について一言言いたかったのかもしれない。その後、翹岐とその家族は百済の大井（河内の地名？）に移ったという。

不審なのは皇極二年（６４４年）、翹岐がやってきたと伝える早馬が来て、新築の飛鳥板葺きの宮に迎えたという記事だ。翹岐は日本にずっといたのではなかったか。あるいは、これが翹岐の初来日なのか。ともかくこの翹岐はその後、日本のどこかで暮らしたらしいということで記述は絶える。

よくわからないのは、この翹岐と豊璋の関係である。どちらも義慈王の王子だが、どちらが兄か。この二人は同じ場にいないので序列がはっきりしない。白雉元年（６５０年）二月十五日の条に「百済君豊璋・其弟塞上・忠勝」とあるが、翹岐の名はない。翹岐と豊璋が同一人物であってもなんの不都合もない。翹岐と豊璋はどちらも「クゲ」と発音するという。

豊璋と中臣鎌子

まるでリレーのバトンを受け継ぐようにしてこのあと、豊璋についての記述が続く。同じ年豊璋は「蜜蜂の巣を四つ、三輪山で放ち養ったが、繁殖しなかった」という。本当なら、なんのために霊山三輪山に蜂など放ったのか。

この記述の続きが、皇極天皇三年（645年）正月、今度は中臣鎌子連が神祇官就任を固辞したという記事であり、中臣鎌子についてはこれが初出である。前述のとおりここで軽皇子、後の孝徳天皇が自身の寵妃を与えるという厚遇を見せているが、鎌子の方では中大兄皇子に接近し、学友となり「**蘇我石川麻呂**の娘を手に入れた方がいいですよ」などという助言をしている。

中臣鎌子について述べると、孝徳天皇の即位前紀、中大兄皇子と中臣鎌子が**蘇我入鹿**を暗殺した後、なぜか突然、皇極天皇は「中大兄皇子に位を譲りたい」という詔を発する。この時中臣鎌子は「**古人大兄皇子**や軽皇子をさしおいて即位しては、民意を失います」と助言し、軽皇子に打診したところ、彼は**古人大兄皇子**を推薦した。**古人大兄皇子**はこれを固辞し、その場で太刀を抜き捨て、法興寺の仏殿と塔の間に駆けつけて髪・ひげをそり、袈裟を着、出家して吉野に去った。ここで孝徳天皇の即位が確定する。大化元年（645年）の即位の際、皇極天皇・豊財天皇を「皇祖母尊」とし、中大兄皇子を皇太子、阿部内麻呂を左大臣、**蘇我倉山田石川麻呂**を右大臣、そして中臣鎌子を内臣とし、彼には特に「大錦冠」を授けたという。

孝徳天皇の白雉元年（650年）（大化五年）、**蘇我倉山田石川麻呂**を滅ぼしたのを記念して（？）改元し、その瑞祥となった白雉を放った。この時この「白雉の輿」を囲んで、この政権の主要人物が居並ぶのだが、左右大臣と百済王子豊璋と塞上の名が見え、この場に「内臣・中臣鎌子」はいない。この場にいた人々の名はけっこう細かく記されているだけに違和感がある。そして、順番としては当然「内臣」がくるはずの部分に「百済王子豊璋」が入っている。

白雉五年（655年）、孝徳天皇を一人難波宮に置き去りにして都を奈良に戻したとき、これを記念して（？）中臣鎌子改め鎌足に紫冠を与えている。

斉明天皇の六年（661年）（白雉十一年）、百済は新羅に滅ぼされ義慈王も捉えられる。ここで百済の遺臣鬼室福信が奮起し、新羅を破り、その兵器を奪い王城を奪取した。そして「日本にいる百済王子・豊璋を百済王として擁立したいので、百済に帰国させてもらいたい」と申し入れてきた。そこで日本は豊璋と彼の妻子、叔父の忠勝、弟の塞上を朝鮮半島に送り出した。これに応じて日本も新羅征討の軍を起こした。いわゆる「白村江の戦い」であり、額田王の有名な「熟田津に」の歌が詠まれた。この戦陣で斉明天皇は薨去した。

斉明天皇七年（662年）、中大兄皇子の称制が始まり、戦いは続く。中大兄皇子は博多・長津宮で、豊璋に今度は織冠を授け、多臣蒋敷《おおのおみこもしき》の妹を妻として与えた。この豊璋を、百済本国から福信が迎え取り国政を預けた。このように百済再興を期した遺臣団は王子豊璋にその希望をすべて託し、日本も彼を全面的にバックアップした。この戦いが一進一退を続けて二年たとうかというころ、豊璋は信じられない挙にでる。福信の謀反を疑い、「手のひらに穴をあけて革で縛り」、斬り殺し、その首を「醢《すし》」にしたというのだ。殺されるとき、福信は自分を裏切った部下に唾を吐きかけて罵倒したという。

てごわかった良蒋がいなくなったということを聞き、新羅は一気に攻勢に出、数か月後、白村江の決戦において百済・日本の「連合艦隊」は「艫舳《へとも》（船の前後）をめぐらすこともできず」あっという間に大敗北を喫した。663年八月のことである。「百済」の国名はこの時絶えた。百済の遺民は大挙して日本に逃れた。この時、百済王豊璋は、数人で船に乗って高麗に逃げたという。その後は行方不明とされる。

その翌年、唐の使者・郭務悰《かくむそう》の帰国に際し物を賜ったのは、中臣内臣である。あの国家存亡の危機のさなか、全く登場しなかった中臣鎌足が、豊璋が行方不明になるのを待つようにしてここで再登場している。

「中臣鎌足＝余豊璋＝翹岐」という説は、そんなに荒唐無稽な説だろうか。

中臣鎌足＝余豊璋＝翹岐についての『日本書紀』の記述

『日本書紀』の記述もこの推測を裏付ける。まずこの「人たち」は見事に交代して登場する。同時代人であり、日本と百済の中心人物の位置にありながら、ほぼ互い違いにほとんど間を空けず、記述が続く。「翹岐」がフェイドアウトするのとちょうど入れ替わりに、あの印象的な「余豊璋、三輪山に蜂を放す」の記事があり、その直後に中臣鎌子が登場する。

この鎌子のやることなすこと、ただの氏族の長どころではない態度の大きさなのだ。神祇の家である中臣氏の末裔を名のりながら、わざわざ彼のために新設されたらしい「神祇官」のポストを蹴る。次期天皇・孝徳天皇である軽皇子から寵姫を得ているくせに、彼を見限って中大兄皇子と結託し、政界の重要人物、**蘇我入鹿**を殺害させる。その時の立ち位置は、自ら刀をふりかぶった中大兄皇子に対し「後ろで弓を構えている」というものだ。この場面に居合わせた**古人大兄皇子**は「韓人が**入鹿**を殺した」という、重大な証言をしている。これは通常「朝鮮半島をめぐる政策のこと」と穏便に解釈されているが、文字通りの意味であってなぜいけないのか。

その後、中大兄皇子が中臣鎌足だけを特別扱いし、次々に錦冠や紫冠を与えている。これは**蘇我蝦夷**が**入鹿**に紫冠を与えたのに対抗しているのだろうが、重大なヒントになっているのは、次に「織冠」を与えられたのが「中臣鎌足」ではなく、百済王として朝鮮に渡るときの「余豊璋」なのだ。大織冠と言えば中臣鎌足の代名詞である。確かに、それは鎌足の死の直前に天智天皇が「大織冠」を授けたからではあるが、最初に「織冠」を授けられたのは「余豊璋」である。『日本書紀』は明言こそしていないが、かなり意図的に中臣鎌足と余豊璋が同一人物であることを示唆しているといえる。

余豊璋＝中臣鎌足の人物像

仮にこれらが同一人物の記述であるとするとこうなる。父王の即位に際して百済国内で相続のゴタゴタがあり、危険な立場にあった彼を日本は迎え入れた。家を用意し、配偶者を与え、この国でずっと暮らしていくに足る閣僚級の地位も与えた。ところが彼はそんなもので満足せず、意のままにならない日本の実力者を殺害し、日本を戦争に駆り立て、情勢が好転すると王として自国に戻る。勝利を見込めるようになった時点で、自分を王として支えてきた将軍を残虐な方法で殺害し、その結果、自国百済を滅亡させ、同盟国日本を敗戦国にした。その直後何食わぬ顔をして日本に舞い戻り、実力者として君臨し続けていく。

この人物の人間性を、何と言えばよいか。自己中心的、冷酷、恩知らず、どんな言葉をもってしても及ばない。また、彼がその後「中臣鎌足」として、中大兄皇子の黒幕として行ったに違いない様々な行動の内容は、「余豊璋」と同一人物として全く違和感がない。おぞましいのはこのような人間性が、中臣鎌足を始祖とする藤原氏に、特に本流に近いほど、脈々と受け継がれているようにしか思えないということだ。

「大化の改新」の実際の状況推理

ここで、中臣鎌足の大きく関与した**入鹿**暗殺が実際はどういうものだったのか、5W1H（いつ・どこで・だれが・なにを・なぜ・どのように）の各面からもう一度検証してみたい。

まず、「いつ」。大化元年（645年）だが、この時の日本の政治状況のイメージは、だいぶ修正の余地がある。『日本書紀』の記述によって、当時は皇位継承が安定せず、やむなく女帝・皇極天皇がシャーマン的能力を買われて政務をとっていたが、**蘇我入鹿**の横暴に悩まされており、政局は不安定だったとされる。しかし実際は、百済大寺の造営のため近江と越の人員を徴発し、諸国に命じて多数の船を築造させ、恒常的に唐、高麗、百済、新羅からの使者を迎え、そのための施設も作った、という記事からもわかるとおり、国力は充実し安定していたのである。その中心に立っていたのが**蘇我入鹿**だった。そして**入鹿**と皇極天皇の二人はほぼ同時に雨乞いをしている。**入鹿**が天皇位についており、皇極天皇は伴侶として彼を支えていた、という想像が、そんなに奇抜なものだろうか。

次に「だれが、だれを」殺したのか。中大兄皇子と中臣鎌足が、**蘇我入鹿**を殺したのに間違いはない。ただ、それぞれの人物の立場、イメージが問題なのだ。まず、中大兄皇子は、その名から言っても、「長男」ではありえない。従って、当時皇太子だったのは、**入鹿**殺害現場にいた**古人大兄皇子**だろう。

次に、「なぜ」。これについて一般的には「律令制の実行のために、反動勢力の代表だった蘇我氏を倒した」とされているが、実際には蘇我氏は、天皇に権力を集中し国教として仏教を採用し、氏族連合を冠位によって再編成するという大改革を率先して行っており、物部氏もそのために屯倉を差し出すという形で協力していた。蘇我氏と物部氏は婚姻による同盟も結んでいた。反動勢力どころか、律令制の実行に向けともに尽力していたのが蘇我氏と物部氏だったのだ。従って「律令制実行のため」という理由はなりたたない。では、なぜ、**入鹿**は殺されなければならなかったのか。これについては、「中臣鎌足＝余豊璋」の視点を代入すると、実によくわかる。ただ、そのためには鎌足にとっての入鹿についてもう少し詳しく見ていく必要がある。

入鹿の時代、朝鮮半島を三韓（高麗、百済、新羅）と表現している。**入鹿**暗殺の舞台とされているのも「三韓の調の表」を読み上げる場である。かねてから百済は日本との関係において独占的立場を望み、新羅を排除することに躍起になっていた。ところが今では、新羅どころか高麗まで加わってしまい、百済からすると、本来日本の「唯一の同盟国」のはずが「三つのうちの一つ」に成り下がってしまった。これには「日本の裏切り」という気持ちすら抱いただろう。

当時、中国大陸中央では、隋が滅び唐が興った。隋からの亡命者を多く受け入れたのは高麗だといわれている。その中には優秀な官僚、学者も多くいたことだろう。そのころ、日本は国際社会の中で認められるにはどうすればよいか、真剣に模索していた。その課題を達成するために、日本が百済より格上で有能なコーチとして、高麗を選んだということはありうる。傍証として**入鹿**の別名・**鞍作**が高麗に学んだ話、さらには日本に向かう高麗の使いが異様な妨害を受けて変死したことなどの『日本書紀』の記事があげられる。不幸なことに、高麗は百済滅亡と時を置かず滅亡してしまう。

こういう動きの中心にいた**入鹿**を、百済王の子余豊璋がどう見ていたか。百済の状況が不安定なのに、日本は百済を見捨て他国との連携を図っている。このまま百済が滅びてもかまわないと思っているのだろう。そうなったら、亡命者のような自分の居場所はなくなる、そうなる前に手を打たねば、と考える。これが「なぜ」**入鹿**が殺されたのか、に対する私の答えである。

「どこで」の話になるが、前述のとおりこの事件の舞台が「板葺きの宮」とされていることに違和感を持っている。**入鹿**を殺した中大兄皇子が飛鳥・板葺きの宮から、わざわざ蘇我氏の牙城である法興寺に突入して立てこもったというのが不可解だからである。この事件の現場は法興寺だと考える。**入鹿**暗殺事件の後をうけて、**古人大兄皇子**が次期天皇の即位を打診されたとき、これを断り、僧形になって吉野に去ったとされる場所が法興寺なのだ。この**古人大兄皇子**の行動は、後に壬申の乱の直前、**大海人皇子**が臨終間近の天智天皇からやはり次期天皇即位を打診されたときの行動と全く同じである。この行動には並々ならぬ緊迫感がある。**大海人皇子**の場合、そうしなければその場で殺されるという判断があり、事実彼は複数の人々の命懸けのサポートを得て、やっとその場を脱出できた。一方、**入鹿**暗殺の後を受けて後の皇極天皇から皇位について打診された**古人大兄皇子**も、断りの言葉を言い終わるやいなや太刀を抜き、地に投げ、自分の周囲の人間にもそのようにさせ、ただちに「法興寺の仏殿と塔との間」つまり屋外に出てひげをそり、袈裟を着て吉野に去る。この行動のひとつひとつが**大海人皇子**が即位を打診された場面とそっくりだが、**古人大兄皇子**にここまでの恐怖を与えた人物は皇極天皇ではありえない。この行動は法興寺が入鹿殺害現場であり、**古人大兄皇子**は**入鹿**の長男・皇太子という立場でその場に居合わせたと想像して、初めて納得できる。この『日本書紀』の記述も編集陣の苦心のメッセージのひとつ、と私は考える。

　最後に「どのように」について。法興寺から甘樫丘に向けて、今は田畑になってしまっているが、当時は一本の道が通っていた。**入鹿**は法興寺でなんらかの仏教関連の修行、講演、あるいは実務関係の打ち合わせなどのことをし終えて、甘樫丘の自邸に帰ろうとしていたとき襲われたのではないか。「**入鹿**暗殺」とは何だったのか、という問いはこれからの論考で考え続けていかねばならない。以上、これが私の想像する「**入鹿**暗殺」いわゆる「大化の改新」の幕開けである。

　余談になるが、かつて立ち寄った法興寺、通称飛鳥寺の西門を出たところの「**入鹿**首塚」の光景が忘れられない。ごく小さな、何の囲いもない石塔だけが立っている墓に、常に新しい花が手向けられていた。教科書などでは諸悪の根源扱いされている**入鹿**に対する、深い哀悼と敬愛が感じられるのだ。板葺きの宮からここまで**入鹿**の首が宙を飛んだという伝承は、**入鹿**がここで死んだことを何とかして後世に伝えたいという思いが生んだものだろう。飛鳥寺は「**聖徳太子**」の面影を写したとされる本尊の仏像を守り続け、平城京に元興寺として移転させられた後も今に至るまでこの場にあり続けている。

「入鹿暗殺」「大化の改新」のその後

百済王子余豊璋と中臣鎌足が同一人物であり中大兄皇子とともに当時天皇だった**蘇我入鹿**を殺した、ということを論証してきたが、その後のことは要点だけ述べる。

○**入鹿**の死を受けて即位した孝徳天皇は、**入鹿**の路線を引き継ぎ、精力的に法律の制定や難波宮の造営など、実際の「大化の改新」事業に励んだ。中臣鎌足と中大兄皇子は、皇極天皇をひきつれて多武峰に籠城し、ことあるごとに妨害工作を続け、左大臣阿倍倉梯麻呂の死去を契機に大臣**蘇我倉山田石川麻呂**を葬り、孝徳天皇の政権を無力化し、彼を難波宮で憤死させた。

○余豊璋は手中にしていた皇極天皇を斉明天皇として重祚させ、百済再興のため、百済王として対新羅戦争を開始し、敗北するや中臣鎌足として舞い戻り、「内臣」として中大兄政権中枢で権力をふるい始める。

○中大兄皇子は**古人大兄皇子**＝**大海人皇子**と和睦し、天智天皇として近江に都を置く。

○鎌足と天智天皇が世を去った時、**入鹿**の忘れ形見＝**古人大兄皇子**＝**大海人皇子**＝**天武天皇**は「内の紀」の正統な後継者として名のりをあげ、壬申の乱を制して天皇位についた。その際、「外の紀」の助力を得て紀氏の大同団結体制を確立することに成功し、国家体制の整備をはかった。

○**天武天皇**死後、皇位についた**高市皇子**は藤原京を造営したが、若くして世を去った。天智皇女で**天武**妃であった讃良皇女は鎌足の息子不比等と組んで政権奪取の機会をうかがっていたが、**高市皇子**の死に際し、自身の子に皇位継承権を独占させることとし、**天武**皇子たちを次々と葬った。かくて持統天皇治世下で、藤原不比等を朝堂に迎えた政権が誕生した。

『日本書紀』が書けなかった真実

ここで、「大化の改新」「**入鹿**暗殺」という事件が『日本書紀』の記述をわかりにくくした最大の原因であることを述べておきたい。

『日本書紀』編纂当時の権力者、藤原不比等が『日本書紀』編集陣に課したのは、父藤原鎌足が百済の王族であったこと、そして日本の王を殺害して権力を握ったこと、つまり「**入鹿**暗殺」の実情について、うまく隠蔽した「日本史」を作成せよということだったに違いない。命じられたのは舎人親王だが、実質的な作業のトップは**紀清人**だ。彼はどんな思いだっただろう。しかし、**清人**たちは一見、この命令通りの仕事をした。

私が想像する日本史改変の内容は以下の通りである。**蘇我入鹿**は天皇ではない。蘇我氏・紀氏は天皇家ではない。天皇家の祖は天空から舞い降りたのであって、事実上天皇家の祖となった**タケシウチノスクネ**と**神功皇后**は、伝説上の人物である。大和、飛鳥の繁栄は、紀氏が物部氏や大伴氏らとともに築き上げた協力のたまものなどではなく、「**聖徳太子**」というどの系統にもつながらない皇族の超人的な一代限りの奇跡で、**入鹿**はこの人物と敵対していたから消されて当然である。**入鹿**の子孫は存在せず、天智天皇と**天武天皇**は同母兄弟である、など。

ただ、『日本書紀』には、ともかく情報だけは最大限残そうと苦心したあとが、そここに見られる。神話に克明に地名を書き込んだり、ある人物の事績を何人かに分けて記述したり、同じようなキャラクターを別の場面にも出すことで関連を示唆したり、「一書に曰く」という形で異説を書き込んだり、伝説のはずの**神功皇后**の部分に海外文書のヒミコの記事をはりつけたり、童謡や流行歌、噂話の形で世情を盛り込んだり、めくらましのギャグを入れたり、思い切って信じられないような挿話にしたりと、ありとあらゆる手段を用いている。その姿勢は、藤原氏が執筆した後続の六国史と比較すると、歴然と違う。

『日本書紀』は藤原不比等が朝堂に名を連ねた時点で終了する。この一事に不比等が『日本書紀』に何を望んだかが端的に表れている。第二部で扱う『竹取物語』の時代設定はまさにこの時点である。

本稿はここで『日本書紀』の読解を終え、『万葉集』『続日本紀』以降の六国史の検討に入る。

第六章　『万葉集』の証言

ここから『日本書紀』と同時代の歴史の証言として、『万葉集』の読み取りを加えたい。『万葉集』がなかったら、私たちはいろいろな事実につながる道をほとんど失ってしまっていただろう。歌集としての『万葉集』については第二部で触れる。

まず初めに、舒明天皇妃の宝皇女として歴史に登場し、皇極天皇として入鹿暗殺の場に居合わせ、斉明天皇として中大兄皇子と白村江の戦いに臨み、陣中で亡くなったとされる女性の歌について考える。私は、彼女こそ、この謎の多い歴史のすべてを当事者として見届け、その真実を伝えようと必死の努力をした人だと思っている。

皇極・斉明天皇「中皇命」

『万葉集』巻頭歌が前述の雄略天皇の歌だが、2番が舒明天皇の「大和には　群山あれど」の歌、そして3番が舒明天皇が宇智の野に狩りに行った折りに「中皇命」が間人連老《はしひとのむらじおゆ》に奉らせたものとされるこの歌だ。

やすみしし　わが大君の
朝には　とり撫でたまひ　夕にはいより立たしし
御執らしの　梓弓の　なか弭《はず》の　音すなり
朝狩りに　今立たすらし　暮狩りに　今立たすらし
御執らしの　梓弓の　なか弭の　音すなり　（3）
（やすみしし　わが大君が
朝には　手に取って撫で　夕べには　寄り添って立たれた
ご愛用の　梓の弓の　中弭を鳴らす音が聞こえる。
朝の狩りに　今　お立ちになるらしい。
夕の狩りに　今　お立ちになるらしい。
ご愛用の　梓の弓の　中弭の　音が聞こえる。）

反歌

たまきはる　宇智の大野に　馬並めて　朝ふますらむ　その草深野　（4）
（たまきはる　宇智の大野に　馬を並べて　朝の野を　踏ませておいでだろう
あの　草深い野を）

舒明天皇妃とおぼしき「中皇命」が、舒明天皇の狩りにでかける様子を物音で察知し、その姿をうっとりと思いやっている。「みとらしの　梓弓」に、自分自身の姿を重ねているようで、なまめかしい。この「中皇命」とはだれか。舒明天皇最愛の女性となると、皇極天皇（後に重祚して斉明天皇）以外にないが、それならなぜそう書かないのか。「中」には二番目のという意味がある。「中皇命」という尊称があったのなら、彼女は男性の天皇とペアとなる存在、おそらく紀氏系の男王を天皇たらしめる物部氏系の女王と認識されていたのではないか。彼女の天皇としての霊威は『日本書紀』も認めている。

中皇命の歌はあと三つある。斉明天皇の時代、中皇命が紀の湯に行ったときの歌である。

君が代も　我が世も知るや　岩代の　岡の草根を　いざ結びてな　（10）
吾が背子は　仮盧造らす　草なくは　小松が下の　草を刈らさね　（11）
我が欲りし　野島は見せつ　底深き　阿胡根の浦の　珠そ拾はぬ　（12）

10番の歌は、有間皇子が謀反の疑いで刑死させられたときの辞世の歌（141　142）、また彼への挽歌（143）と、非常によく似ている。比較していただきたい。

磐代の　浜松が枝を　引き結び　ま幸くあらば　またかへりみむ　（141）
家にあれば　笥に盛る飯を　草枕　旅にしあれば　椎の葉に盛る　（142）

長忌寸奥麻呂が有間皇子を悼んで

磐代の　岸の松が枝　結びけむ　人はかへりて　またみけむかも　（143）

「磐代の松」が、ここで命を落とした有間皇子の象徴になっている趣だが、その幕開けともいえる歌を、10番で中皇命が詠んでいる。中皇命とされる斉明天皇は確かに紀の湯に行ったと『日本書紀』に記されている。ただ、それはほかならぬ有馬皇子に勧められての「湯治」であり、彼の刑死直前のこととされている。本当にそうだろうか。「磐代の草を結ぼう」という言葉は、有間皇子の死と無関係だろうか。以下、これらの歌は有馬皇子の死をふまえたものとしての読みとりを述べる。

10番に底流する暗い情念。「あなたの死も私の命のありさまも、磐代の松はみな見ていたのね。私もこの枝を結ぼう、忘れないように」

11番の「吾が背子」への冷たい視線。「家もないのね、あなたは」と。こう言われる「吾が背子」は3番の「わが大君」と同じ人物ではありえない。同行していた中大兄皇子だろう。

12番。「私が望んだ野島が真実を見せてくれた。さあ深い底に隠された真実を拾おう」

ここで歌われているのは、弟孝徳天皇の長男であり彼女の甥である有間皇子を殺した者どもへの憎悪、呪い、嘲笑と侮蔑ではないのか。となると、この歌を「斉明天皇作」と記せないこと、有間皇子刑死との関りをごまかさねばならないことはうなずける。逆に言えば、そのような配慮をほどこして

『万葉集』は彼女の歌を記録したのだ。

斉明天皇は、石上神宮を含む奈良盆地の東を大きく削って飛鳥を分断し、「崩れてしまえ」と呪われた石の壁「たぶれ心の溝」を建設し、多武峰を要塞化した「後岡本宮」「天宮《あまつみや》」に宮を置いたとされる。しかしこの要塞を造ったのは彼女を監禁下に置いていた中大兄皇子と中臣鎌足である。この宮の跡地は談山神社（祭神は鎌足）になっている。

『日本書紀』斉明天皇四年の記事だが、斉明天皇は飛鳥の地、今城《いまき》について六首の歌を詠み、「この歌を伝えて、世に忘れられることのないように」と命じたという。そのうちの一つをあげる。

山越えて　海渡るとも　おもしろき　今城の中は　忘らゆましじ

今城の地について、『日本書紀』は、斉明天皇がかわいがっていた孫の建皇子の墓地としている。彼女は建皇子の早逝を悲しみ、常にその墓のある今城を見やって泣いていたという。しかし関裕二氏も指摘するとおり、墓地を「おもしろき」「忘れられない」地として泣き慕うというのは解せない。私は談山神社の展望台に登り、そこから飛鳥の地を見晴せることを確認した。これらの歌には「天宮」と呼ばれた多武峰にとらわれ、「山越えて海渡り」白村江の戦いに駆り出され、福岡県朝倉宮で崩じた斉明天皇の、飛鳥を思う心の叫びがこめられていたのではないか。

額田王

斉明天皇と非常によく似た立場にいたのではないかと思われるのが額田王である。彼女も『万葉集』がなければ、その存在が伝えられることはなかった。

斉明天皇の紀の湯行幸に、額田王も同行しており、斉明天皇の10番の歌の直前9番で有名な難読歌を詠んでいる。これは意図的に難解なのではないか。つまり続く歌を斉明天皇作とできなかったのと同様に、有間皇子殺害者を弾劾する内容だったと考えられる。梅澤恵美子氏はこの歌を万葉仮名としてではなく漢字一字ごとの意味の集成を「時がめぐり天の矢が殺害者に下るだろう」と読み解いている。

紀の温泉に幸す時に額田王の作る歌

莫囂円隣之大相七兄爪謁気　我が背子が　い立たせりけむ　厳橿が本　（9）

額田王の代表作のひとつ「熟田津」の歌を次にあげる。

熟田津に　舟乗りせむと　月待てば　潮もかなひぬ　今は漕ぎ出でな　（8）

これは白村江の戦いに臨んでの歌とされている。雄大な風景を背景に全軍を鼓舞する場面が思い浮かぶ。このような歌を詠むことが、彼女の職掌だったのだろう。彼女が香具山あるいは三輪山の巫女、天皇を天皇たらしめる巫女で、物部系の女性だったのではないかと思う所以である。またこの歌は斉明天皇作かもしれないと注されている。この場面では本来、斉明天皇こそが歌を望まれていたに違いない。ではなぜ額田王が歌を詠んだのか。斉明天皇が出詠を拒否した可能性がある。

中大兄皇子と中臣鎌足は大和政権の都、飛鳥やその地の霊山である香具山や三輪山を敵視していた。それは飛鳥を見下ろして要塞化した岡本宮の立地で明らかだ。さらにこの地の影響を逃れるべく、都を百済遺民の集住地に近い近江に遷した。このような推測のもとに次の歌を読むと、その思いの痛切さ、怒り、絶望が胸に迫る。

額田王、近江国に下る時に作る歌

味酒　三輪の山　あをによし　奈良の山の
山の間に　い隠るまで　道の隈　い積もるまでに　つばらにも　見つつ行かむを
しばしばも　見放けむ山を　心なく　雲の　隠さふべしや　(17)

反歌

三輪山を　しかも隠すか　雲だにも　心あらなも　隠さふべしや　(18)

歌人としての額田王については第二部で触れるが、ここでは彼女の晩年のことも書き添えておきたい。持統天皇の時代である。

吉野の宮に幸せる時に、**弓削皇子**、額田王に贈り与ふる歌一首。

古《いにしへ》に　恋ふる鳥かも　ゆづるはの　御井の上より　鳴き渡り行く（111）

額田王の和へ奉る歌一首　大和の京より進り入る

古に　恋ふらむ鳥は　ほととぎす　けだしや鳴きし　我が恋ふるごと（112）

吉野より蘿むせる松が枝を折り取りて遣る時に、額田王の奉り入るる歌一首

み吉野の　玉松が枝は　愛しきかも　君がみ言を　持ちて通はく（113）

この贈答の当時、概算だが二十六才の**弓削皇子**と六十一才の額田王の間に、どのような共感がありうるだろうか。しかし、この二人の歌には「いにしへ」という共通のキーワードがあり、この回路を通して打てば響くように問答が成立し、同じ認識を共有している感がある。この歌の舞台となっている吉野には、持統天皇は足しげく行幸を繰り返しているのでいつのことか特定できないが、「いにしへ」とは、持統天皇時代以前、つまり**天武天皇**時代ということになる。父である**天武天皇**が亡くなったのは**弓削皇子**が十五才くらいの時で、その後およそ十年が**弓削皇子**の人生だった。その短い人生の末期、彼は「いにしへが恋しいです」と大和の額田王に書き送った。持統天皇の行幸に加わりながら。

「刈廬《かりいほ》」の天智天皇

次に斉明天皇や額田王の運命を支配したといってもよい天智天皇について、『万葉集』にはどのような言葉があったか。額田王は中皇命の11番「刈廬」の歌の直前に、よく似た歌を詠んでいる。この歌も中大兄皇子・後の天智天皇についてのものだろう。中大兄皇子と「刈廬」「仮庵」は分かちがたく結びついている。

秋の野の　み草刈り葺き　宿れりし　宇治の宮處の　仮廬し思ほゆ　(7)

天智天皇自身が自らの家について歌っているものもある。

天皇（天智）、鏡王女に賜ふ歌一首

妹が家も　継ぎて見ましを　大和なる　大島の嶺に　家もあらましを　(91)

大島の嶺とは、葛城・信貴山のふもとあたりかとされているようだが、ともかくこれで見ると中大兄皇子の家は大和になく、鏡王女の家が大和にあるのだろう。天智天皇は奈良盆地に居場所のない天皇だったのだ。天智天皇を端的に表現する言葉が「かりいほ」だ、ということは、後世『百人一首』を編んだ藤原定家も言明している。天智天皇御製として次の歌を選んでいるからだ。

秋の田の　かりほの庵の　苫をあらみ　我が衣手は　露にぬれつつ　(1)

天武天皇

次に天智天皇の死後、壬申の乱を制して皇位についた**天武天皇**について述べる。**天武天皇**の歌で最も有名なのは額田王とのやりとりだろう。

天皇（天智）、蒲生野に遊猟する時に、額田王の作る歌
あかねさす　紫野行き　標野行き　野守は見ずや　君が袖振る　(20)
皇太子（天武）の答ふる御歌
紫の　にほへる妹を　憎くあらば　人妻ゆゑに　我恋ひめやも　(21)

額田王が**天武天皇**との間に十市皇女をなしながら天智天皇妃となったと『日本書紀』にあることから、この歌には様々な解釈がされてきた。私は額田王が夫の天智のことを暗に「野守」と表現しているので、彼女が**天武**より天智を愛していた、という気がしない。一方、**天武**も、彼女を「人妻」と表現しているので、少なくとも彼女が天智妃であることは認めていることになるが、二人の間にまだ愛情があるという雰囲気はある。

おそらく、彼女は**天武天皇**から天智天皇に譲られたのだ。この点でも彼女は斉明天皇に似ている。斉明天皇は蘇我系の高向王との間に漢皇子という子がありながら、舒明天皇皇后になったとされてい

る。これは恋愛感情どうこうの話ではない。天智天皇と**天武天皇**は、額田王を含め、お互いの娘、息子を何重にも結婚させている。そこまでしなければいけない、危険な相手だったのだ。

天皇（**天武**）の御製歌

み吉野の　耳我の嶺に　時なくそ　雪は降りける　間なくそ　雨は降りける
その雪の　時なきがごと　その雨の　間なきがごとく
隈もおちず　思ひつつぞ来し　その山道を　（25）

これはいつのことかわからない。イメージとして「壬申の乱」の雨の行軍が重なるが、彼の人生は吉野の山道のように苦難の連続だったということだろう。天智天皇の崩御直前に皇位を譲ると言われて断り、吉野に逃げたということもあった。この歌はこの時を念頭に置かれているのかもしれない。

天武天皇は**蘇我入鹿**の子で、**古人大兄皇子**と同一人物ではないかと私は考えている。**古人大兄皇子**と**天武天皇**の吉野への逃避行がよく似ていることなど、『日本書紀』の記述もこれを暗示している。

以下は私見である。**天武天皇**は鎌足没後、「内の紀」と「外の紀」の大同団結に成功し、「壬申の乱」に勝利し大和に返り咲いた。そのポイントとなったのが伊勢大神だった。雄略天皇が整備し、「外の紀」のシンボルとなった伊勢大神の祭神は**タケシウチノスクネ**だったに違いない。**天武天皇**は壬申の乱の際「内の紀」の後継者として伊勢に向かい、同じ**タケシウチノスクネ**の後裔として「外の紀」に協力を要請し、伊勢から進撃を開始した。

『日本書紀』の記述から、彼が内外の紀氏の支持のもとに各氏族の序列を決め、法律をまとめ、飛鳥に仏教中心の都づくりをしていたこと、そしてその方針は**蘇我入鹿**、孝徳天皇、**天武天皇**と一貫していたことが明らかに見て取れる。天智、**天武**、持統の各天皇は、同じ「律令国家」への歩みを進めていたという印象があるが、とんでもない。**入鹿**の夢みた仏教中心・等距離外交の律令国家を、中臣鎌足と天智天皇がぶちこわし、日本を敗戦に追いやった。返り咲いた**天武天皇**は紀氏を糾合して大和に帰還し、**入鹿**のやろうとしていたことを実行に移した。それを、**天武天皇**の死後、持統天皇と藤原不比等がひそかに藤原氏に有利な「律令国家」に改変した。まさに激動の時代だったのだ。

天智天皇や**天武天皇**の人柄についても『万葉集』は貴重な資料を残してくれているが、ここでは触れない。ただ、藤原京が紀氏の理想を追求したものだということについては後に述べたい。

大津皇子刑死

天武天皇の薨去後、時をおかず**天武**皇子である**大津皇子**の謀反・刑死という事件があった。有間皇子と並んで、悲劇の皇子として有名である。どちらも才気旱魃、器量が認められていたのに、持統天皇が自身の子の草壁皇子を皇位につけるべくなきものにしたということについては異論はなさそうだ。これについての『万葉集』所収の歌を以下にあげる。

大津皇子、竊《ひそ》かに伊勢の神宮に下りて上り来る時に、**大伯皇女**の作らす歌二首

我が背子を　大和へやると　さ夜ふけて　暁露《あかときつゆ》に　我が立ち濡れし　（105）

二人行けど　行き過ぎかたき　秋山を　いかにか君が　ひとり越ゆらむ　（106）

大津皇子、**石川郎女**に贈る御歌一首

あしひきの　山のしずくに　妹待つと　我立ち濡れぬ　山のしずくに　（107）

石川郎女の和へ奉る歌一首

我を待つと　君が濡れけむ　あしひきの　山のしずくに　ならましものを　（108）

忘れられない歌群だが、気になるのは印象的な「我が立ち濡れし」という言葉が、響きあうように用いられているのに、相手がずれているということだ。**大伯皇女**は伊勢斎宮であり**大津皇子**の実の姉である。しかし、歌の趣は限りなく恋人に対する感覚に近い。一方、**大津皇子**は姉の歌の「露に立ち濡れぬ」という言葉をそのまま**石川郎女**に送り、彼女も「そのしずくになりたい」と答えている。この三人はどういう関係なのか。

大津皇子、竊《ひそ》かに**石川郎女**に婚ふ時に、津守連通、その事を占へ露はすに、皇子の作らす歌一首

未だ詳《つまびら》かならず

大舟の　津守が占に　告らむとは　まさしに知りて　我が二人寝し　（109）

大津皇子と**石川郎女**の贈答が美しいので、つい明日をも知れぬ恋人たちの命懸けの恋、とうっとりしてしまうのだが、どうもそれだけではすまない。**大津皇子**が**石川郎女**と接触することは、姉である伊勢斎宮の**大伯皇女**と接触するのと本質的には同じことで、どちらも持統天皇側の警戒するものだったと、この歌の配列が暗示している。

そこで**石川郎女**に注目して『万葉集』を読んでいくと、彼女は、けっこういろいろな男性と交渉している（久米禅師、草壁皇子、大伴田主など）。その際の歌の詠みぶりが、どうも１０８番のしっとりした歌とは全く違う雰囲気で、同じ女性とは思えない。これがもし一人の人間の人生だとすると、全体的に凋落という言葉がふさわしい。ターニングポイントは、**大津皇子**の思いに応えて草壁皇子を無視した、という時点にあったと言える。ここで、**石川郎女**とはどんな存在だったのか、という問いに一応の答えを出すことにする。「**石川郎女**」は、「紀氏」を象徴的に表している。「石川」の名がそれを語っている。従って、決して単なる恋人ではない。ちなみに「大伴郎女」もあまりにも長期間活躍していて、到底一人の女性ではない。

父、**天武天皇**の薨去に際し、持統天皇一派からにらまれている**大津皇子**は何を考えたか。逃げるか、戦うか。彼の脳裏にあったのは、父の吉野隠棲と脱出、そして伊勢神宮への望拝、これによる最終的な勝利の再現だったのではないか。彼は姉の**大伯皇女**のいる伊勢斎宮に赴き「外の紀」の支援を要請し、次いで「内の紀」の代表である**石川郎女**と接触した。もちろん、彼の敵もこれを恐れていた。**大津皇子**が**天武天皇**の道をなぞり始めるやいなや、間髪を入れず彼を葬ったのだ。

しかし、**大津皇子**を葬った持統天皇側のダメージも大きかった。その証拠は、ほかならぬ**大伯皇女**の残した歌群である。

大津皇子の薨ぜし後に、**大伯皇女**、伊勢の斎宮より京に上る時に作らす歌二首

神風の　伊勢の国にも　あらましを　なにしか来けむ　君もあらなくに　（163）

見まくほり　我がする君も　あらなくに　なにしか来けむ　馬疲らしに　（164）

これによると、彼女は『日本書紀』の記述のように「弟が謀反をおこしたため、斎宮をやめさせられて帰ってきた」のではない。彼女は自分の意志で、「来なければよかったのに」と思いながら、激情に駆られ、職場放棄してみやこに駆けつけたのだ。

大津皇子の屍を葛城の二上山に移し葬る時に、**大伯皇女**の哀しび傷みて作らす歌二首。

うつそみの　人なる我や　明日よりは　二上山を　弟《いろせ》と我が見む　（165）

この歌も、ひとつの証言だ。当初、刑死人として粗末な葬送しか行われなかった**大津皇子**の遺体を、**大伯皇女**が紀氏の聖山、葛城の二上山山頂に改葬し、それにだれも手をだせなかった。この一事が、当時の故**天武天皇**妃讃良皇女と伊勢斎宮**大伯皇女**の力関係を伝えている。

大津皇子殺害という暴挙で讃良皇女は逼塞を余儀なくされたと思われる。通説では**天武天皇**の死

後、ただちに彼女が持統天皇として即位したことになっているが、実際に**天武天皇**の遺業を引き継いだのは**高市皇子**だったのではないか。

高市皇子

高市皇子が天皇だったという物証が出ている。1988年、**長屋王**旧宅から発掘された木簡に、「**長屋親王**宮へアワビ十編奉る」と明記されている。「親王」は天皇の子にしか使われない称号であることから、**長屋王**の父**高市皇子**は天皇だったという当時の認識が明らかになったのだ。この物証の扱いが近年、軽いと思う。

『万葉集』では、「藤原宮の役民」という無名の人物が藤原宮を造った天皇を称えている。この天皇を通説は持統天皇としているが、**高市皇子**だと思っている。

やすみしし　我が大君　高照らす　日の皇子
あらたへの　藤原が上に　食《お》す国を　見したまはむと
みあらかは　高知らさむと　神ながら　思ほすなへに……
(50)

さらに、藤原京を称える歌が載る。なぜ藤原京がすばらしいかといえば、藤原京は大和三山の中心に位置するからだ、と。

大和の　青香具山は　日の経《たて》の　大き御門に　春山と　しみさび立てり
畝傍の　この瑞《みず》山は　日の緯《よこ》の　大き御門に　春山と　山さびいます
耳梨の　青菅山は　背面《そとも》の　大き御門に　よろしなへ　神さび立てり……（52）

次にあげるのは柿本人麻呂の**高市皇子**への挽歌である。

……明日香の　真神の原に　ひさかたの　天つ御門を　恐くも　定めたまひて　神さびと　岩隠ります　やすみしし　我が大君の……
……香具山の宮　万代に　過ぎむと思へや　天のごと（199）
反歌　ひさかたの　天知らしぬる　君故に　日月も知らず　恋ひ渡るかも（200）

これは人麻呂の最長の挽歌であり、ここで**高市皇子**が「明日香に宮をお定めになった」と記されている。反歌でははっきり**高市皇子**を「天知らしぬる」と述べている。これでも、**高市皇子**は単なる「太政大臣」だったのだろうか。

高市皇子在世中、持統天皇が藤原宮にいなかったことは、わざわざ彼女の「藤原宮行幸」が記録されていることからわかる。では、彼女はふだんどこにいたのか。度重なる吉野行幸がその答だ。吉野に何かを求めて行幸したというよりも行かざるを得なかった、もっとはっきり言えば藤原宮に居場所がなかったのではないか。

高市皇子が皇位についていたと思われる根拠をもうひとつあげる。時代は**高市皇子**も持統天皇もこの世を去った、元明天皇の時代のことである。

元明天皇御製歌

ますらをの　鞆の音すなり　物部乃　大臣《おほまへつきみ》　楯立つらしも　(76)

御名部皇女の和へ奉る御歌

我が大君　ものな思ほし　皇神《すめかみ》の　継ぎて賜へる　我がなけなくに　(77)

わからないのは、元明天皇が何におびえているのか、そして、これをなぐさめようとしている御名部皇女の「私がいるから大丈夫」という言葉の根拠がどこにあるのかだ。「物部大臣」を当時の物部氏の大臣・石川麻呂と考えると、元明天皇がおびえていたのは「石川麻呂が楯を立てた」からだ。これは、彼女を無視してどこかで即位式が行われていることを意味する。穏やかではない。

これに応えて妹の御名部皇女が、「私がいるではありませんか」と言っている。この時、草壁皇子妃である元明天皇より**高市皇子**妃である御名部皇女の立場が上位だった。少なくとも御名部皇女はそう思っていた。これは彼女が「前太政大臣妃」ではなく「前天皇妃」だったとしないと納得できない。「皇神の　継ぎて賜へる　我」という言葉は、現に天皇であるはずの姉の前で出てくる言葉ではない。この歌は、この時点でも元明天皇の地位が確固としたものでなかったことを伝えている。

劣勢に立たされていた持統天皇が乾坤一擲の政治力をふるったのは、**高市皇子**薨去直後のことだった。電撃的に閣僚の五人を任命し「策《みはかりごと》を禁中に定めて」という意味深長な言葉とともに文武天皇へ譲位してしまう。その際の「日嗣決定会議」の様子を、『懐風藻』が約五十年の時を隔てて明らかにしている。

『懐風藻』には、葛野王の漢詩作品付随の評伝という形で次のような内容が記されている。**高市皇子**が薨去した時、皇太后（持統天皇）が諸卿を引き連れて禁中に現れ、次期天皇のことを議論させた。衆議は紛糾した。そこへ葛野王が「我が国では古来、天皇位は子孫相続が伝統となっている。兄弟相続はもめごとのもとである」と発言した。この時、**弓削皇子**が何か言いたそうにしていたが、葛野王は大喝し発言を封じた。皇太后はこの一言が国の基礎を定めたことを称賛し、特に式部卿に昇進させた。

なぜ、持統天皇在世中に「皇太子」「太政大臣」である**高市皇子**がなくなったからと言って、次期天皇に譲位しなければならないのか。これも**高市皇子**が実際皇位にあったことの証左である。『日本書紀』によれば、**高市皇子**は持統天皇十年に「後皇子命《のちのみこのみこと》」として亡くなっている。

持統天皇

通説では、持統天皇は夫である**天武天皇**の路線を継承し、これを補佐したのが藤原不比等だということになっていた。しかし近年、彼女は根本的に夫の作り上げようとした大和を改変し、藤原氏のための国に作り変えてしまった、あるいはその片棒をかついだという見解が複数表明されている。

春過ぎて　夏来るらし　白たへの　衣干したり　天の香具山　(28)

持統天皇御製のこの歌について、関裕二氏は、梅澤恵美子氏の「これは香具山の神聖さ、権威を打ち倒そうという思いを述べたもの」という解釈を紹介している。私も、今ではそのようにしか読めない。持統天皇が香具山を敬った形跡はなく、やったことといえばその逆だからである。後年、藤原定家がこの歌を『百人一首』に採った際、この歌の意味をそのように考えていたとして何の不都合もない。

『万葉集』は次のような奇妙な歌も伝えている。

天皇（**天武**）の崩りましし後の八年の九月九日、奉為《おほみため》の御斎会の夜、夢の裏に習ひ賜ふ御歌　一首

明日香の　浄御原《きよみ》の原に　天の下　知らしめしし
やすみしし　我が大君　高照らす　日の御子
いかさまに　思ほしめせか　神風の　伊勢の国は
沖つ藻も　なみたる波に　塩気のみ　かをれる国に
うまこり　あやにともしき　高照らす　日の御子　（１６２）

天武天皇没後八年といえば、**高市皇子**が藤原京を完成し遷都した年で、持統天皇の不遇時代と思わ

れるが、その頃彼女は、ある啓示を得た。それを歌ったのがこれだ。夫の**天武天皇**はなぜ、父の天智天皇の勢力を圧倒することができたのか。なぜ、「伊勢大神」を望拝し、伊勢、尾張から決起し、それが怒涛の勝利を導いたのか。その様を、彼女はまさに現場で目撃したのだ。彼女は考える。あんな塩くさい風が吹くだけのところに、あの人は何を見ていたのか、あそこに何の力があるのか。しかし何かがあるのだ、と。

大和の「内の紀」、葛城・難波を本拠とする旧体制を打倒しようとする勢力は、常に伊勢熊野、東海の「外の紀」から現れた。紀氏本流ではなかった彼らが心の支えとしたもの、それは「ヤマト建国の祖**タケシウチノスクネ**と**神功皇后**を流浪時代から支えたのは自分たちだ、その祖神が今も自分たちの地伊勢に眠っているのだ」という意識であり、だからこそ彼らは雄略天皇や継体天皇など「内の紀」に対抗する勢力のエネルギーになった。だが、伊勢・熊野と葛城はもともと同じ紀氏である。**天武天皇**が訴えたのはこれだった。「兄弟よ、私に力を貸してくれ」「打倒するべきは私なのか？」と呼びかけ、これに呼応して本来「外の紀」で**天武天皇**と距離を置いていた伊勢、熊野、東海が立った。それが「壬申の乱」だった。

持統天皇は悟った。**タケシウチノスクネ**と**神功皇后**からこの国が始まったという物語がある限り、天皇家は紀氏であり、これを盛り立てた物部氏と大伴氏、という壁を打ち破れない。わが子、草壁皇子即位の芽はなくなるのだ。現に**大津皇子**を殺しても**高市皇子**は即位したではないか。

持統天皇の行幸といえば吉野だが、それ以外で注目されるのが、周囲の反対を押し切って晩年、それこそ死の直前に強行された伊勢行幸だ。そこで何をしたか。神官の入れ替えと分断、社殿の移動、徴税権の剥奪である。秘められた目的は、祭神をタケシウチノスクネと神功皇后から、自分によく似た女神「天照大神」と「豊受大神」にすりかえることだった。これで紀氏結集のシンボルは封じられた。これをなしとげて、持統天皇は死んだ。彼女の背後に藤原不比等の存在があるのはもちろんだ。彼の父が百済王族の余豊璋であれば、亡命先の日本を手中にして最終的に朝鮮半島に返り咲くのは至上命題である。その際、日本の王としての紀氏の正統性を伝える物語は、あってはならない。『万葉集』が伝えるのは、まさにこの「古い物語」の終焉だった。

第七章　紀貫之までの二百年

『続日本紀』以降の六国史を検討する前に、持統天皇と藤原不比等がこの世を去ってから紀貫之が生まれるまでおよそ二百年を、都のあり方という視点で考察する。まず「紀寺」について触れておきたい。紀寺は紀氏の氏寺とされているが、単に「紀寺」の名のみ伝えられ、その実態は明らかではない。ただその存在は「藤原京」「平城京」「長岡京」の地図上で確認できる。日本の「宮」はもともと天皇ごとに一代限りのものとして造られてきたが、古墳時代末期から世代を超えた「都」に進化した。その早い段階から紀寺は重要な立地に存在した。紀寺が紀氏の盛衰をそのまま表現していることに違いないので、その点に注目しながらそれぞれの都の特徴を見ていく。

藤原京

藤原京という名のためにこの都が藤原氏ゆかりの都であるかのような誤解を生んでいるが、藤原氏にとって、藤原京は居心地が悪かった。大和三山の中央に位置する藤原京は、大和の古株豪族の地盤そのもので、東の物部と西の葛城（「内の紀」）に囲まれている。背後の飛鳥には、紀氏と物部氏の合同政権が作り上げた文化遺産とそのネットワークが取り巻いている。藤原京は、**天武天皇**とその子、**高市皇子**が作り上げた「大和」の集大成だ。難波から大和川を遡って**聖徳太子**ゆかりの斑鳩を過ぎれば、中心部に紀寺と薬師寺とが並び立つ仏教都市が現れる。これからの代々の天皇の即位と朝賀を想定した、広大な前庭を有する最初の都である。

藤原宮の基本構造は三山の中央の立地、格子型街路区画、方形の建物、池、など、新羅の慶州遺跡と共通する要素が多い。新羅式宮城の構造の基本にあるのは『周礼』だという(岩波書店『古代の都』所収・『躍動する飛鳥時代の都』市大樹)。『周礼』とは周代の管制を記したもので、このうちの『考工記匠人営国条』に都の作り方があり、それによると、「都は縦横に三本ずつの道が貫く正四角形で、それぞれに門を置く。中央に宮城を置き、宮城の後方に市を置き、前方中央に朝堂、左側に祖廟、右側に社稷《しやしよく》=土地の神・五穀神を祀る神殿を置く」とある。藤原京は確かに、この構造を踏襲している。正方形の京域を持ち、各辺三つずつ門があり、北方に市、碁盤目の中央に宮殿がある。このような都を新羅を天敵とみなす藤原氏が好むわけがない。

藤原宮において宮殿部の南側、東西にまるで狛犬のようにあるのが紀寺と薬師寺である。この薬師寺が**天武天皇**肝いりの「新・飛鳥寺」なのではないか。もともと飛鳥寺は日本初の仏教センターとして、蘇我氏の総力を傾けて創建されたものだが、**天武天皇**はその後継として、さらに大規模な仏教センターを企図したのではないか。これが元・薬師寺で、これと対になっているのが紀寺だ。紀寺は藤原京の条坊に伽藍中軸線をあわせて建立されていることが判明している。

『躍動する飛鳥時代の都』において市氏は、「藤原京には祖廟・社稷は存在しない、そこが新羅式宮城と違う」と述べている。しかし、紀寺と薬師寺があるではないか。藤原京において紀寺は祖廟であり、仏教を国教としたい紀氏にとって、薬師寺が社稷に相当すると考えて、なぜいけないのか。以下、紀寺が紀氏の祖廟だったと仮定して、歴代の都の変遷を追っていく。

平城京

高市皇子が亡くなり、強引に草壁皇子、持統天皇、文武天皇と綱渡りのように皇統を握り権力を蓄えた持統天皇と藤原不比等は、元正天皇の時代に至り、完成して間もない藤原京を逃れ「自分たちの都」造りに着手する。これが平城京である。平城京は、権力の移動に伴い、その中心を二転三転させている。前掲書『古代の都』を参考に述べる。

まず、建設当時の平城京を想像するに、朱雀門を入って朱雀大路を北に向かうと、しばらくは両側に屹立した塀に囲まれて何も見えない。やがて広大な「朝庭」が開け、見上げられるのは「外京」と称せられた藤原氏の氏寺である興福寺の五重塔で、その背後に藤原氏ゆかりの春日大社がある。この外京側から眺めると、宮城や朱雀大路は、まさに手に取るように思われたことだろう。この配置からして、平城京が誰のための都なのかよくわかるし、わからせられるわけだ。

興福寺のすぐ「下」に、蘇我氏ゆかりの法興寺（飛鳥寺）が元興寺として移転させられている。法興寺は八年間抵抗し、転居は養老二年（７１８年）九月二十三日。そして紀寺は藤原氏の興福寺、蘇我氏の元興寺のさらに「下」の位置にある。「下京」の末席といってよい位置だ。

平城京の紀寺についての数少ない記録が『続日本紀』天平宝字八年（７６４年）七月十二日の条にある。紀寺の奴**紀益人**が「**紀袁祁《おけ》臣**の娘**糠売《ぬかめ》**、その子**身売《みめ》**の身分は奴婢とされているが、それは天智天皇治世下の戸籍である『庚午年籍』記載時の手違いで、良民である。訂正してほしい」と訴えている。この**紀益人**は困窮していた**糠売**らを紀寺に住まわせ、食事を作らせていた。この訴えに対し、七月十三日、**益人**自身を含め紀寺の奴七十六人が解放されて良民となった。**益人**はその後神官として出世し、同時に**紀益女**という巫《みこ》も重用されていくが、称徳天皇の天平神護元年（７６５年）和気王の乱に連座して二人とも失脚している。

なお**高市皇子**の子、**長屋皇子**邸は平城宮の中央、宮城の南に隣接したところにあり、ここから「**長屋親王**」という木簡が出土した。この立地は本来、国王の位置と言ってよい。しかしその頭を不比等私邸が押さえており、それが現在の法華寺だ。その後、このような平城京の構造に叛旗を翻した聖武天皇は、興福寺のさらに「上」に、巨大な東大寺を置いた。さらに、聖武天皇の娘、称徳天皇は、興福寺の反対側の西に西大寺を建立し、もとの朝廷エリアに道鏡を中心とする仏教空間を作った。

このように平城京の中心は、藤原氏の外京からその高台の聖武天皇の東大寺へ、さらに中心線を越えて称徳天皇が営んだ西の京へと劇的に移動し、藤原氏の当初の設定を変更し続けた。こうなると平城京すら、藤原氏にとっては不愉快極まりない都になってしまった。称徳天皇が暮らしていた東院地区西宮にあった大井戸は、異例なほど徹底的に破壊され、ごみが投げ入れられ、埋め戻されていたという。称徳天皇の痕跡を消し去りたいとの思いがそうさせたのだろう。

長岡京と平安京

桓武天皇即位と同時に遷都プロジェクトが動き出した。桓武天皇は即位の三年後に長岡京に遷都し、その十年後に平安京に遷都した。同時に『続日本紀』が上進され、蝦夷討伐の完了が宣せられた。もっとも、あとの二つは厳密に言えば完了していなかったのだが、この三つがセットになって達成されることが藤原氏の悲願であったと推察される。自分たちの都、自分たちの歴史、自分たちの王朝の完成である。

ここで完成間近の長岡京があっさり放棄され平安京が建設されたのはなぜか、というのは重大な疑問だ。長岡京を捨てた理由は諸説ある。秦氏の本拠地に近いのを嫌ったという説や地形的に狭く、地盤がゆるく、大工事がやりにくいという説がある。それもあるだろうが、都になりそうでならなかった難波、紫香楽、恭仁京との共通点を挙げておきたい。海、川、水運に依拠する度合いが高かったという点だ。特に長岡が水運の拠点としてずば抜けた地の利を持っていることは明らかだ。もしこれらが都になった場合、最も有利な氏族はといえば、水運を握っていた紀氏である。対して藤原氏は、鎌足以来、水運と距離を置く傾向がある。紀氏の活動範囲である長岡でなく、山一つ越えれば百済移民の集住地がある平安京のほうが安心に違いない。

長岡京にも紀寺があったことは『続日本紀』の記事からわかる。残念ながら位置はわからない。発掘調査によって明らかになったところによると、平安京の設計段階からの完成度に比べ、長岡京の建造状況はあまりにも行き当たりばったりらしい。長岡京は当初から、単なる仮の都あるいは目くらましの都だった可能性がある。夜を徹して長岡京建設を指揮していた藤原種継の暗殺事件は、そのような視点から考える必要がある。

そして平安京において、紀寺はなくなる。この変遷は、まさに藤原氏と紀氏のせめぎあいを象徴している。それでは、**紀貫之**の生きた平安京は藤原氏の都だから、もはや紀寺も存在しないのだろうか。実は平城京において紀寺のあった都の東北の端の位置に、平安京においては**紀貫之**の屋敷があった。現在は仙洞御所の内部にある。そこには「紀氏遺邸跡」の石碑があり、彼が土佐から帰ってその荒廃を嘆いたとおぼしき池が整備されている。

タケミカヅチ

平城京については、その守り神がどうなっているか、という点も検討したい。藤原氏の始祖、中臣鎌足と呼ばれた人物が百済王族の余豊璋だとすると、彼には日本での出身地がなく、いわば「無戸籍」だったことになる。鎌足の父祖について、藤原氏は鹿島のタケミカヅチノミコトの名をあげている。平城京の藤原氏ゆかりの春日大社の祭神である。

タケミカヅチも不思議な神だ。大和の祖母神、**イザナミ**（墓所は熊野）は火の神を生み、そのため死ぬ。怒った夫、**イザナギ**は火の神を刀で斬り殺す。その刀から生まれた神の中で最後の方で生まれたのがタケミカヅチで、アマテラスオオミカミより早く生まれている。その後、タケミカヅチは物部氏系のフツヌシとともに出雲の**オオクニヌシ**に国譲りを迫って幽界に追いやり、圧倒的な武力（おそらく豊富な鉄剣）で彼の息子の**コトシロヌシ**を海中に沈め、**タケミナカタ**を信濃に追放した。神武天皇の大和入りでは、熊野で宝剣を授けている。さらに東国に向かい、各地で出雲勢力を追い散らし、押し込めた。このようにタケミカヅチは軍事力と宗教的権威を併せ持った強力な神だが、記紀の神話に見る限り、鹿島との縁は薄く、むしろ熊野に出自を持つ神ではないか。

茨城県の鹿島神宮に行ってみると、タケミカヅチの鹿島神宮はフツヌシの香取神宮とともに、ペアになって利根川河口を押さえている。河口から入るための鳥居がある。明らかに、タケミカヅチは船に乗ってこの地にやってきた神であって、ここで生まれた神ではない。「鹿島神宮の宮司は平安時代以降は中臣氏が世襲しているが、それ以前は物部氏が勤めていたのではないか」と、丸山二郎氏と松前健氏が論じている。ならば、藤原氏の祖とされている中臣氏の鹿島における歴史は浅い。

さらに利根川をさかのぼると、ここに利根川流域では「あんばさま」として重んじられている大杉神社がある。この境内にはありとあらゆる神様が同居していて面白いが、メインが出雲であることは見て取れる。出雲のシンボル、亀甲紋、花菱紋が目白押しで、神社の彫刻は中国大陸由来のものが多い。ここは、大陸と海でつながっていた出雲・紀氏連合がいちはやく手を付けたところに違いない。大杉が信仰の対象になったのも、海からの目印になったからだろう。

ここで興味深いのは、鹿島・香取の両神宮は、まさにこの大杉神社を河口近くから内陸に追いやり、より海に近い河口を自分たちが占拠する位置にあることだ。この配置は出雲大社を封じる物部神社を思わせる。つまり、ここでも「出雲の国譲り」が行われたのではないか。タケミカヅチのコンビとなっているフツヌシは、大和で物部氏が奉じている石上神宮の祭神フツノミタマを連想させる。フツノミタマは「刀」であるが、香取神宮の境内にも神宝の巨大な霊剣のレプリカが展示されている。タケミカヅチとフツヌシのコンビは、ヤマトタケルと草薙の剣にも重なってくる。**タケシウチノスクネ**と神功皇后を推戴するグループを掃討したのが、これらに象徴される人々だろうと推測する由縁である。

さらに、思いがけないところに、またタケミカヅチがいた。東北の蝦夷との戦いの前線基地であった塩釜神社の祭神は、長く秘密とされてきたが、実はタケミカヅチとフツヌシ、**シオツツノオジ**（この神も**住吉神**と同体と目される。つまり、**タケシウチノスクネ**そのものだ）であったことが、伊達四代目当主綱村の調査によって判明したという。つまりタケミカヅチは、フツヌシとともに、海沿いに、各地を転戦する神なのだ。彼らはもともとは、各地の先行出雲勢力を制圧するために大和の熊野から出動した、いわば全国展開の「出雲の国譲り」実行部隊、ヤマトタケルや「外の紀」系統の神だったと考えられる。しかも塩釜神社では本来掃討すべき**タケシウチノスクネ**と共存していたのだ。

これが秘密とされてきた、というのはどういうことか。タケミカヅチがもともと、鹿島だけに依拠した神ではないことをごまかすためではないのか。奈良、平城京の鎮護である春日大社にはここの祭神となるために鹿島からやってきたというタケミカヅチの絵や彫刻がいくつもある。鹿が鏡を載せている姿だが、このような努力を考えると、なんともいえない気持ちになる。

春日大社雑感

余談だが、このタケミカヅチを祭神とし、藤原氏が平城京鎮守とした春日大社について述べておきたい。春日大社は神社としては一風変わっている。この感じは、談山神社を訪ねた時の印象に重なる。そもそも、神社というものは、まず天地を感じる空間である。そのためにはある程度、広々とした感じ、うっそうとした森、苔むした大木などを感じながら歩く参道、その参道の始まりを告げる鳥居、などがあってほしい。春日大社にも参道はあるが、鳥居が目立たない。そして拝殿が建物の中にある。境内が立派な「回廊」に囲まれていて、その回廊が藤の木で装飾されている。藤原氏のシンボルである藤は豪華だが、高さはない。その点、よく神木となる杉や公孫樹のそびえる神社に慣れた目には違和感がある。ここでは、空を見上げようという気にならない。

違和感と言えば、一番それを感じるのはこの立派な回廊なのだ。閉じている。ここには周囲の自然と一体化し、そこから神威を感じ取ろうという感じがない。さらに、本殿が四棟並んでいる。この感じは本殿というより摂社だ。祭神が複数という神社はたくさんあるが、本殿は一つなのが普通だ。例えば**応神天皇**、**神功皇后**、**武内宿禰**が祭神という神社でも、この奥に、神々が一体の魂となっていらっしゃるという思いで、一つのお社で柏手を打ったり願い事をしたりしている。この四棟は、鹿島神社から勧請した武甕鎚神、同じく香取神宮の経津主神、枚岡神社の天児屋根命と比売神だというが、仲良く一つにできないのだろうか。

次にたくさんある摂社群を道順に従って参拝に行く。摂社の神々の顔触れは豪華だ。「タケミカヅチノミコト」「フッヌシノミコト」「アメノコヤネノミコト」に始まって、「スクナヒコナノミコト」「**イザナギ・イザナミ**」「金龍神社」「伊勢神宮」などもある。これらの神々が、春日大社を取り囲むようにして、回廊式に遥拝できるようにずらりと並んでいる。

最後にあるのが、十五番目の「紀伊神社」である。奥の奥だ。ここまで足を延ばす人はあまりいないだろう。道はきちんと舗装され清掃されているが、どんどん本殿から遠くなり、さびしくなる。摂社群は塗りも新しく赤と緑が鮮やかに見えるが、この神々は春日大社にとってどういう位置づけなのだろう。この順番はなんだろう。

最も衝撃を受けたのは、「三十八所神社」（祭神は**イザナギ・イザナミ**・カムヤマトイワレヒコの神）と、「紀伊神社」（祭神は**イタケルノミコト・オオヤツヒメノミコト・ツマツヒメノミコト**）だけが、緑の柵で囲われていたことである。しかもその柵はがっちりと組まれて鍵がかかっている。これはなんだろうと思いながら「これより先に神社はありません」という白い大きな看板に追い立てられるような気分で、春日大社を後にしたのだった。


さて、『竹取物語』の時代設定となる持統朝から**紀貫之**の生きた平安初期の時代まで、ざっと二百年をこれから主に六国史によって考察する。大きな傾向として、天皇家、天皇家を完全に自分たちのための権力維持装置にしようという藤原氏とこれから逃れようとする天皇家、という図式を想定して考えるといろいろなことが納得できる。乱暴な例えだが、藤原氏は天皇家（紀氏）のごく一部を切り取って、鉢植えにして占有し、それ以外の森全体を異物として除外しようとした。しかし、鉢植えにされた方、除外された方も黙ってはいない。

これ以降、特に「ならのみかど」と**貫之**が呼んだ平城天皇と、**貫之**とほぼ同世代であった陽成天皇について詳しく読んでいく。二人とも『伊勢物語』『竹取物語』『古今和歌集』に特に関係が深いからだ。

第八章　「ならのみかど」平城天皇

玄昉法師

平城天皇の話の前に、ふれておかなくてはいけないのは、聖武天皇とその母、さらに玄昉法師にまつわる話だ。聖武天皇の母は藤原不比等の娘**宮子**で、その母は**賀茂媛**と言われている。名前から判断するに、**賀茂媛**は葛城系で紀氏なのだろう。不比等は**宮子**と**宮子**の生んだ皇太子（後の聖武天皇）の接触を恐れた。彼女の精神に異常があるという理由をつけて幽閉し、皇太子は十六人以上の家庭教師に教育された。（この中に**紀清人**や山上憶良がいる）

玄昉は物部氏ゆかりの阿刀《あとうじ》氏の出身で養老元年（717年）に遣唐使として入唐し、天平七年（735年）に帰国して僧正となった。特筆すべきは彼が藤原氏からとかく危険人物視され、晩年筑紫に左遷されて亡くなった後もさまざまな奇怪なうわさをたてられ続けたことである。ともかく不比等在世中、聖武天皇は母宮子と僧玄昉の二人と接触する機会がなかった。

不比等の死後、政権は彼の息子たち四兄弟に委ねられたが、天平九年（737年）、九州の大宰府で蔓延していた「瘡のできる病」のため、彼らは一人残らず世を去った。その混乱のすきをついて、十二月二十七日、皇太夫人の藤原宮子が皇后宮に赴き、玄昉法師を引見した。このとき、聖武天皇も同席した。つまり聖武天皇皇后の光明子の部屋で、この実の母と子、宮子と聖武天皇は初めて顔を合わせたのだ。ここで何か重要な情報が聖武天皇にもたらされ、彼は反・藤原氏の天皇に豹変した。この情報が何かはわからないが、これが藤原氏にとって見過ごせないことだったのは、天平十二年（740年）、藤原広嗣が表を奉って、特に僧玄昉と吉備真備の追放を要求したことでわかる。その理由は不明であるが、二人がともに入唐を経験していることは指摘しておきたい。

ここからいわゆる「藤原広嗣の乱」とそれに続く「聖武天皇の放浪」が始まる。広嗣討伐が完了しても、聖武天皇は、恭仁宮、紫香楽宮、難波宮を造営しながら各都をめぐり、平城京に帰らないのだ。乱暴に言えば、聖武天皇は平城京では自分の命があぶない、帰るからには平城京を安全なものにしなければと思い、それが平城京の根本的な改造、東大寺、毘盧遮那仏の建立、田向山八幡宮の勧請につながったのではないか。この一連の大事業に藤原氏への強烈な警戒心と敵愾心を想定すると、よく理解できる。梅原猛氏、関裕二氏の指摘にもあるように、これらの行動のもととなったのは、母、そして玄昉との会談から得た情報の衝撃だろう。この情報の内容は確定できないが、娘の孝謙天皇、重祚して称徳天皇も共有していたと思われる。おそらく藤原氏の出自に関する情報であろう。称徳天皇が僧道鏡を重用したことは評判が悪いが、藤原氏も認めていたように道鏡は物部氏に近い弓削氏出身だ。彼女の意図としては、藤原氏以前の政体に戻そう、ということだったと考えられる。

八幡神

称徳天皇が道鏡を皇位に就けようとした際、父、聖武天皇が招聘した八幡神の力を頼ったこともよく思われていない。この八幡神についても考察する必要がある。

八幡神は九州からやってきた謎めいた神である。八幡神の不思議は、ともかく唐突に、それなのに圧倒的な存在感、影響力を持って登場することだ。聖武天皇の時代、東大寺の毘盧遮那仏を熱烈に支援するという唯一絶対の神として登場し、大仏建立実現への決定打となった。さらに娘の称徳天皇の時代には「道鏡を天皇として認めさせよう」という称徳天皇の期待に反して「天皇位には皇族を」と託宣し、これに称徳天皇も従わざるをえなかった。八幡神はこれほどの権威を持ちながら日本神話の系譜につながらない、特異な神だ。八幡神の性格を列記する。

一、日本古来の特定の氏族や地域に基盤を置いた神ではないにもかかわらず、皇位について託宣するほどの権威を認められている。

二、祭神が複数で絞りきれない。（応神天皇、神功皇后、タケシウチノスクネ、比売神、トヨヒメ、七人の天女伝説もある）

三、朝鮮半島、特に新羅との結びつきが強く、仏教との親和性が当初からある。（祭神の一人応神天皇が僧形、仏教の不殺生戒につながる「放生会」、八幡神の菩提号など）

四、女神の存在感が強い。

五、各地の伝承の再現と思われる、多様な祭が連携して行われる。（個々の八幡社が宝鏡作成、奉納、神幸参加などを分担し、さらに並行して神体の傀儡《くぐつ》を船に乗せ蛤を海に放流する「放生会」、薦《こも》社で作成した薦枕が八ヶ所の霊跡、宇佐八幡、奈多八幡を経て伊予八幡に向けて海に投入される「行幸会」などが行われる。）

どうしてこのような特異な神が九州に存在したのかについて、以下のように推理している。八幡神の霊威は「**応神天皇**」「**神功皇后**」「**武内宿祢**」「比売神」という祭神群にまつわる「歴史」自体にある。ここに、藤原氏政権にとっての不都合な真実が凝縮されているのだ。八幡神の祭祀の演劇的要素、伝承の再現としか思えない祭祀の数々は、いわば「忘れてはならない本当の歴史」の確認・学習・伝達装置として機能しているのではないかと考える。その、一見荒唐無稽な祭祀の数々は、「知っている者」から見ると、明らかに「そう」としか見えないのだと思う。

その「歴史」の核心は、天皇家の始祖は**タケシウチノスクネ**と**神功皇后**であり、その子の**応神天皇**であるということ。彼らと古くからつながり、かつ零落時代に彼らを支えたのは、朝鮮半島の、特に新羅系の人々だということ。その象徴が「比売神」ということだ。

この祭神たちのうち、**タケシウチノスクネ**を特に称揚し、紀氏の神として統合したものにしようとしたのが**天武天皇**で、彼が構想した「伊勢大神」の実体は**タケシウチノスクネ**だ。ところが、彼のあとを継いだと称する持統天皇が、「伊勢大神」の祭神を自分そっくりの女神にすりかえ、この秘密を守るべく、晩年に神官のすげかえその他の操作を強行した。伊勢においては、この情報統制はほぼ成功した。

ところが九州では、「**神功皇后**」「**タケシウチノスクネ**」「比売大神」「**応神天皇**」を祀る神社が多数存在した。これらの祭神は何柱も存在してとりとめのない感があるが、その共通項として新羅を置くと、糸口が見えてくる。「私はこの地で日本の神となる」と宣言した八幡神の背後には何世代にもわたる新羅系移民たちが存在し、九州の各地でそれぞれの信仰の形を作りながら連携もした、ということではないか。こうなると表面的な祭神のすりかえや性格改変では八幡神はつぶせない。やろうとすれば「伊勢大神」を封じるために費やした多大な労力を、数十倍の規模で覚悟しなければならない。

言い換えれば八幡神そのものが真の歴史の体現であり、「これが真実だ」という強烈なメッセージとなる。それを聖武天皇は「私が何も知らないと思うなよ」という意味をこめて、大々的に平城京に迎えたのだ。藤原氏側は、当時宇佐までは手が回っていなかったので虚をつかれた。八幡神は充分におどしがきいたのだ。

桓武天皇

このようにして藤原氏に抵抗した聖武天皇と称徳天皇だったが、称徳天皇も道鏡も僧であったから、皇太子を設定できなかった。藤原氏側は称徳天皇薨去を待ち、ただちに道鏡を追放し、西大寺を取り壊した。「老帝」光仁天皇を経て、その皇太子を即位させた。これが桓武天皇で、次に即位したのが平城天皇である。

この桓武という諡号について、関裕二氏は「桓」に「棺を墓穴におろすための四本の柱」という意味があることから「武の王家を終わらせる」という意味ではないかと推理している。武の王家とは**タケシウチノスクネ**の、つまり紀氏の王家である。

桓武天皇を推戴した藤原氏のミッションは遷都と東北征伐、うがっていえば特に紀氏と物部氏の手の及ばない新しい都を造り、紀氏や大伴氏や新羅移民を戦いに追いやって同士うちさせ、その体力を奪うことだった。

延暦三年（784年）、大伴家持が持節征東将軍に任命され、ついで造長岡京使が発表された。この長岡京を作ろうとして殺されたのが、平城天皇のパートナーとなった藤原薬子の父、種継だった。平城天皇はなぜか種継の遺児、薬子と広成を重用した。これが藤原氏にはめざわりだったらしい。このあたりから平城天皇の話に入る。

種継暗殺事件

平安京遷都直前に起こった種継暗殺事件は謎が多い。延暦四年（785年）、長岡京遷都の一年後、桓武天皇が平城京に行幸し、皇太子の早良親王、右大臣藤原是公、中納言藤原種継が長岡京の留守官となっていた。長岡京はまだ未完成で、種継は「夜も松明を照らして工事を監督して」いたところ、大伴継人、大伴竹良によって弓で射殺されたという。享年四十五。さらに、この直前この世を去っていた大伴家持に「事が及んでいた」として家持は除名、息子の永主らはいずれも流罪となった。十月八日、種継暗殺事件にかかわったとして、早良親王の廃太子が天智陵、光仁陵、聖武陵に報告された。

長岡京はものすごいスピードで創られ、桓武天皇もさっそく遷都した。しかし作りがいい加減で、設計段階から平安京の完成度とは雲泥の差があったらしい。どうも政権側は、本気で長岡に都を造る気がなかったのではないか。長岡は紀氏の勢力範囲内である。後に近くに石清水八幡宮が招聘され、紀氏が代々宮司を務めることになる。このような地に、平城京を捨てるつもりの藤原氏本流が魅力を覚えるだろうか。皇太子の早良親王、右大臣藤原是公、中納言藤原種継、大伴家持らは、長岡京とともに葬られた。このために長岡京を利用したのではないかと勘繰りたくなる。

平城天皇と善珠法師

一方、和気清麻呂の主導によって、平安京が姿を現し始めていた。当時、安殿親王と言われていた平城天皇はまだ元服していないが、不思議な人物と親しくつきあっている。善珠《ぜんしゅ》法師といい、聖武天皇の母である皇太后藤原**宮子**と失脚した前僧正玄昉が密通して出生した子であるという。『日本後紀』の編者藤原緒嗣は、さすがにこれは「民間のうわさ」としているが、単なるうわさであれば国記である『日本後紀』に記したりせず、黙殺すればよいだけのことである。**宮子**と玄昉の名には神経をとがらせざるをえない感じが伝わる。善珠法師については「遅鈍で学問を身につけることができなかったが、唯識論を読み反復することによって、ついに三蔵の奥深い教理や学説に通暁するようになった。大器晩成とはこのような人のことであろう」としている。青年時代、恵まれた環境になかったのではないか。時の政府が、やはり厳重に情報遮断を強いた可能性がある。

善珠法師は、後の平城天皇である安殿親王が幼少時病弱だったため、「大般若経」を読誦して霊妙な効験をもたらしたという。安殿親王は善珠法師の肖像を描き、それが秋篠寺に安置されていると記されている。秋篠寺は称徳天皇が道鏡のために造営した平城京の西大寺に近く、善珠法師の開基とも桓武天皇の創建とも、井上内親王と他戸親王の菩提を弔う寺とも伝えられ、奈良に残る最後の寺と言われている。善珠法師と安殿親王との語らいは、あるいはこのあたりでなされたのかもと想像する。

それにしても、肖像画を描くというのは相当の時間を共有する作業で、双方に親愛の情がなければかなわないことだ。またこの話にまつわる人脈が、何か政治の中枢からはずれた不遇な人たちであり、地域が称徳天皇ゆかりの西の京近辺なのも気になる。この善珠法師との時間が、平城天皇に何をもたらしたか。

安殿親王の身辺の死

延暦十二年（793年）三月、桓武天皇自らが新京となる平安京の地を視察した。これで公式にゴーサインが出た。遷都は同年十月二十八日である。

八月二十一日、桓武天皇が大原に狩猟に行った晩、気になる事件が記録されている。内舎人山辺春日と東宮坊の帯刀舎人**紀国**が帯刀舎人佐伯成人の殺害を謀ったということで、とらえられて「素手で殴殺された」と記されている。この事件に関して、皇太子（安殿親王）の密命によるといううわさがあったとつけ加えられている。時を経て陽成天皇の時も同じようなことがあった。これについては後述する。翌年、皇太子妃藤原帯子が急死している。これも不審な出来事だ。安殿親王二十一才の時のことで、彼は即位しても皇后を決めなかった。

平城天皇即位

延暦二十四年（８０５年）、桓武天皇は自らの死期を悟ったかのようだ。正月早々、皇太子の安殿親王を呼び出して何やら訓示する。二月十日、武器を石上神宮に返納。三月、即位時に葬った氷上川継、崇道天皇（早良親王）の免罪を命じる。四月、近衛大将藤原内麻呂、近衛中将藤原縄主らに、兵杖殿（宮中の武器庫）の鍵を皇太子に預けさせた。この処置は意味深長である。桓武天皇には、「私が死んだら安殿親王は無事でいるだろうか」という不安があったのだ。厳重に次代の権力者となっていく内麻呂を立ち会わせて念押しをしているあたり、桓武天皇のこれまでの人生の苦渋を感じる。十二月七日、「中納言近衛大将藤原内麻呂が前庭に侍しているところで」「軍事と造作を停廃する」という勅を発している。桓武天皇は自らの実績とされていることを投げ捨てたに等しい。

大同元年（８０６年）、三月十七日、桓武天皇は追加の遺言ともいうべき以下の勅を発する。「藤原種継暗殺事件に連座した者はすでに罪を許し帰郷させているが、朕は思うところがあり、生死を論ぜず本位に復する。大伴家持に従三位、藤原小依に従四位上、大伴継人、**紀白麻呂**に正五位上、大伴真麻呂・永主に従五位下、林稲麻呂外従五位下に復せ」（種継暗殺事件に紀氏が連座していたことは、ここで初めて明らかになる）「崇道天皇（早良親王）のために、諸国の国分寺僧に春秋二回金剛般若経を読ませよ」この詔を発した後、桓武天皇薨去。享年七十。このような桓武天皇の死の直前の行動から見ると、軍事も遷都も、遷都にまつわる暗殺事件や連座も、本意ではなかったのだ。ただ、彼は天皇としてはかなり自由度の高い生活をしてきた。新京の下見をかねていたかもしれないが、頻繁に狩りに出かけ、年間二十回を数えることもあった。彼以降の天皇は、そうはいかない。桓武天皇は父、光仁天皇が亡くなった時「泣き叫ばれて、喉が破れるほどで、自分でもそれを止めることができなかった」というが、この情景がまた、皇太子の安殿親王によって繰り返された。

その日のうちに、ただちに恒例の「三関固守」が行われ、都の入口にあたる三つの関所、鈴鹿・不破・愛発《あらち》が封鎖された。二十二日、安殿親王はここで、予定外の行動をとって周囲をあわてさせている。「急に体調が悪く、ひどい病となり、湯や火に触れているような思いである。いましきりに災異が起こっているが、その原因は私にある」とし、「武装を解き、三関固守を解除せよ」と命じる。それもきわめて強硬に「関や津の封鎖を解け」と重ねて命じている。これは異例のことである。平城天皇となった安殿親王はおそらく、自分の即位に際して「三関を開け」と命じた最初の天皇である。これは、桓武天皇があらかじめ武器庫の鍵を安殿親王に渡すという処置をとっていたからこそ、可能だったのではないか。天皇の譲位に際して「三関固守」が行われ、密室状態となった宮中で皇太子が廃され、唐突に新天皇が即位する例はいくつもある。

大同元年（８０６年）、五月十八日、平城天皇は大極殿で即位する。ここで中央に躍り出てきたのは藤原北家内麻呂だった。

伊予親王謀反事件

大同二年（807年）、十月二十八日、大嘗祭の直前、伊予親王の謀反が発覚し、伊予親王とその母を幽閉の末死に至らしめ、背後にいたとされる藤原式家の宗成が配流された。この件における処置は冷酷で、それがみな平城天皇のしたことになっており、彼が精神的に問題のある天皇だった根拠の一つになっているが、実際は近衛大将藤原内麻呂の指揮下で行われた。内麻呂という人物について注目しているのは、彼が終生「近衛大将」というポストに座り続けたことだ。一応の職務は天皇身辺の護衛だが、それだけにとどまらず、天皇の監視、情報統制まで行ったにちがいない。平城天皇の身になって考えると、自分の背後にいる内麻呂に対して「この男にかつがれていては危険だ」という思いがきざしても不思議ではない。異母弟で皇太弟だった伊予親王は、きのうまでの家族の絆、個人的交友、業績などを一夜にしてはぎとられ、命を奪われたのだ。同じことが自分の身に起こらないとどうして言えよう。

大同四年（809年）、四月一日、即位して四年足らずで、平城天皇はいきなり皇太弟の神野親王に譲位を宣言する。理由は「元来風病だったため」。この「風病」とは何か、いろいろと憶測されているが、要はよくわからないのだ。この言葉が独り歩きして「平城天皇は精神疾患だった」ということになってしまうのだが、彼はけっこう長命なので、これは譲位の口実なのではないか。神野親王は涙を流して固辞したが許されなかった。四月十三日、神野親王改め嵯峨天皇が即位する。

平城太上天皇の乱

弘仁元年（８１０年）、九月六日、平城太上天皇による「平城宮遷都」の指示が発されたという。この間のことは不明なことが多い。後にふれるが、嵯峨天皇は退位の際、この指示があったことを否定している。しかしこれに対応する形をとり、平城宮に軍事のトップ、坂上田村麻呂、内麻呂の息子冬嗣、そして**紀田上**が「造宮使」として送り込まれた。

十日、三関閉鎖。宮中は厳戒態勢をとった。嵯峨天皇は「今回の混乱はすべて平城太上天皇の側にいる藤原薬子のせいである。薬子を解任し、宮中から追放する。その兄の仲成は左遷する」と詔を発した。夜、収監されていた薬子の兄仲成が射殺された。仲成への処置は左遷だったはずだが、例によって問答無用の早業である。十二日、平城宮から逃れようとした平城太上天皇は行く手を阻まれて平城宮へ戻り、髪をそって僧体となり、輿を同じくしていた薬子は服毒自殺した。「平城宮遷都」の発表から六日後、嵯峨天皇の討伐命令から三日後のことだった。

結果として、まず種継の忘れ形見、薬子と仲成がこの世から消えた。そして平城太上天皇の皇子高岳親王が廃太子となった。もう一人の皇子阿保親王は左遷され、太宰権帥となったが生き延びて在原氏の祖となり、行平、業平という伝説のヒーローを世に送り出すことになる。この流れは、『伊勢物語』を介して紀氏につながる。ともあれ、平城太上天皇の系列は皇統から排除された。薬子について分が悪いのは、平城天皇との出会いの時の彼女の立場が「自妃の母」だったという事実であるが、それがどうしたというのか。むしろ、種継の娘だったということの方が影響したのではないか。それに仮に平城太上天皇による「平城宮遷都命令」なるものがなかったのなら、「平城太上天皇の乱」とは単なる平城宮襲撃だったことになる。

「ならのみかど」

平城太上天皇はその後十四年、平城宮で生き続ける。彼が「ならのみかど」と呼ばれることになるのはそのためだし、実は彼の真価はこの十四年間にあったのではないかと、ひそかに思っている。平城太上天皇は平城宮で何をしていたのか。恋人で盟友だった薬子を失い、僧となった先帝に許されることといえば、仏道修行と、せいぜい趣味的な文化活動だろう。即位前記に「広く儒教の経典を学び、文章が巧み」とある。考えられることは読書三昧だろう。

玄昉の子善珠法師の弟子である常楼が、弘仁五年（814年）、十月二十二日に没するまで秋篠寺に住んでおり、たびたび施入を受けている。秋篠寺は平城宮にはごく近い。当然行き来があったと思われる。読書三昧を楽しむ平城太上天皇のもとに、さまざまな人物や書物が集まってくる。その中にひょっとして『万葉集』原本もあり、そこで「『万葉集』を読む会」「『万葉集』を筆写する会」のようなものができたのではないか。貫之が『古今和歌集』の仮名序にいうところの「ならのみかどの時、『万葉集』が世に広まった」という言葉の意味するところは、このようなことだったのではないかと思われる。

公文書廃棄

弘仁十年（８１９年）、十月十九日、民部省から次のような請願がなされた。「主税寮の大宝元年から大同三年に至るまでの公文八千七十一巻をすべて紛失した。大同四年から弘仁七年までの紛失した八十七巻は、当時の在任者に筆写に必要な経費を出させて現任の者が写填し、大同三年以前のものはすべて廃棄処分とすることを請願する」驚くべきことにこの請願は許可された。

この記事をどう考えればよいのか。結局、すべての資料を「紛失」したということではないか。「写填」がきちんと行われる保証もない。このタイミングで意図的に公文書廃棄を行った可能性がある。だとするとなおさら平城太上天皇のもとに避難してきた文書があったという推測が信憑性を帯びてくる。

弘仁十一年（８２０年）、正月一日、「藤原氏の先祖（鎌足）は朝廷から悪人（**蘇我入鹿**）を追い払った。これにより歴代絶えることなく褒賞の封戸を支給され、総計一万五千戸となっている。（略）藤原氏の者は白丁《はくてい》となった以降も五世までは課税を免除し、これを代々の例とせよ」という詔が出されている。これは驚くべき詔である。**入鹿**暗殺事件から百七十五年、もはや「嘘だ！」と心の中だけでも言える人間は死に絶えたのか。こんな特別扱いがまかりとおる根拠は「**蘇我入鹿**は悪人、これを殺した鎌足は英雄」という「常識」だけなのに。こうなると、やはり前年の公文書廃棄も意図的なのではないかと思わざるを得ない。

淳和天皇即位

弘仁十四年（823年）、この年も、いつものように始まり、嵯峨天皇は朝賀を受け、芹川野、栗前野で狩猟を行ったりしていたが、在位十四年目にして突然、譲位を宣言する。

四月十日、嵯峨天皇は「朕は位を皇太弟（大伴親王）に譲ろうと思う」と詔する。右大臣だった冬嗣の困惑は本当のことだったようだ。「これでは一帝二太上天皇（平城太上天皇も在世中）となってしまいます」と懇願するが、嵯峨天皇は大伴親王（後の淳和天皇）の手をひいて冷然院に出御し、改めて譲位を宣言した。大伴親王は辞退したが許されなかった。この時、嵯峨天皇が譲位の理由としたのは「大伴親王と自分は同年齢だ」ということで、どうもこの桓武天皇の息子たち、平城・嵯峨・淳和の三帝は、「しかたない、俺たち三人で天皇位を回り持ちにしよう」と談合でもしていたのか、という気がするほどだ。

またこの時、嵯峨太上天皇は例の平城太上天皇の乱についても、重要な証言をしている。「朕はもともと庶子で、皇位につくなど思いも及ばなかったが、平城太上天皇が朕を称揚して位を譲られた。この時不徳者がいて、（平城）太上天皇と朕の仲を裂こうとし、公卿らが協議して太上天皇の側近のよからぬ者たち（藤原仲成・薬子）を追放したが、太上天皇は朕の誠意を思わず、伊勢に行こうとなさったので阻止した。だが、朕の平城太上天皇に対する気持ちは太陽のごとく、少しもうしろめたいものはない」ここで、嵯峨天皇は、平城太上天皇が発したとされる「平城宮遷都命令」について、全く言及していない。この事件の目的は薬子と仲成の排除・殺害であり、「不徳者」が自分たちの仲を裂こうとしたのがことの起こりだった、と明確に述べている。この「不徳者」が藤原内麻呂を指すことは明らかだろう。

思えば、ひたひたと「藤原氏だけの天下」ができあがりつつあるとき、平城・嵯峨・淳和天皇は「天皇としてどう生きるか」という課題を突き付けられながら成人した。父、桓武天皇の人生をどう見たのか。決して「幸福な人生だった」とは思えなかったのだろう。平城天皇は、自身の病気がちなことを口実に「太上天皇になる」という道を開拓した。父桓武天皇の天皇としての日々、臨終、そして即位に伴うごたごたを、もっとも身近に目撃し続けたのは彼である。

後を譲られた嵯峨天皇は、周囲に動かされて兄を出家させ、薬子と仲成を排除はしたが、兄を敬う姿勢を変えなかった。自分の皇子たちを積極的に臣籍降下させ、大量の「嵯峨源氏」を生み出し、嵯峨に自分の居宅を確保して勇退し、漢詩の会などを主宰して文化活動に力を入れた。弘仁十四年（823年）九月十二日、嵯峨荘に行幸したが、淳和天皇の再々の懇請にもかかわらず「護衛はいらない」と自分で馬に乗って移動したという。少しでも自由な行動がしたかったのだろう。

平城太上天皇の評価

天長一年（824年）七月七日、平城太上天皇は薨去する。享年五十一。『日本後紀』の記事では「秩序がきちんと守られ、古の聖王にも劣らないほどだったが、生まれつき他人を妬み排することが多く、即位当初、弟伊予親王母子を殺し、多くの者が連座した。婦人（薬子）を寵愛し政治を任せるようになってしまった。牝鶏が時を告げるのは家の滅びに他ならない」と断罪している。

改めて平城天皇という人を考えてみる。いろいろ言われているが、なにしろ平安京遷都以後の天皇であるにもかかわらず「ならのみかど」と呼ばれたことに、彼の本質が表れていると思う。彼が藤原氏の天敵だったのは、この『日本後紀』の記述でよくわかる。なぜこれほど危険視されたのか。皇后が亡くなってから新たな皇后を定めず、種継の娘（薬子）を傍に置いたこと、玄昉の子、善珠法師と親しくしたこと、さっさと引退して平城京に住んだこと、考えてみれば結局これだけのことではないか。それが何を意味するのか、まだ私たちの知らないことがあるに違いない。彼の人脈はこれ以降、ひっそりと「反藤原」の流れを作っていき、それが『伊勢物語』の世界に流れ込んでいる。

平城天皇の人となりを偲ばせるものとして、彼の漢詩を一つ、あげておきたい。やさしく、美しく、いかにも桜らしい詩である。平城天皇はこのような詩を作る人だったということを、知ってもらいたい。

賦櫻花　桜によせて

昔在幽岩下　昔、山奥の岩の下に咲いて
光華照四方　四方を照らしていた桜よ
忽逢攀折客　たまたま人に手折られて
含笑亘三陽　この庭でも微笑みかけている

送気時多少
垂陰復短長
如何此一物
擅美九春場

その香気は濃く、薄く
花の影は長く、短く
なんとこの一本の木が
あたりを払って咲き誇っていることか

第九章　摂関政治始動　清和天皇　陽成天皇

平城・嵯峨・淳和の兄弟による三帝時代が終わると、嵯峨天皇皇子の仁明天皇が即位し、次に予定されていた淳和天皇皇子の恒貞親王が「承和の変」で廃される。以後、仁明皇子の文徳、文徳皇子の清和、清和皇子の陽成と続く。この時代に起こったことを教科書的に言えば、藤原氏の摂関政治の始まりということになる。藤原良房、その養子基経から、藤原氏は摂政太政大臣の地位につき、これを世襲する。自分の孫が生まれ落ちるが早いか皇太子とし、元服もそこそこに幼帝として即位させる。これを摂政太政大臣である自らが「補佐」し、成人すると次の幼帝に譲位するというパターンができあがった。

立太子年令を見ると、桓武三十五才、平城三十一才、嵯峨二十才、淳和二十四才、仁明十三才、文徳十五才、清和九か月、陽成二か月（！）とどんどん早まり、即位年令も仁明、文徳両帝が二十三才なのに、清和、陽成両帝は八才である。まさに藤原氏の自家薬籠中の天皇たちであり、記録からも彼らの個性はほとんどうかがわれず、外出と言えば内裏内部の儀式場のみということになっていく。

しかし、盤石であったはずのこの体制が、なぜかほころびを見せるのが陽成天皇の廃位である。いきなり三世代遡って、臣籍降下していた仁明皇子、光孝天皇が即位し、さらに陽成天皇の舎人であった光孝皇子の定省親王が宇多天皇となった。陽成天皇と**紀貫之**はほぼ同世代になる。**貫之**は宇多天皇、醍醐天皇、朱雀天皇、村上天皇の時代に生きていく。清和天皇、陽成天皇はいわゆる「六歌仙時代」の天皇でもある。

清和天皇

文徳天皇が即位したとき、藤原良房の娘で文徳天皇皇后となる明子が良房の自邸で産んだ惟仁親王（次代・清和天皇）は生後三か月、**紀名虎《きのなとら》娘・静子**所生の**惟喬親王《これたか》**は七才だった。紀氏はまだ、かすかな望みを**惟喬親王**に賭けていた。だが皇太子になったのは、惟仁親王だった。嘉祥三年（８５０年）、十一月二十五日のことで、この時生後九か月、これは当時の皇太子指名の最年少記録である。

清和天皇の時代に起こったこととして重要なのは貞観八年（８６６年）の「応天門の変」である。これで大伴氏は完全に息の根をとめられ、紀氏も道連れになっている。これが藤原氏の陰謀であることは定説と言ってよいだろう。しかしこの事件は、言われている以上に計画的で恣意的なこと、そしてターゲットは大伴氏だけでなく紀氏も含まれていたことを指摘したい。

直接関係はないが、「善愷《ぜんがい》事件」というのがある。承和十三年（８４６年）のこと、法隆寺の僧善愷が法隆寺監理者の登美直名《とみのただな》の不正を訴えた事件で、直名は罰金を支払い、善愷は「不法に訴えた」罪でむち打ちに処されたという、理解しがたい事件である。その際、当時弁官であった伴善男が「手続き上不備がある」と判決に異議を唱え、これに小野篁《たかむら》も賛同し、面倒なことになった。この事件はこれ以後、何かにつけて言及されて伴善男が悪者にされ、しかもそのたびに微妙に事件の内容や主旨がすりかえられていく。おそらく有能で弁のたつ人材だった伴善男に対する誹謗中傷が、『続日本後紀』において、死後に至るまで執拗に続けられ、「応天門事件」の犯人としての伴善男像が準備されていく。

なお「大伴氏」の「大」の字が削られたのは淳和天皇の諱が大伴皇子でこれをはばかったためだが、このような場合、多くは一代限りの処置であるのに、大伴氏の場合のみそのままになってしまった。このようなことにも大伴氏への悪意を感じる。以下「応天門事件」の概要を振り返る。

応天門事件

貞観八年（８６６年）閏三月十日、平安京正面の応天門に火災が起こり、棲鳳・翔鸞の両楼が延焼した。応天門は宮中の大内裏の正面、朱雀門の内側にある。ここを入ると大極殿前の朝堂空間になる。ホテルで言えばロビーのフロント、といったところだろうか。五か月後の八月三日、左京の大宅鷹取という人物が、「火を放ったのは伴大納言とその子の中庸です」と届け出た。四日後の七日、大納言伴善男が尋問されている。十九日、ここで唐突に、藤原良房の太政大臣就任がある。彼は数年来の体調不良に悩まされていた。自分の目の黒いうちに心配の種を一掃しておこう、と腹を決めたのではないか。二十九日、この大宅鷹取の娘が拷殺されたとある。その三日後、「中庸の命令で鷹取とその娘を殺した者」が遠流になっている。この事件ただ一人の証人、大宅鷹取とその娘は、ただちに口をふさがれ、それが伴中庸のしたことだとされた。中庸がこの期間、自由に出歩いたり命令したりできるわけがないのは言うまでもない。

『続日本後紀』は、応天門を焼いたのは伴中庸でその黒幕が父善男だとしているが、彼らには動機がない。応天門は大伴氏の所管門である。そこを焼くとしたらむしろ大伴氏以外の、応天門なら焼いてもいいと思う人間を疑うべきだ。

左大臣源信

応天門事件の動機についての一説に、伴善男が左大臣源信にいいがかりをつけ、葬ろうとしたというものがある。応天門事件の二年後の貞観十年（868年）十二月二十八日の条に、正二位左大臣・嵯峨天皇皇子で源氏の筆頭者、源信死亡の記事がある。そこに伴善男が出てくる。

源信は書、画、楽、馬術、射と趣味豊かな人だったという記事のあと、貞観六年（864年）冬、善男との関係が悪くなり、善男が「投書」により、左大臣源信、中納言源融、右衛門督源勤が共謀して反逆しようとしていると告げ口をした。その結果、信の周囲から腹心が次々遠隔地へ「栄転」させられ、信を孤立させた。そして応天門事件の起こった貞観八年（866年）春、善男と右大臣藤原良相が共謀して、信の家を囲んだという。このことを「知らなかった」（『続日本後紀』の記述による）太政大臣良房は「色を失い」、清和天皇に報告したところ、天皇も「全く知らなかった」とのことで、信に真意を尋ねた（家を囲んだ方ではなく囲まれた方の信を尋問するのは不審である。家を囲んだという事実はなかったのではないか）。信は身の回りの人、馬などをすべて差し出して衷心を示したが、それには及ばないとすべて返された。その後、信は家に閉じこもるようになり、やがて憂情を抱えて摂津に行き、野原で狩りの最中に落馬し、泥にはまって抜け出せなくなり、それがもとで亡くなった。人に知らせず、北山に小屋を建ててそこに棺を置き、密閉して人を近づけなかったとある。享年五十九。

不可解な記事ではないか。正二位左大臣・嵯峨天皇皇子・源氏の筆頭者たる源信の最期としてはいたましすぎる。源信ともあろうものが、一人の従者もつけずに孤独死し、葬儀もしない、遺体もないなどということがあろうか。そこに伴善男が一枚かまされたのだ。さらに、この記事をよく読んでみると、貞観八年（８６６年）春とは、応天門事件のころなのだが、実際いつのことなのか記述がない。こんなクーデターまがいのことがあったのに、貞観八年になんの記述もなく、しれっと十年の源信の死亡記事で扱うというのもおかしい。推測するに信の失脚、幽閉は応天門の焼失とは無関係であり、信の孤立はそれ以前から始まっていたのだ。「信の周囲から腹心を次々遠隔地へ『栄転』させ、信を孤立させる」などということができたのは善男ではなく、藤原良房だろう。

ここには二重三重の闇がある。葬られたのは大伴氏だけではない。源氏の筆頭者、左大臣源信もまた、良房に葬られたのだ。信の共謀者とされた融、勤、善男の共謀者とされた源良相なども、逆境に立たされた。さらに施政官として人望のあった**紀夏井**も、大伴家の従者と関りがあったということで連座した。**夏井**に関する一見好意的な筆致は、かえって気味が悪い。ついでに、大伴家持と同じく東国で蝦夷討伐の任についていた**紀春道**も流罪となった。ターゲットは源氏、大伴氏、紀氏の主だった人々全部だ。これらすべてが、伴大納言の流罪という事件が派手に取り上げられる影で、注目を免れていたのだ。

伴善男たちへの過酷な処置

応天門が焼失して約半年後の貞観八年（８６６年）、九月二十二日、大伴氏の善男たちは流刑地に赴いた。善男だけではない。秋実、清縄、息子の中庸、善男の従者だった**紀豊城**、豊城の異母弟だった**紀夏井**、**春道**、**武城**もである。流刑の地も伊豆、隠岐、阿波、壱岐、佐渡とみごとに分散している。

二十五日、京畿七道に勅が発せられる。「庶人・伴善男などの資材田宅を勘録し、子の中庸、八才と五才の孫も、父中庸とともに配所に遣るところ、幼いので帰らせる」

同日、柏原の桓武天皇陵、深草の仁明天皇陵に善男配流の報告をした。その告文にいう。

「なお山陵の域内に伴氏の仏堂があり、そこに死屍を埋葬したいと申す。係官に事実を調べさせ、直ちに堂を破壊し、遺体を撥《は》ねとばし、掃き清め、これを参議・正四位下・右代弁・播磨権守・大枝音人に確認させた」

二十九日、朱雀門前で大祓。罪人配流のため。（傍線筆者）

これ以降も、大伴氏に対する異様なまでに執拗でヒステリックな仕打ちは続く。

この時の『日本三代実録』筆者、時平の言がふるっている。善男は「性、忍酷」で伴家は「積悪の家、必ず余殃《よおう》あり」と記している。

良房の死

貞観十四年（872年）九月二日、太政大臣従一位藤原良房が東一条殿で死去した。享年六十九。ここで良房についてふりかえる。良房は「太政大臣」となり、この立場を絶対的なものとした。以前の藤原氏もそうだったが、良房の代になって特に徹底されたのが、天皇と皇后、皇太子の囲い込みと、外部からの遮断である。自分の身内の女性を天皇に配するのみならず、その生活空間も完璧に自己の管理下に置く。出産、育児などすべて私邸または内裏で行い、その内裏にも良房の居住空間を確保し、常駐し、私邸化する（「直廬《ちょくろ》」）。良房の目の届かない場所など、どこにもない。思えば、病弱と言われた仁明天皇はまだ狩猟や行幸ができた。文徳天皇にはその記録もほとんどない。清和天皇に至っては、宮城内の紫宸殿にすらめったに出御しない。桓武天皇のように自分の目で京中の様子を観察したりはとてもできない。

藤原氏は、朝堂から他氏族を駆逐することにほぼ成功した。「応天門の変」で、大伴氏の命運は尽きた。臣籍降下した天皇家である賜姓源氏、源信を葬り、融を祭り上げた。平城天皇の系列につながる在原行平、業平は流浪し、高位につけなかった。隠れた最後のターゲットが紀氏である。朝堂の官僚除目で、この時点でも紀氏が他氏族に比べ善戦しているのは記録からもわかる。土木、建築、軍事、外交、学問などの面でも、余人をもってかえがたい知識、技術を持ったエキスパート、プロフェッショナルな人脈が紀氏には相当数存在したのだが、その出世頭が狙い撃ちにされた。

神を祖とする紀氏にはまだ特別な権威もあった。だがこの分野でも、良房は排斥の手を緩めない。清和天皇の即位とほとんど同時に「神階」の総ざらえのようなことが行われている。神の権威すらも朝廷、すなわち藤原氏の胸先三寸で決まることになった。良房の時代に起こったことの一つに石清水八幡宮の創始があり、その神官には代々紀氏をあてることと認められている。これは一見、紀氏への優遇のように見えるが、実態は八幡神の囲い込みである。伊勢大神に続いて、八幡神に対しても封じ込め、すりかえ工作が行われた。あわせて紀氏を朝堂から排除し、てきとうな隠居所を与え、自分たちの番人としてのみ存続を許すということを考え付いたのだろう。「紀氏は武だけの家」とことさらにくりかえすのも紀氏が本来持っていた尊貴性を否定するためだ。

「古今集」に、良房の歌が一首だけ採られている。

染殿の后の御前に、花瓶に桜の花をささせたまへるを見てよめる　前太政大臣
年ふれば　よはひは老いぬ　しかはあれど　花をし見れば　もの思いもなし
52

良房にとって「花」とは「染殿良房邸の后」と呼ばれ、自らの地位を盤石にしてくれる娘、文徳皇后明子や清和皇后高子のことであってそれ以外にはなく、従って彼女らさえ安泰なら「もの思いもなし」ということで、この歌は良房の頭の中を端的に表している。良房の死後、権力は予定通り養子の基経に流れていき、死後も彼の思い通りになるはずだったが、そうはいかなかった。

陽成天皇即位

良房没後四年の貞観十八年（876年）、十一月二十八日、清和天皇は陽成天皇への「譲位の意」を表明し、「外宮」に出る。すべては藤原基経邸となった染殿院で始まり、年内に終わった。こうしてみると、陽成天皇即位は完璧に基経の意図によるものだったのだろう。源融は左大臣に祭り上げられていたが、陽成天皇の即位以降全く引きこもって出仕しなくなった。

元慶四年（880年）十二月四日癸未、天皇が紫宸殿に御し、公卿百官が庭に整列し、太上天皇の詔によって、右大臣藤原基経の太政大臣就任が発表され、その日のうち、申二刻、清和太上天皇は基経の山荘、円覚寺で崩じた。享年三十一。さらっと書いてあるが、この時刻に現在の時刻を代入してみると、異様なことに気づく。天皇が臨席し、文武百官が整列して清和太上天皇の「詔」が読み上げられた「癸未」は、現在のほぼ午後一時から三時の間の終わりの方で、限りなく午後三時に近い。一方、清和太上天皇の崩御の時刻「申二刻」とは、午後三時から五時の間である。ということは、この二つの出来事はほぼ同時に起こっていることになる。まさに清和太上天皇の命がこの世を去ろうとする数時間前、あるいはもはやこの世にいないかもしれないその時、清和太上天皇の意志として基経の太政大臣就任が成立している。

清和太上天皇の死について、不審なことはいくらでもある。なぜ「不予」の状態の太上天皇を、円覚寺に移さなければならなかったのか。さらに、この臨終のタイミングでの基経の太政大臣就任式は、どう見ても異常だ。この「詔」なしでも、陽成天皇即位後にでも、基経は太政大臣に穏やかに就任できそうなものだ。この「清和太上天皇の詔」は、どの程度必要だったのか。実際、この「詔」はいつの時点で用意されたものだったのか。清和太上天皇の実際の臨終は、どんな状況だったのか。いったい何人の人間が立ち会っていたのか。臨終の彼をほっぽり出して、実の息子である陽成天皇始め公卿百官が庭に整列して、基経の摂政就任式を挙行する必要がどこにあったのか。

これに続いて、『日本三代実録』に清和太上天皇の晩年の様子が記述されている。山城の貞観寺を振り出しに、彼は大和の東大寺、香山、神野、比蘇《ひそ》、龍門、大瀧、摂津の勝尾山、など有名な寺々を回り、あるところでは十日以上とどまった。この寺々の選択もかなりマニアックな感じがするのだが、ともかく精力的に歩き回り、仏道を学んでいる。これが健康状態を理由に退位した人の行動だろうか。こんなに元気に精進していた人が、なぜ急に死を迎えたのか。また、自らの終焉の地を水尾山に定め、食を節し、食膳を捨てさせ、二、三日に一度「斎飯」をとるだけで「削るがごとき」修行をし、病が高じ、臨終にあたっては西方に正対して結跏趺坐し、不動の姿勢を保ったまま崩じたというが、どこまで本当か。いったいその様子をだれが見守っていたというのか。天皇として、清和天皇は「風儀はなはだ美しく、端厳なること神のごとく」「温和で慈順」であり、藤原良房、藤原基経の補佐を得て天下を無事に保ち、伴善男の謀反に対しては毅然と対応したとある。これについてどう思うか、泉下の清和天皇に聞いてみたい。

さらにこれを書いていて、なんだか妙な気分になってきた。以前、これと似たような場面があったと。そして清和天皇の父、文徳天皇の死の状況と、今回の状況が、非常によく似ているということに気づいた。文徳天皇も清和天皇も藤原氏の私邸で生まれ、藤原氏の皇后を持ち、若くして即位する。文徳天皇の立太子は十六才、即位は二十四才なのに対し、清和天皇の立太子はなんと生後九か月、即位は九才と、さらに過激に「幼帝」化している。その藤原氏所生の子は、誕生するやいなや皇太子となり、自身の死の直前、藤原氏の良房、基経を太政大臣・摂政に任じている。臨終に際して、到底本人の遺志とは思えない状況で「詔」が出されているのも同じである。薨年もほぼ同じ、三十二才と三十一才。そして、次代の清和天皇と陽成天皇の治世の始まりは「九才の新帝」と「藤原氏の太政大臣・摂政」という体制になる。

なんだか「天皇の生涯はかくあるべし」というモデルが、確立しつつある気がする。まさか、清和天皇の生涯は文徳天皇と同じように終わると、予定されていたのではあるまいか。そして、少々の狂いはあるものの、同じ役割を演じてこの世から退場していった。晩年の清和天皇の狂気のような仏道修行は、彼の精いっぱいの抵抗、あるいは青春というべき時期だったかもしれないが、結果的には父帝文徳天皇とそっくりの経歴に収まってしまう。この二人の天皇の生涯の記述は、『文徳天皇実録』と『日本三代実録』に分断されているが、もし続けて記載されていれば、だれでもその類似性に気が付かずにはいられないのではないか。そう思うと恐ろしい。しかし、こうして即位した陽成天皇の退位は、意外と早かった。

陽成天皇の「狂気」「暴悪」

『日本三代実録』に元慶七年（883年）、十一月十日、散位・従五位下**源蔭之**の子、**益**が殿上に侍っていた時、急に手で殴り殺されたという記事がある。これは「禁省事秘（部外秘）」とされている。**源益**は陽成天皇の乳母、従五位下**紀全子**の生んだ子であると書き加えられている。この説明として、以下の文章がある。陽成天皇はもともと馬を愛好し、宮中の「閑所」でひそかに馬を飼っていて、右馬少允・小野清如に馬の世話をさせ、権少属・**紀正直**が馬術を好むのを知り、しばしば彼を禁中に呼び出して習っており、藤原公門らを階下に侍らせて時々、乗馬を楽しんでいたという。これを聞きつけた太政大臣基経が「甚だ不法である」として、内裏に乗り込み、宮中から「中庸猥群小」（**源益**たちのことだろう）を駆逐した。この夜「栄感度を失」ったため、陽成帝を三日間軟禁したらしい。

陽成天皇は特別な天皇である。ものすごく悪く言われている。「武猛・暴悪の君」（藤原実頼の『清慎公記』）「暴悪無双」（九条兼実の『玉葉』）などにこのような記述がある。これらの評判は、もとはと言えばこの事件に起因するのだろう。しかし、この『日本三代実録』の記述をいくら読んでも「内裏で人が死んだ」とあるだけで、陽成天皇のしわざだと言っているわけではない。また、殺された**源益**は、陽成天皇の乳母**紀全子**の子であるという。つまり乳母子である。乳母子とは、主の身代わりに死ぬこともいとわない、実の兄弟以上の絆で結ばれた存在であるといわれている。そのような人間をなぜ、陽成天皇が殺さねばならないのか。そもそも、陽成天皇が「甚だ不法」とされたのは、「殺人」のためではなく、宮中でこっそり自分の馬を飼っていて、時々乗馬を楽しんでいたためである。その程度のことがなぜ許されないのか。桓武天皇などは、「狩り」「行幸」「巡行」に何度出かけたかわからないではないか。しかもこのことが「源益の殺害」とどう結びつくのか、さっぱりわからない。

ともかく陽成天皇は「狂気の帝」「暴悪の帝」と言われ、帝位から追われ、不遇のまま人生を送ることになったのだ。しかし、真相は別にあるのではないか。特に、この件に紀氏の人間が関わっているのは見過ごせない。

宮中の不審死、過去の例

実は、宮中で皇太子ゆかりの人間が死ぬ、そしてその原因が明かされていないという出来事は、これに始まったことではない。前述したものも加え、以下に三件あげる。そのうち二件に紀氏が関係している。

一、桓武天皇の延暦十二年（793年）、八月二十一日、平安京建設にゴーサインを出したばかりの桓武天皇が大原に狩猟に行った晩、内舎人山辺春日と東宮（皇太子）坊の帯刀舎人紀国が帯刀舎人佐伯成人の殺害を謀ったということで、逃亡したがとらえられて素手で殴殺されたという。この件に関して、皇太子（安殿親王、後の平城天皇）の密命によるとうわさがあったとつけくわえられている。

この、皇太子時代の平城天皇にまつわる一件は、陽成天皇の今回の事件といくつか共通点がある。

まず、内舎人と帯刀内舎人の事件が、なぜか皇太子の命令とされ、その結果、皇太子に最も近く仕えている人間がいなくなってしまった。本来ならこの件で最も打撃を受けるのは皇太子自身ではないか。

ここで消されている人間の中に紀氏が含まれている。安殿親王にとっての東宮坊帯刀内舎人、**紀国**と、陽成天皇にとっての乳母子、**紀益**は、どちらも最も皇太子に親しい人間のはずだ。

二、大同元年（８０６年）三月十七日、桓武天皇の死が訪れた。安殿親王（後の平城天皇）は次期天皇となるべく呼び出された。ただちに恒例の「三関固守」が行われ、鈴鹿・不破・愛発の関が封鎖された。そして皇太子の正殿で血が流れたという。翌日には京都盆地の西と東で火災が起こったという記述がある。ここで、安殿親王は「関を開け」と強硬に主張する。

三、清和天皇の治世が始まったばかりの貞観元年（８５９年）十二月二十七日。前越前守従五位上伴龍男が、書生物部稲吉を殴殺し、また従六位少允**紀令名**が、私馬と官馬を入れ替えたため処罰された。

また紀氏である。そして馬である。馬についての禁令は、孝謙天皇の天平宝字元年（７５７年）に早くも登場する。「氏族を集合させてはならない。馬を制限以上飼ってはいけない。宮中で武器を持ってはいけない。宮中で二十騎以上で移動してはいけない」など、かなり神経質に規定している。この禁令のねらいは宮中の密室化だ。そして、護衛の人間の出身も厳しくチェックするようになっていく。

宮中、つまり天皇は常に真空状態の中に置かねばならないというねらいがうかがわれる。

それでもこの包囲網を突破する天皇は出現する。何度も遷都を繰り返し、やっと平城宮に帰還したと思ったら平城宮のコンセプトをぶち壊し、藤原氏の興福寺の頭上に東大寺を建立した聖武天皇、藤原氏に従順な弟を退位させて平城京の中心を西に移し、難波に弓削宮を新築し、道鏡を天皇として据えようとした称徳天皇、そして、せっかく建設した平安京を放り投げて平城旧京に帰ろうとした平城天皇などである。

日本史の補助線として、この藤原家対天皇家の「閉じ込め」対「脱出」の戦いが考えられる。その際の重要な関係要因として、馬と川のネットワークにつながる紀氏の存在があるのではないか。紀氏は皇太子の養育スタッフに加えられることが多い。陽成天皇の乳母・**紀全子**のような存在は記録に何人も残っている。男性では『日本書紀』の責任編集者だった**紀清人**も聖武天皇の家庭教師の一人だった。宮中のしきたりで、紀氏でなければならない神事にかかわることがあったらしい。『古事談』には、「紀氏の内侍は、箱の緒をからげる者」という記述があるそうだ。宮中の事件で「素手で」「殴殺」とあるのはこれを関係するのかもしれない。しかし、時代が下るにつれて、紀氏はそのような役割からも排除されていく。一方、天皇の生活空間が、どんどん狭くなっていくのは、国史を順に見ていくとわかる。

陽成天皇廃位

藤原基経が陽成天皇を見限ったのは、基本的に陽成天皇が何も考えない、何でもいうことを聞く天皇ではなくなりつつあったからだろう。またよく言われるように、基経の駒として扱われてきた、妹で陽成天皇の母である皇太后高子が基経に従順ではなかったというのは大いに考えられる。

ここで「馬」という要素を加えてもう一つの仮説を述べる。陽成天皇が宮中からの脱出を夢見たこと、それが基経の逆鱗に触れたのではないか。思えば陽成天皇は、生まれた時から宮中という狭い世界で生きてきた。その彼が「来てください」「見てください」と言われたのが「馬」「競馬」だった。彼の宮中での役割のほぼすべては「白馬の節会」「競馬」「相撲」への臨席なのだった。基経にしてみれば「そこに座っているだけでいい」のだが、観ていた若い天皇は実際に馬に乗り、外の世界を駆け巡りたくなった。そこで、乳母**紀全子**の息子、乳母子の**源益**を通じて「自分も馬に乗りたい」「馬に乗って外に出てみたい」という望みを実現しようとしたことは容易に想像できる。ここでも、「馬」「川」「海」の世界につながる紀氏の在り方が見える。結局、陽成天皇は「天皇」となるにはあまりにも健康だった。しかしそれは、基経にとって、許せないほど危険なことだったのだ。

陽成天皇側からこの事件を見ると、太政大臣基経がいきなり乗り込んできて彼の大切な仲間、手下たちが一網打尽に追放され、乳母子の**源益**は、おそらく身近で殺された。陽成天皇自身は三日間の謹慎、軟禁処分を受けた。陽成天皇が動転しても不思議はない。こういう場面に、必ず紀氏がかんでくるというのは、もっと注目されてよい。馬と船と聖地。紀氏がこの分野のエキスパートだからこそ、藤原氏は紀氏を切れなかった。紀氏も、のらりくらりとさまざまな陣営にもぐりこんで居場所を造ってきた。藤原氏にもいい顔をしながら、皇族の警護、養育という誰も手を出せない分野で、根を張り続けてきたのだ。しかし陽成天皇のこの「殺人事件」を端緒に、基経はついに、天皇の身辺からも紀氏を駆逐する最終段階に入ったと思われる。

元慶八年（８８４年）、二月四日、陽成天皇は退位のため綾綺《りようき》殿から二条院に遷幸した。これに先立って、陽成天皇が太政大臣基経に手書を渡したという。「近頃病気がちで疲労が甚だしく、天皇位、神器をお守りするのが難しい。速やかに譲位を望む」と直筆で再々あり、逆らえない内容であったとあるが、例によってすべての情報は基経から発している。

陽成天皇が「剣を抜いた」事件

妙な事件がある。陽成天皇廃位に伴って五日、百官が揃って光孝天皇を迎える直前のことである。太政大臣基経が陽成太上天皇の様子を窺いに参上した際、太上天皇はただちに「勅賜の剣」を「解却」し、その腰には何もなくなった。その場にいた陽成太上天皇のおじである兵部卿の本康親王と左大臣源融は驚いて顔を見合わせ、同じように剣を外した。これに対し光孝天皇が直ちに三人に帯剣を勅したとある。どういうことか。

そもそもこの剣は何か。「三種の神器」の一つである宝剣は、すでにまとめて引き渡されているので、それではない。ここで思い出される「宝剣」がある。貞観十九年・元慶元年（８７７年）、一月三日、陽成天皇が豊楽殿で即位したときのこと。一月九日、右大臣基経が辞表を提出する。陽成天皇は大納言南淵年名を父清和太上天皇に遣わして、この辞表を奉ったところ、清和太上天皇からの勅答として、以下の言葉があったという。「今まで通り、基経に万機を摂行させるべきだが、腰に武備がないのはよくないので、宝剣を差し上げたい」代替わりの恒例とも言える「辞意表明」「却下」という権力確認の儀式だろうと思っていたが、このような続きがあった。「宝剣」の登場だ。清和太上天皇は譲位に際し、自身の「宝剣」を陽成天皇に届け、陽成天皇はその「宝剣」をその日のうちに基経に賜ったとある。結局、清和太上天皇の持つ「宝剣」が基経の手に渡り、陽成天皇に渡される。これは藤原氏を経由した新・「神器」の継承なのではないか。

藤原基経は、天皇家の権威の象徴のレプリカのようなものを作りたがる。これは良房の時にもあったが、宮中に「直廬」というものを設置させている。宮中に政務出張所兼休憩所兼会議室となる部屋を確保し、いわば宮中に自分用の清涼殿を造ったのだ。そのような例から推測すると、「この剣は私からの神器です。私があなたに天皇位を与えたのですよ」という意味をこめて、陽成天皇に持たせたのではないか。「陽成天皇が発狂して剣を抜いた」といわれているこの一件の実情は、ここ数か月の退位につながる激動の日々でいらいらをつのらせていた十七才の陽成太上天皇が「もう私は天皇ではないから、この剣も返す」とばかりに、無造作にこの基経に持たされていた剣を外し、基経に突き返した、ということではないか。

陽成天皇が「狂王」であったというが、どんなことをしたとされているか。後世の逸話では、「仲間たちと騎馬集団を率いて狼藉を働いた。田畑を蹂躪し、娘を強姦し殺した」などという話の他に、「神璽の箱の紐をほどいて中を見た。これを元通り結べるのは紀内侍だけなのに」「勝手に宝剣の鞘を抜いた」というものがある。そういう話のもとは、前記のようなものだったのではないか。この程度のことでも、基経始め藤原氏にとっては、とんでもなく反抗的な態度に見えたかもしれない。

陽成太上天皇晩年のことだが、延喜十七年（917年）、八月七日、陽成太上天皇が、武蔵国小野牧の馬三十頭を仁寿殿まで引いてゆき、醍醐天皇に披露したとある。陽成太上天皇は相変わらず馬が好きなのだな、とほほえましい。また同年十二月十九日、京では九月以来雨が降らず、井戸が枯れて難渋しているので、陽成太上天皇が冷泉院東北の門を開放し、その池の水を自由に汲ませたという。

このようなことのできる人が「狂気乱心」の人だろうか。

二条后高子の涙の歌

陽成太上天皇の母は『伊勢物語』のヒロイン「二条后」で、あの「白玉か　何ぞと君が　とひし時露とこたへて　消えなましものを」の場面で業平に背負われていたとされる高子である。彼女の評判もとてもよくない。晩年、素行不良ということで一度廃位されている。しかし、これも、陽成天皇廃位のためのイメージ操作の一環と見ることは可能だ。彼女の歌が『古今集』にある。

雪のうちに　春は来にけり　鶯の　こほれる涙　今やとくらむ　（4）

鶯が鳴く、ではなく泣いている、その涙が冬の寒さで凍っている。しかし立春なのだから、やがて春風も吹き、今、その涙が溶けることだろうというのだ。自分が泣いているとは言わない。どこかの枝でどこかの鶯が、あの小さな目に涙をため、その涙が凍っていると言っている。ここでは二重三重に「自分の涙」が否定されているが、ここに歌われているのは、泣くことも許されない凍った冬を生きてきたのだという、彼女の心の叫びである。彼女が本当はどういう女性だったのか、わかることはあまりにも少ない。

基経の真意

藤原氏にとって、養育時から手元に置き、完璧に囲い込んだと思っていた天皇が牙をむくということは何度かあった。聖武天皇、孝謙・称徳天皇、そして平城天皇。そのたびに軟禁の度合いは厳重に、緻密になっていった。天皇を意のままにすることにすべてをかけている藤原氏にとって、これは死活問題なのだ。陽成天皇のうちに自分に対する反抗心を見てとった基経の脳裏に、過去の悪夢と伝えられていることごとが駆け巡ったに違いない。彼は陽成天皇の系統を排除することにした。しかし、それにしても、せっかくここまで完璧に意のままにしてきた天皇を捨てて、老齢の時康親王を担ぎ出すというのは、いくらなんでもリスキーではないかという謎は残る。現に時康親王(即位して光孝天皇)の次にその息子の宇多天皇が即位すると、宇多天皇はそうそう意のままにはならず、菅原道真を重用するなどして独自路線を行くことになったのだ。

通説では、陽成天皇の廃位について、陽成天皇の母高子と藤原基経の確執によるものであるとする説が有力である。これもありうるが、もう一つ仮説を出しておく。基経にはこの時、何もこわいものはなかった。だからこそ、藤原氏そのものが天皇家となるという宿願に着手したのではないか。いくら天皇自身を囲い込んでもしょせん生身の人間であり、常に逃げよう、裏切ろう、逆らおうとする。ならば藤原氏が天皇家になればよい。

『日本三代実録』によれば、基経は前述したように「宝剣」を天皇に「賜り」、宮中に「直蘆」という専用スペースを置いた。光孝天皇の代になると、朝廷での座席においても、自身は臣下の列に並ばず、直接天皇の横に座することを認めさせた。息子時平の元服の際、光孝天皇に冠を授けさせた。じわじわと「藤原家は天皇家と同等、いやそれ以上の存在」という既成事実を積み上げ、時平の代で天皇家に成り代わるつもりではなかったか。

そこまでいかなくても、基経が養父良房の敷いたレールに飽き足らず、自分用の天皇家を創設した可能性もある。光孝天皇即位の年の年末「毎年おまつりすべき十陵五墓」を定めたのだが、ここで施基皇子（光仁天皇系列の祖）、良房、妻潔姫の墓へのお参りを停止し、自身の実の父母に差し替えている。これまで養父として自分を現在の地位にひきあげてくれた良房に対して、ずいぶんと露骨な手のひら返しではないか。

『百人一首』における陽成・光孝天皇の評価

光孝天皇についてはは鎌倉時代になって藤原定家が選んだ『百人一首』に入っていることもあげておきたい。作者、藤原定家が、藤原の時代の終焉を強く意識した歌人だったことは確かだ。彼の「紅旗西戎わがことにあらず」という言葉が有名だが、藤原氏の末裔として「もう政治のことは私には関係ない」というのは、一種の敗北宣言と言ってもよいだろう。このような時代認識のもとに、定家には藤原時代の始まりから終わりまでを歌によってまとめるという発想がきざしたのではないか。つまり、『百人一首』とは、藤原時代を歌によって振り返った、ある意味の歴史書ではないか。これは関裕二氏の説に示唆を受けている。

『百人一首』に採られている天皇は以下の通りである。天智、持統、陽成、光孝、三条院、崇徳院、後鳥羽院、順徳院。この人選の基準が、一般的業績の偉大さなどでなく、藤原氏の歴史に関係が深いかどうかだったことは明らかだ。ここに陽成天皇と光孝天皇が採られていることの意味は重要だ。思えば陽成天皇から皇位を奪い、光孝天皇を即位させたこと、それが摂関家という藤原氏独裁体制の創始だった。「摂関家」という概念が、ここで成立したのだ。光孝天皇が摂関家の創始に関わっているという見解は『神皇正統記』にも記されているし、光孝天皇の忌日は特に「国忌」となっている。

第十章　『古今和歌集』成立　宇多天皇

光孝天皇

光孝天皇は諱《いみな》、時康親王としての生涯の方がはるかに長い。仁明天皇の第三子で母は藤原総継の娘である。総継は北家出身だが、最高位は従五位で、藤原家本流とはいえない。時康親王は仁寿太皇太后（橘嘉智子の娘、正子内親王、淳和天皇皇后、恒貞親王母）に特に重用され、渤海国に行ったこともあった。中務卿、式部卿、相撲司別当、大宰帥、常陸太守、上野太守と、親王が就任する慣例となっている官職のほぼすべてを歴任した。元慶六年（８８２年）、一品に叙せられ親王の筆頭となった。即位時、五十四才。もはや今さら天皇になど、なりたくなかったに違いない。事実、再三辞退したらしいが、基経に押し切られた。

元慶八年（８８４年）二月二十三日、大極殿で即位。年明けからここまで、実にスムーズに即位式までの日程が流れている。去年の暮れの、陽成天皇によるとされる「内裏人死」のためすべての祭が停止された暗い雰囲気が、見事に払拭されている。明らかにこの譲位は日程通り進行した静かなクーデターだった。

「太政大臣」をめぐる戦い

陽成天皇から光孝天皇への譲位で藤原氏の野望のすべてが終わったのではない。自分を天皇以上の存在と認めさせようという藤原基経の攻勢が始まる。四月十三日の勅、「光孝天皇の子はすべて朝臣とする」（臣籍降下）五月五日、端午の節句での勅、「太政大臣（基経）に内弁の事を行わせる」二十五日の勅、「太政大臣基経が輦車《てぐるま》で宮中に出入りすることを許す」と、着々と基経の権威が天皇のそれを侵食していく。

五月九日、諸道博士らに太政大臣の職掌について諮問があった。この時菅原道真が起用されている。光孝天皇を擁立したとき、基経の気がかりは、自身の権力の正当性をどこに置くかということだったはずだ。陽成天皇の治世では、基経は太政大臣だったが「摂政」という立場でもあった。これは清和、陽成の二人とも幼帝であったことが前提となっている。このために文徳、清和、陽成と、三人の天皇は幼帝として即位し、成人し、次代の皇太子を儲けるやいなや皇位を追われた。しかし光孝天皇はれっきとした成人であり、基経より年長でもあった。成人した天皇に対して「摂政」という職は必要ない。このような天皇を相手に、どのようにして権力を保持するか。基経には目算があったはずだ。それは清和天皇崩御の際にどさくさにまぎれて認めさせた「太政大臣」である。だが、この職の内容はまだ明確ではなく、単なる名誉職になってしまう恐れもあり、「太政大臣とは何か」という諮問になった。この時宇多天皇の治世で問題となる「阿衡《あこう》」という言葉が現れている。

道真たちの答申を見ると、「太政大臣」の職分は官僚組織を超越した「天子の補佐」で、中国の「三公」に準じたものになるが、中国との最大の違いは、一人ですべてを独占する点だ。この点に基経の望む「太政大臣」像が端的に表れている。中国の「三公」がなぜ三人いるかというと、もちろん皇帝をしのぐことのないよう権力を分散するためだが、基経の望む「太政大臣」はまさに天皇をしのぐためにあった。

時平の待遇

六月五日の光孝天皇の勅、「太政大臣藤原基経の先祖は代々天下を助けてきたが、基経の功績は淡海公鎌足や叔父の美濃公良房よりまさっている。彼にふさわしい職を所司に調べさせたところ私の師範訓導だけではなく、内外の政を統率しないところはないということがわかった。今日からは私の腹心として、何事もまず太政大臣の指図を受けよ」。あの道真たちの答申がこのような形となった。ともあれ、陽成天皇に対してはあれほど「摂政はできません」と言い続け、ついには私邸を朝廷化してしまった基経が、ここで内裏に乗りこむことになった。翌年は一見、穏やかに過ぎた印象である。しかし「宮中の輿車出入許可」や「臣下の列に並ぶことなく昇殿可」「基経五十の賀」を内殿で行うなど、基経が着々と自身の権威を高める手を打っている。

仁和二年（８８６年）、正月二日、太政大臣藤原基経の長男時平が仁寿殿で元服した。当年十六才。光孝天皇が自らの手で冠をつけた。皇太子と同等の扱いだ。二十日、太政大臣基経が息子、時平の元服を祝う会を行う。「飯六十櫃」をはじめとする大盤振る舞いで、清和天皇皇子で在原行平の孫、貞数親王など十数人が時平のために舞った。この光景は基経の望みを雄弁に語っている。「次期天皇は時平、自分は新王朝の始祖」という構想である。だからこそ光孝天皇は即位時、恒例のとおり自ら皇太子を決定することはせず、それどころか自分の子たちはすべて賜姓源氏として臣籍降下させたのではないか。もちろん、この『日本三代実録』の文章を監修している時平も、そのことは承知していただろう。

光孝天皇崩御

光孝天皇の死は、だれにとっても予想外に早かった。基経が時平を皇族同然に押し上げようとする気配があったが、次期天皇は光孝天皇第七皇子の源定省親王、宇多天皇となった。当年二十一才。この決定は光孝天皇の臨終間近、基経も同席の上で行われた。光孝天皇の在位は、元慶八年（８８４年）～仁和三年（８８７年）のわずか三年だった。生涯のほとんどを三品時康親王として過ごし、陽成天皇の退位に伴って急遽、即位した。時に五十五才。そのわずか三年後、崩御。その三年の治世で起こったことは、表面的にはあまりない。しかし、その歴史的重要性は、実は大きい。摂政関白の初代は藤原基経ということになっている。もはや天皇がれっきとした大人であっても、摂政関白という職掌がなくなることはない。光孝天皇の仁和の時代、紀氏は正五位という身分上の最低ラインにもはや入らなくなった。

ここで「六国史」は終わる。『日本書紀』以来続いてきた国史がとだえた。実質的新王朝を確立したという認識を持った藤原氏には「これ以上は記述する必要がない」と思われたのか。本稿はこれから『扶桑略記』によって歴史をたどっていく。

宇多天皇即位

仁和三年（８８７年）、十一月二十六日、貞省親王が皇太子となり、譲位を受ける。直後に光孝天皇崩御。太政大臣基経、諸公卿を率いて神器等を皇太子直曹に捧げ叙任、大赦を行う。二十七日、皇太子貞省親王、東宮に遷御。二十八日、太政大臣基経が直廬において皇太子に「託宣」するが、「其言深秘」であるという。この「深秘」とは何か。皇太子だった宇多天皇がわざわざ基経の「直廬」に出向いている。おそらく基経は「だれのおかげで天皇になったのか、よくわきまえるように」と言ったのではないか。

陽成天皇の従者でもあった「源定省」が親王になったのは光孝天皇の死の前日、皇太子になったのは当日、というあわただしさだった。彼の起用は基経の独断であり、誰にとっても意外だったと思われる。左大臣源融が「皇族なら私だっているではないか」と言い、隠棲を余儀なくされた先々代、陽成太上天皇が「当代は家人にあらずや（今度の天皇は私の家来だったではないか）」と叫んだというのは事実かどうかわからないが、その内容は事実である。

「阿衡」論議

宇多天皇の即位早々勃発したのが、有名な「阿衡事件」である。仁和四年（888年）正月二十七日、参議左代弁橘廣相が意見十四条を奏上し「阿衡とは何か」という宇多天皇の諮問に対し「よき宰相ということです」と解答した。ところが五月六日になって次のような詔が発せられた。「橘廣相の起草した勅答は朕の本意ではなかった。太政大臣はこれから百官を統率してすべての政務を行うように」と。「基経を阿衡に任ずる」という言葉に基経が「阿衡とはなんですか」とねじこみ、橘廣相の解答による「よき宰相」という解釈にへそをまげて出仕をボイコットし、宇多天皇は「文章作成者が至らないことをしたようだ」と橘廣相を処罰して謝罪したという一件だ。橘廣相は弁官の長老だったが、藤原氏の意向に沿った意見文を提出しなかったということでしばらく冷遇された。その死の直前、ようやく復帰して名誉回復がなされた。

阿衡とは何か、というと本来「よい宰相」という意味である。しかしそれでは私、基経は天皇の「臣下」ということになるではないか。そうではない。これが基経の言いたかったことで、阿衡論議とはつまり、天皇と太政大臣はどちらが上かというつばぜり合いだった。この一幕は基経の勝利で終わった。しかし、宇多天皇はそのまま言いなりにはならなかった。

「詩」を作らせる宇多天皇

宇多天皇の治世の記録によく出てくる言葉は「宴」であり、「詩を賦《ふ》さ令《し》む」である。まだ大嘗会もすんでいない二十一才の宇多天皇は、時平を含む四人に「鴻儒の詩に堪える者」を選ばせて漢詩を募集し、一流の絵師巨勢金岡に絵を描かせたのを皮切りに、しょっちゅう漢詩文の会を催している。しかもほとんどが「題詠」なので、あらかじめ準備しないといけない。これが三か月に一度の頻度であるのではないか。これは明らかに、基経、時平親子に対する意図的な牽制だと思われる。彼らの政治的な力を正面からそぐことは難しいし危険だということを宇多天皇は即位早々、例の「阿衡事件」で思い知らされた。そこで別の手を考えた。桓武天皇や嵯峨天皇も使った手だが、それは「宴」であり「詩」である。文化活動の主催者として露出をふやし、印象として最高位に居続けるということだ。

政治の世界でどれほどごり押しが通っても、芸術の世界では通用しない。権力で勝てないなら、別の場を設定すればいい。これが相撲や馬術ではなく「詩」だったというのは、目のつけどころがいい。馬術や相撲では、単なる観客にしかなれないが「詩」なら批評者、評価者になれる。文化の本家たる中国の「詩」を無視し、貶めることは藤原氏にもできない。この発想は、**紀貫之**の生き方にも影響している気がしてならない。

その「宴」によって頭角を現したのが文章博士《もんじょうはかせ》・菅原道真だった。文章博士というポストはこれまであまり脚光を浴びてこなかったので、藤原氏にしてみると盲点だったのかもしれない。あるいは道真の最も輝く場を用意するための「宴」だったのか。道真は、政治家としても並みの人材ではなかったらしい。光孝天皇の末期には税の横流し、未納に苦慮する報告が頻々とあがっていたのだが、宇多天皇の治世になってからそのような話は聞かなくなり、政治は安定した。

太政大臣藤原基経の死

太政大臣藤原基経が倒れたのは、急なことだったらしい。寛平三年（891年）、正月七日、恒例の叙位はなかった。これは、基経がいなくては叙位ができなかったこと、その基経は再起して叙位を自身で決定するつもりだったことを思わせる。十三日、基経薨。享年五十六。光孝天皇より二年早かった。息子時平はこの時、二十才。ここで、盤石と思われた藤原氏一強体制にほころびが生じた。権力を独占していた基経が、その権力を息子に譲り渡す前に倒れたのだ。権力の空白が生じ、菅原道真の存在感が増していく。しかし道真と出世街道を並走していた時平の逆襲が始まった。寛平六年（894年）、八月二十一日、参議左代弁菅原道真を遣唐大使に、左小弁**紀長谷雄**を副使とする決定がなされた。「そんなに詩がお得意なら、本場の唐へ行って存分に才能を発揮なさるがいい。そして、二度と帰ってくるなよ！」といったところか。道真はこのピンチを、一か月後に遣唐使を廃止するという荒業でひとまず乗り切った。

この際、道真の傍らに**紀長谷雄**がいる。**長谷雄**は『古今集』真名序作者・**紀淑望**《よしもち》の父で、道真も漢詩文での技量を認めていた。遣唐使任命に道真を遠ざける意図があるならば、**長谷雄**についても同じことが言える。紀氏にはよくそのようなことが起こる。近くは応天門の変で伴善男が失脚した時、執政官として名高かった**紀夏井**が連座した。紀氏は正面切ってではなく、なにかのついでに静かに排除されていく。

醍醐天皇即位

寛平九年（８９７年）、醍醐天皇は宇多天皇から譲位される。時に十三才。宇多天皇の譲位は、どの程度彼の意志を反映していたのか。宇多天皇は行事のたびに漢詩文の宴を催し、狩りにもでかけ、陽成天皇との旧交も温め、健康状態にも問題はない。なにしろ三十一才というのはこれから働き盛りという年代ではないか。しかし、そのような存在感のある天皇を藤原氏が喜ばない、というのは今まで見てきたところだ。菅原道真の娘衍子《えんし》が宇多天皇に入内したことが、決定的だったかもしれない。

「譲位」のタイミングが皇太子元服とほぼ同時というパターンは清和天皇以来、ほぼ確立している。即位年齢を見ると、仁明・文徳天皇はともに二十三才で、それでも当時は最年少だった。次の清和、陽成天皇はともに八才（九才？）で、即位年齢は一挙にくりあがった。そして「老帝」光孝天皇をはさんで、宇多天皇十九才、醍醐天皇十三才と「天皇は幼少年」が常態となった。これは明らかに藤原氏の「摂政関白」が常態となったただからだ。敦仁親王、即位して醍醐天皇への譲位で影響力を高めたのは時平だから、これは藤原氏の思惑通りだろう。「気に食わない天皇」というより「一人前の天皇」はさっさと退位させ、一刻も早く「幼帝の摂政」という立場を獲得するのだ。ここでまたしても陽成天皇以来の幼帝が出現し、宴と詩に彩られた寛平の世は終わった。

世に、『古今和歌集（以後古今集）』の成立は醍醐天皇の主導によるものという見方がある。醍醐天皇は宇多天皇の漢詩文好みに対抗して「国風文化」を請来したとされ、「延喜・天暦の治」と称えられている。しかし、『古今集』成立とされている延喜五年（９０５年）当時、醍醐天皇は二十二才。不可能とは言わないが、文化、芸術の理解力、知識人を指導できる力量を備えていたというのはちょっと、難しいのではないか。宇多天皇が十九才の若さで、間違いなく意識的に、漢詩文の宴を頻繁に主催したのは、藤原氏にも手出しのできない領域だったからだ。「漢詩文」は文化の老舗でその評価が定まっており、桓武天皇、嵯峨天皇などの先例があった。これに対抗して「和歌には漢詩文に負けない芸術的価値がある」と言い切るのには、独自の価値観、教養が必要だ。『古今集』成立の影の後援者、企画者は宇多天皇、退位して宇多法皇ではないか。頻繁に「詩の宴」を開き、当代一流の教養人と接し、和歌に触れることも多く、和歌に目を開き、道真に『新撰万葉集』作成を命じた。ここまでは明らかに宇多天皇の功績だ。宇多天皇の時代に『伊勢物語』『竹取物語』が成立していることも、強調しておきたい。この時代が「藤原氏の世」に一瞬生じた、「すきまの時代」だったからこそ、この二作が日の目を見た。ともあれ、彼は退位後「宇多法皇」となっても活動を続ける。それはまるで平城天皇や清和天皇の軌跡をなぞり、発展させているかのようだ。

菅原道真左遷

醍醐天皇の治世が始まった。昌泰元年（８９８年）、菅原道真は栄光の日々を過ごしていた。左大臣時平に次ぐ右大臣であり、醍醐天皇の治世でも、宇多上皇は時平に負けない頻度で漢詩の会を主宰し、道真はそこに必ず招かれ、自作集を求められて献上していた。しかしそのような立場の人物を必ず襲う運命が、彼を待ち受けていた。昌泰四年・延喜元年（901年）、正月二十五日、右大臣従二位菅原道真は九州の太宰権師に左遷される。二十六日、三関固守。三十日、宇多上皇、左衛門陣に夜通し立ち尽くす。道真の子供たちもちりぢりに左降させられた。その間、例の三関固守がなされたことから見て、これはクーデターに近い出来事だったと言ってよい。七月十五日、昌泰四年を改元、延喜元年とする。

延喜元年（901年）、八月二日、左大臣時平らが『日本三代実録』五十巻と『延喜格』十巻を奉進。これが最後の国史である。道真退場をみはからってのことだろう。『日本三代実録』は彼の勝利宣言と言ってもいい。露骨な言い方をすれば、時平の父基経は、彼の養父良房の作り上げた路線、清和天皇と高子、そしてその子の陽成天皇という路線を葬り去り、光孝天皇の系列を新たに自分の天皇家として打ち立てた。いわば、この天皇は基経を始祖とする一族のための新しい「家」なのだ。基経の息子時平にとって、この時点で歴史は完成したのだ。

延喜三年（903年）、二月二十五日、従二位大宰権師菅原道真が大宰府で薨じた。享年五十九。大宰府での彼の居住環境は劣悪で、事実上の監禁生活だったらしい。かつて大伴旅人らが「筑紫歌壇」を形成したことさえ、牧歌的と思われるようになってしまった。六年後の延喜九年（909年）に藤原時平が三十九才で死去した時、人々は道真の怨霊をうわさした。

『古今和歌集』撰進

延喜五年（９０５年）、四月十五日、御書所預・**紀貫之**ら『古今和歌集』二十巻を撰進。

紀貫之が『扶桑略記』に登場するのはこれだけだ。これ以前、彼がどこで何をしていたのか、わからない。生年さえわからない。これは彼及び彼の親族など、紀氏の身分が従五位のラインにさえ入っていなかったからだ。

貫之は単なる「御書所預」という立場を越えた矜持を保っていた。それは『古今集』編纂初期のリーダー、大内記**紀友則**にも感じられる。彼らの手になる「真名序」「仮名序」の格調の高さ、そして『古今集』の完成度がそれを語っている。『古今集』仮名序において、貫之は和歌の始原たる歌として素戔嗚尊の「八雲立つ」の歌、仁徳天皇の「難波津」の歌、難波の采女の「安積山」の歌を挙げている。『万葉集』においては無視されていた、紀氏の伝えた歌たちである。『古今集』仮名序の末尾で「歌のさまをも知り、ことの心を得たらむ人は、大空の月を見るがごとくに、いにしへを仰ぎて、今を恋ひざらめやも」と言い切った貫之は、どのような未来を思い描いていたのだろうか。

紀氏の本質

貫之の生きた世界、見ていた世界はどんなものだったのかを知りたくて、主に六国史を読んできた。

図らずも見えてきたのは、この「日本」という国だった。この国がどのように生まれ、そして、盗まれたか。隠されたか。ごまかされたか。そして今も、ごまかされつづけているか。ここまで書いてきて、どうしても浮かび上がってくるのは、藤原氏の、国を私物化するそのやり口の悪辣さと、それを許してきたこの日本という国の弱さだ。

藤原氏の出自が百済王家だったという説を、私は支持する。根拠、傍証はすでに書いた。しかし、そのことだけをもって藤原氏を批判するつもりはない。今日本に住んでいる人はまず間違いなく、いつかの時点で海を越えてやってきた人の子孫なのだ。紀氏もそうだろう。それが早いか遅いかの違いだけだし、先着したことをもって王家だの正統だのと言っても始まらない。しかし、藤原鎌足に始まる平安時代までの藤原氏本流の人たちの、まさに「神を神とも思わない」「人を人とも思わない」やり方には憤りを覚える。

藤原氏の何が、それを可能にしたのか。人間としての能力で抜きんでていたわけではない。政治家として、教養人として、人間として、藤原氏以外に優れた人間は、この日本列島にいくらでもいた。ただ、そういう人間を残らず、まさに一人残らず押しのけること、抹殺すること（だけ）にたけていたのが藤原氏なのだ。権力への意志、などという生易しいものではない。「この国は自分たちのものだ」「すべては自分たちのためにあるべきだ」という感覚。まさにそれこそ、藤原氏だけが持ち続けた感覚なのだ。これは、「王として生まれた」「国を持っていた」という自負心からきているとしか思えない。「国を運営するのは自分たち以外許されない」と。このような精神を、当時の日本列島の人々は想定していなかったのだ。

しかし、それだけでは、藤原氏の「日本乗っ取り」は成立しなかった。もし藤原氏が正々堂々と「お前たちは大陸からやってきた自分たちに従え」と言っても、日本人がそれに従ったとは思わない。しかし、日本人には「すめらみこと」によって神、自然とつながるという、自分たちではいかんともしがたい世界観があった。それが急所だった。ここを押さえれば、だれも逆らえないことを洞察し、徹底的に戦略的に利用したこと、これは日本列島の住民にはできないことだったのだ。まるで、みながかわいがっている幼子を人質に取るようにして「この子だけが本物だ」「私は昔からこの子の保護者だったのだ」と言い張り、「この子は、私がいなければ生きていけないのだ」と自分の家に連れ帰るようにして、藤原氏は日本を意のままにした。

この方法は魔法のようにうまくいった。ただ、根本的にうそがあるところが弱点である。がんばって反抗した天皇も多い。六国史を見ていると、これはことごとく、天皇家を囲い込もうとする藤原氏と、その囲いを脱しようとする歴代天皇の戦いの歴史に見えてくる。『日本書紀』以降の六国史がある程度真実を書かざるをえなかったのは、藤原氏の子孫に「いいか、こういうふうにやるんだぞ」と、その手口を伝えようとしたためもあるのではないか。

藤原氏にとって、紀氏の本質は秘中の秘だった。紀氏は、天皇と祖を同じくする一族だった。最も早く、深く、紀伊半島を開発した船の民であり、だからこそ木と鉄と馬の民であり「大和」の地権者であり、「すめらみこと」を「すめらみこと」たらしめる宗教的権威者だった。紀氏は、どの系列の天皇とも提携できた。どの系列とも何らかの縁があったし、根本的に大事なのは血統ではなく、地に根差すことだと思っていたからだ。天皇を輩出し、これを補佐する。これが紀氏であり、藤原氏は最終的に、これにとって代わろうとした。慶雲四年（707年）、文徳天皇の詔で不比等と**タケシウチノスクネ**が同等だと宣言することで、藤原氏の支配が始まったのだ。

古来、天皇妃、天皇の乳母は紀氏だった。天皇が生まれた時、この地の水をつかさどるのは紀氏だからだ。紀の川すなわち吉野川、登美の小川、木津川、泉川、賀茂川、そしてその合流点、石清水八幡宮。すべて、紀氏の手のうちにある。そして、川の源である山も、その木も、土も。この不文律を廃したのが和銅六年（713年）、「石川、紀の二嬪の呼称を下して、嬪と称することができないことにした」という処置である。この結果藤原不比等の娘宮子が「民間人」として初めて文徳天皇皇后となった。六国史は「紀氏の女」の権威が厳然として存在することを隠そうとしたが、どうしても露出する。陽成天皇の乳母、**紀全子**とその息子の存在に良房がどれほど逆上したか。

被差別の源流としての紀氏

紀氏は、藤原氏が政権を握ってからもさまざまな現場に散り、天皇家を支えた。六国史に顔を出している紀氏の人々を思い浮かべただけでも、宗教家、政治家、軍人、官僚、学者、外交官、乳母、乳母子、土木工事の手配、弓術、馬術の達人。本当に、ありとあらゆることをこなしている。だからこそ、藤原氏も最後まで紀氏を切れなかったのだ。しかし、「自分たちは天皇家を支えている。藤原氏ともせいぜいうまくやってやるさ」「この地で何かしようとするなら、自分たちを抜きにはできまい」という紀氏は、やはり甘かった。藤原氏は紀氏的なものから徹底的に逃げ、追いやり、さげすむことで自分たちを守ろうとした。海から、山から、内陸へ、屋敷の中へ、中へ、と閉じこもろうとした。「中」だけを「清らか」に保とうとした。「外」にいるのは野蛮で下賤なものだとし、その感覚で日本に君臨し続けた。自分たちが作った「穢れ」を病的に恐れ、目をそむけ、現場の人間に依存しながら差別した。現在もなお差別が続く「被差別部落」の源流はここにある。唐突に思われるだろうが、知れば知るほど紀氏と被差別の民の共通点が見えてくる。例えば、現在に至る被差別の民の系列の最古の記録は、興福寺、東大寺近辺の「犬神人《いぬじにん》」である。ごく近くに紀寺がある。

ふりかえると、『記紀』において、異形の神、異界の民として記された人々こそ紀氏ではなかったか。アマテラスの機殿に馬の生皮を投げ入れた**スサノオ**、葛城で神武天皇に対し「おまえは本当に神の子か、証拠を見せよ」と迫った**ナガスネヒコ**、吉野から出現した「光りて尾有り」という**井光《いひか》**、吉野の**国樔《くず》**、葛城の**土蜘蛛《つちぐも》**……枚挙にいとまがない彼らこそ大和の地を大和たらしめた人々ではなかったか。

かねてから部落差別がなぜこんなにしつこく続くのか不審だった。差別の本質が単なる職業差別なら、執拗に出自をほじくり出してまで差別しようとする心情はどこからきたか。藤原氏の大伴氏に対する、病的なまでに陰惨で徹底した仕打ちの裏に、後ろ暗いものを持っている人の恐怖と攻撃性を感じる。まして紀氏に対しては、口に出せなかっただけに数倍の思いをもって臨んだに違いない。紀氏が正当な位置を回復すれば、追われるのは自分たちだ。血しか信じるもののない人が、人の血を云々する。その根拠を知らなくても、人は差別をまねられる。

現在、紀姓を名のる人はそう多くない。紀氏の子孫であることが明らかな石清水八幡宮の宮司家でさえ、紀氏を名のってはいない。一方、たった一人から始まった藤原氏関連の姓は、今や最もありふれた姓になっている。悲しいことだが、私たちはこの藤原氏的なものの見方に、どれだけ毒されているのだろう。藤原氏のしたと思うことで特に許せないのは、歴史を改ざんして、日本人のアイデンティティーを見失わせたことと、その偏狭な世界観によって日本人の心をゆがめ、差別的なものの見方を正当化し、精神性を貧しくしたことだ。しかしこれを許す土壌が、我々にあったことは認めなくてはならない。

今、私にできることの一つは、もし、紀氏がそのままの姿で日本の歴史に存在していたら、どういう日本がありえたかと想像することだ。もう一つは、紀氏の最後の花としてあの世界に生きていた貫之はどのような思いでいたのかを、可能な限り理解することだ。そして、その作業は、実は今、この世界で生きることとつながるのではないか。

第二部　紀貫之がなしとげたこと

はじめに

第二部では紀貫之がなしとげたこと、やろうとしていたことは何かを考えたいが、第一部とは違った困難がある。まず紀貫之の生涯について基本的な情報が少ないことだ。また当時の社会情勢や文化的状況がどうなっていたのかについても、想像するしかない。これら以上に難しいのは、貫之の文化的素養のレベルについていくことだ。貫之の作品をどれだけ深く理解できるかが問われる。

また、貫之が『竹取物語』『伊勢物語』にどのように関与していたか、この二作品を彼の人生に無理なく組み込めるかどうかという課題にも挑戦したい。この二つの作品を彼のものと設定することによって、より鮮明で豊かな彼の生き方が提示できる。

そこで、第二部ではまず、貫之の生涯で明らかになっていることを確認し、それ以降は貫之に関連していると思われる作品を論じていくなかで、貫之の心に迫っていきたい。

なお、第二部では紀氏関連の人名の太字表記はしない。

第一章　紀貫之の生涯

まず、紀貫之がいつ生まれたのかがわからない。『土佐日記』で貫之が「七十ぢ八十ぢは海にあるものなりけり」と記しているところを見ると、当時彼はまだ七十才に達していなかったはずだ、というところから類推して清和天皇の貞観十四年（８７２年）を生年とするのが通説となっている。

彼の系譜でわかっていることをまとめると、曾祖父は紀興道、祖父は紀本道、父は紀望行で有朋と兄弟である。本道は天安元年（８５７年）に従五位下を授けられ、受領を歴任して貞観八年（８６６年）に下野守となった。有朋は承和十一年（８４４年）内舎人、元慶三年（８７９年）従五位下宮内少輔となり、翌年没した。有朋の子がいとこ、友則である。母については『続群書類従』のなかの系図の一本に「紀貫之　童名は内教坊の阿古久曽《あこくそ》」とあるところから目崎徳衛氏が「貫之は宮中で女楽、踏歌を司る内教坊の伎女か娼女を母とし、内教坊でかわいがられて育ったのではないか」と述べているが、魅力的な説だ。

次に彼が歴史上に登場するのは宇多天皇の寛平四年（８９２年）で、『是貞親王家歌合せ』『寛平御時后宮歌合せ』に出詠している。『古今和歌集』の所収歌が多く含まれる歌合せである。当時二十二才ほどと思われる。その後『新撰万葉集』に詠歌が採られ、元康親王七十賀の屏風歌を詠んだりして頭角を現し、醍醐天皇の延喜五年（905年）に『古今和歌集』（以下『古今集』）を奏上している。この時の肩書は御書所預で推定年令は三十五才である。

これ以降の貫之の職歴を年表風にまとめる。

延喜六年（906年）越前権少掾　三十六才
　七年（907年）内膳典膳　三十七才
　十年（910年）少内記　四十才
　十七年（917年）従五位下　加賀介　四十七才
延長元年（923年）大監物　五十三才
　七年（929年）右京亮　五十九才
　八年（930年）土佐守　六十才
承平五年（935年）土佐から帰京　六十五才
天慶三年（940年）玄蕃頭　朱雀院別当　七十才
　六年（943年）従五位上　七十三才
　八年（945年）木工権頭　七十五才
　九年（946年）死去　七十六才

『古今集』撰進以降の貫之の公式の記録はこれに尽きている。残るは和歌の世界での活躍だが、そのほとんどが権門に依頼されての屏風歌の作成であり、特筆すべきは醍醐天皇から依頼されて土佐で作業した『新撰和歌集』の撰述となる。こうしてみると『古今集』奏上後十年以上たってやっと従五位下となり、従五位上となるのはさらに二十六年後、土佐から帰京して八年後なのだ。ため息が出る。これが貫之在世時の彼への処遇だった。

第二章　『万葉集』

紀貫之は、『古今集』の序文で『万葉集』について熱く語っているが、その語り方に疑問がある。まず、大伴家持を完璧に無視している。『万葉集』を語って彼に一言もふれないというのは、どう考えても不可解だ。額田王についても語っていない。貫之は彼らの存在を知らなかったわけではない。彼が晩年に撰述した『新撰和歌集』には家持の歌が載り、額田王の歌を本歌とした貫之歌がある。これは、『万葉集』には文学的側面だけではない、複雑な事情があるからではないか。貫之について語るためには、『万葉集』についても考えざるをえない。

大伴家持

『万葉集』の編集者は、大伴家持とされている。確かに、万葉集の後半の歌群は、ほぼ彼と彼の交友関係の範囲に作者群が絞られ、ほとんど家持歌集と言ってもよいものになっている。編集の最終段階で彼が関与したのは間違いない。しかし問題は、なぜこの歌集の最初に雄略天皇を始めとする天皇家の歌が、しかも歴史の機微に触れる、強烈なインパクトを与える歌群が多数存在するのか、そしてそのような歌群の集成がなぜ、大伴家の歌集のようなものに変わっていくのか、ではないか。家持がどの天皇かの指示でこの歌集を編集したということは考えにくい。家持が持っていた歌群は、大伴氏自身が代々伝えてきたものだったことになる。

『万葉集』の価値は、何よりその多様性にある。皇族から、名も知れぬ防人、防人の妻、母まで、ありとあらゆる階層を歌の実作者として網羅しており、その技巧を超えた切実な表現が胸を打つ。しかしこの多様性は意図してできあがったものではなく、大伴氏が凋落し、次第に権力の中心から周辺へ、そして辺境へ、政治の世界から締め出され、個人の世界へと追いやられていったことに起因している。一巻から二十巻まで、順に見ていくとそのことがよくわかる。

海ゆかば水漬く屍　山行かば　草臥す屍　大君の　邊にこそ死なめ
顧みはせじと言立て　丈夫の　清きその名を　いにしへよ　今の現に　流さへる
祖の子どもぞ　大伴と　佐伯の氏は　人の祖の　立つる言立　人の子は　祖の名絶
たず　大君に　奉仕ふものと　言ひ継げる　言の職ぞ　梓弓　手に取り持ちて　剣
太刀　腰に　取り佩き　朝守り　夕の守りに　大君の　御門の守護　吾をおきて
また人はあらじと　いや立て　思ひし増る　大君の　御言の幸の　聞けば貴み
（4094）

これは越中国守の館で家持が詠んだ歌だ。この歌は確かに胸を打つ。しかし、これは「言の司」大伴氏の棟梁としての、同族に向けての歌だということを、もっときちんと受け止める必要がある。
もうひとつ気になるのは、家持晩年の沈黙のことだ。『万葉集』は次の家持の歌で終わっている。

新しき　年の始めの　初春の　今日降る雪の　いや重け吉事　（4516）

希望の歌ではあるが、その希望を歌うこと自体、何か切ないものを感じさせる。この歌は天平宝字三年（759年）、称徳天皇に廃された淳仁天皇がまだ天皇であった時代、家持が右中弁として都にいて、地方に行く同僚を送ったりしていたころだ。前年に藤原仲麿が恵美押勝の名を賜り絶頂期を迎えようとしていた。

この歌を最後に『万葉集』は終わるのだが、家持の人生はまだ二十六年残っている。淳仁天皇と孝謙太上天皇の不和があらわになり、恵美押勝が敗死し、淳仁天皇が淡路に配流され、孝謙天皇が重祚して称徳天皇となる。道鏡が法王となり、失脚する。光仁天皇を経て桓武天皇の治世のはじめ、従三位左大弁だった家持は氷上川継の乱に連座して解任される。春宮大夫に復帰するも、今度は陸奥按察使鎮守府将軍に任命され、都を去る。延暦四年（785年）、家持は「戦地の多賀城の近くに正式の郡を置いてほしい」と言上している。この年彼の命は終わるが、死後、応天門事件に連座させられる。この事件は、彼を葬り去るために計画されたものだったかもしれない。彼の息子中庸以下、大伴氏の苦難は果てがない。ともあれ、『万葉集』はかなり早い段階で家持の手から離れ、その後書き加えられることがなかったと考えられる。家持が陸奥に赴任したとき『万葉集』原本の紙の束はどこにあったのか。

『万葉集』が後世に伝えられたのは奇跡である。本来ならこれは、あってはならないもののはずだ。第一部で考察した、「日本史の真実」の根拠の多くを、私は『万葉集』から得ている。家持はいつの時点でか、『万葉集』の保管をどこかに託した。そして、そのことには平城天皇がなんらかの形で関わっているのではないかと考えるが、推測の域を出ない。

柿本人麻呂

万葉歌人の代表をひとりあげよといわれたら、やはり額田王か柿本人麻呂ということになろう。まず貫之も「歌の聖」とあおぐ柿本人麻呂について考える。わからないことが多い人物であるが、確かなのは、人麻呂が認められたのはその出自によってではなく圧倒的な歌唱力によるということだ。そのような人物は彼以前に存在しない。額田王でさえ、おそらく物部氏を代表する三輪山の巫女だったであろう彼女の出自は大きな意味があった。彼女の歌といえば、8「熟田津に船乗りすれば」や18「三輪山をしかも隠すか」などが思い出されるが、まず、歌の背景からしてドラマチックだ。あるいは開戦、あるいは遷都という局面で、彼女は歌を求められている。しかるべき立場だったからだ。さらに人麻呂と違う点を指摘すると、彼女の歌は必ずしも時の権力者と一体ではない。「三輪山をしかも隠すか」という強い言葉は、表面上は「雲」に向けられているが、実は遷都を強行した天智天皇に向かっているのは明らかだろう。彼女の目線は、天智天皇と対等と言えば言い過ぎかもしれないが、少なくとも讃仰とはほど遠い。

その点、柿本人麻呂は、時の権力者に対して全面的に讃仰の姿勢を示していて、この点で彼こそまさに宮廷歌人といえる。「高光る日の皇子」「大君は神にしませば」という言葉が頻繁に用いられるようになるのもこのころだ。しかしよく見てみると、人麻呂が最も心を寄せていたのは高市皇子であり、彼が「神」としたのがすべて、天武天皇の関係者（この中に持統天皇や草壁皇子も含まれるが）であることは注意したい。

ここからは推測である。人麻呂は高市皇子の舎人の一人だったが、高市皇子への挽歌のできが素晴らしかったので、持統天皇側にスカウトされた。その際の柿本人麻呂の使命は、「天皇は神」という思想を広め定着させることであったのではないか。

しかし人麻呂の宗教観の背景を、宮廷歌人としての職務を離れたもっと私的な領域の歌から探ってみると、やはり土地に根付いた信仰心や愛着を脈々と持ち続けており、決して土地の神々を超越した天皇自身のみを尊いとしていたわけではなさそうだ。特に「大和」「飛鳥」「畝傍」への思い入れは強い。

一方、「吉野」「泊瀬」「大津」「近江」などについて、彼が神聖視していた形跡がないことは注目してよい。それどころか「ほかに土地もあるのに」とか「木ばかり生えている」「急流があふれている」「どうしてこのようにお考えなのか」とか、聞きようによっては嫌味ったらしい言葉さえ用いられている。

ここで、人麻呂に限らず、当時の人々はどういうものに「神」を感じていたかを『万葉集』から拾ってみると「天の」香具山、「玉だすき」畝傍の山、「玉くしげ」三師の山であり、「飛ぶ鳥の」飛鳥、「天飛ぶや」軽の乙女「神風の」伊勢など、その土地にあるものそのもの、これこそが我々の本来持っていた信仰の対象なのだ。表向きの仕事の底から、人麻呂の歌からもこのような神々以前の神聖なるものは立ちのぼる。ただ、このような信仰には弱点もある。それは、人々をより大きくまとめる力になるには、あまりにも各地域に根ざしていることだ。次にあげる歌は、万葉歌人の愛着の対象がいかに狭いかを表している。

明日香宮より藤原宮に遷居りし後に、志貴皇子の作らす歌

采女の　袖吹きかへす　明日香風　京を遠み　いたづらに吹く　(51)

藤原宮と飛鳥浄御原宮は、歩いても行ける距離だ。それなのにこういう感想が出る。雄略天皇、天武天皇が「これからは土地の神々をつなぐ、スケールの大きい神が必要だ」と考え、伊勢神宮を重んじた必然性はここにある。ただし祭神はあくまで紀氏の祖神タケシウチノスクネと神功皇后だったはずだ。人麻呂はその祭神のすり替えに駆り出されたのだが、心の底まで変えることはできなかったようだ。

ある時、人麻呂の役割は終わった。あるいは彼自身が危険な存在になった。人麻呂刑死はありうる。彼は生地から遠い石見から、妻に別れの言葉を告げる暇もなく急に出立させられ、彼の妻は時を置かず、彼の死を嘆く歌を残している。皮肉なことに、彼の歌の中で最も感動的なのは、彼自身の恋と別れと死を歌った作品群だ。それらの歌は額田王の歌などとは違って、政治的に重大な場面などではなかった。人麻呂の妻がだれであろうが、彼がどのように死のうが、そんなことは問題にならない

人だったのだ。人麻呂はただ、一人の人間としての彼自身の悲しみを、長歌というダイナミックな形式を舞台として存分に歌った。そこには権力者によってすべてを奪われた者の悲しみと怒りがあふれている。彼の長歌が『万葉集』に与えた迫力、厚みは『万葉集』の価値に直結した。そんな彼の歌が『万葉集』を救った。

柿本人麻呂、石見国より妻を別れて上り来る時の歌　二首　併せて短歌

石見の海　角の浦海を　浦なしと　人こそ見らめ　潟なしと　人こそ見らめ
よしゑやし　浦はなくとも　よしゑやし　潟はなくとも
いさなとり　海辺をさして　にきたづの　荒磯の上に
か青く生ふる　玉藻沖つ藻
朝はふる　風こそ寄せめ　夕はふろ　波こそ来寄れ
波のむた　か寄りかく寄り　玉藻なす　寄り寝し妹を
露霜の　置きてし来れば
この道の　八十隈ごとに　万たび　かへりみすれど
いや遠く　里は離りぬ　いや高に　山も越え来ぬ
夏草の　思ひしなへて　偲ふらむ　妹が門見む
なびけこの山
（131）

石見のや　高角山の　木の間より　我が振る袖を　妹見つらむか　（132）
笹の葉は　み山もさやに　さやげども　我は妹思ふ　別れ来ぬれば　（133）

第三章　『古今和歌集』

『古今和歌集』（以下『古今集』）は『万葉集』に続くものと序文で書かれているが、この二つの歌集はあらゆる意味で異なっている。早い話、『古今集』は勅撰和歌集であり、『万葉集』はそうではない。『万葉集』を営々と持ち伝えてきた大伴氏が、どんな目にあったか。大伴旅人が、大伴家持が、どんな目にあったか。特に伴善男については、紀貫之にとっても記憶に新しいことだったはずだ。はっきり言えば『万葉集』をそのまま再現したものは勅撰になりえない。『古今集』直前に菅原道真が編纂した『新撰万葉集』も、漢詩文と和歌をつがえるという『万葉集』とはまったく異質なものだった。

貫之が歌人としての家持をどう思っていたかはわからないが、『万葉集』を残してくれたという恩義を感じていなかったはずはない。しかしそれを表に出すことはできなかった。わずかに「大伴黒主」という正体不明の歌人を持ちだして仮名序でふれることで「大伴」の文字を残すのが精いっぱいだったのだろう。同様に額田王も危険だった。『古今集』では彼女に一言も触れていないが、貫之の歌には彼女の歌を本歌としたものがある。

『万葉集』の何が危険か、貫之たちにはよくわかっていた。『古今集』を勅撰事業とし、和歌を表舞台に立たせるために貫之たちのしたことの第一は、歌からその政治性を抜くことだった。以下、『万葉集』にあって『古今集』にないもの、なくしたものを考えたい。

長歌の排除

『万葉集』と『古今集』を比較して、歌の形式の面ではっきり違うのは、長歌という形式が消え、いわゆる五七五七七の短歌形式に統一されたことだ。確かに貫之も長歌を作っているが、それは『古今集』の内容をダイジェスト的に紹介するため、漢文ではない形として長歌を採用したためで、本当の意味での長歌ではない。だいたい反歌がない。人麻呂を評価しながら人麻呂の人麻呂たる長歌を無視したことに『古今集』のありかたが象徴されている。

本来の長歌は、あのたっぷりとした言葉の流れる時間を、その場の全員が共有し、その情動に共鳴するためのものだと思う。場としては季節の祝祭、出陣、戦勝祝賀などだろうか。だからスケールの大きな神や大自然への言上げで始まり、ドラマチックな盛り上げがあり、その最も熱い部分を「反歌」として歌い上げるのだ。もちろん、メロディ、伴奏もあったに違いない。いわゆるサビの部分が最後の反歌だが、あるいは長歌の部分は独唱で、反歌の部分はその場の全員が歌ったのではないか。現在、コンサートでも用いられる、「ご一緒に!」という部分だ。本来、和歌は「相聞」で、お互いに歌いあうことが前提となっていたと思われる。ヤマトタケルと火焚きの翁の古歌などの例もある。『古事記』には顕宗天皇と鮪臣《しびのおみ》(平群臣の祖、つまり紀氏)の歌による決闘の例がある。どちらも大勢の観客を想定している。

『万葉集』の初期の歌はほとんど長歌だ。『日本書紀』にも多くの長歌が採集されている。神武天皇の大和入りの際の久米の歌、伊勢の歌。多くは作者不明だが、それはかまわないのだ。神に捧げるために、天地を動かすために歌われるものだったのだから。人々の心からおのずと沸き起こる言葉や旋律が、その場のすべての人々の心を巻き込み、繰り返されるたびにそこに何か同じ強い思いが流れれば、それでよかったのだから。額田王や柿本人麻呂の長歌は、まさに天地を揺るがすかのような気魄に満ち、人を巻き込む力を持っている。それは『古今集』の失ったものだ。このような「長歌」の歌われる場がきわめて政治的で、権力者の側から見ると危険だったというのは、現代のロックコンサートや演劇などへの行政側の扱いを見ても想像がつく。芸術は諸刃の剣だ。

桓武天皇は宴会の場であえて、百済王族で社交界の花だった明信王に和歌を所望し、自ら手本を示したが、それは短歌形式だった。貫之は柿本人麻呂を「歌の聖」と呼んだが、人麻呂が最も得意とし、輝いていた「長歌」という形式を厳しく排除した。その熱狂性が時代に合わなかった、あるいは許されなかったのだ。貫之晩年の作『土佐日記』では民謡や舟歌も採集されて書きとどめられているが、長歌はひとつもなく、「歌は五七五七七とする」と明記されている。

時間軸の排除

『古今集』の短歌のほとんどは個人的なものだ。個人的と言っても、それは個人で閉じているということで、そこには山上憶良や大伴旅人のような悲憤慷慨はない。「返し」があるのが普通だが、それは自分と相手、二人だけのやりとりだ。「歌合せ」という場では大勢の中で対面し、詠みあげられたのだから、ある程度メロディもあっただろう。形としては長歌の歌われた場の名残がみられる。しかし、合わせられる歌と歌は独立し、それぞれのできばえを競うもので、共鳴し盛り上がるというものではない。

編集上の違いもある。確かに部立てとしては「春夏秋冬」「相聞」「挽歌」など、受け継いでいるものもあるが、最も違うのは、『古今集』が時系列を無視していることだ。

『万葉集』は、初期は、はっきり歴代の天皇の治世ごとにまとめられている。後期になると大伴家持の身辺に限られてくるが、原則として時の経過に従ってまとめられている。これは『万葉集』が編集以前の段階で凍結されてしまったという事情があったのかもしれないが、基本的に「歌は時代の記録」という考えがあったのではないか。そこに『万葉集』の歴史の証言、現場の記録という面がでてくる。従ってどの天皇の時代のだれそれが、このような状況でこの歌を詠んだと書いてあると、その歌が政治的に重要な告発となることがある。前述した「大津皇子の屍を葛城の二上山に移し葬りし時、大来皇女傷みて作りませる御歌」（165　166）などがそれだ。『万葉集』はその配列にも意図的に工夫を凝らし、なんらかの史実を伝えようとしているきらいがある。これも、為政者からは看過できない『万葉集』の危険な一面である。

一方『古今集』は「春夏秋冬」「恋」というテーマに沿って、時代を越えてその流れにふさわしい歌を採用する。たとえば平城天皇の歌の直前は紀貫之の歌だが、貫之は平城天皇のおよそ百年後の人物だ。もちろん、そこには平城天皇への貫之の敬意があるのだが、歌は古い順に、という基準がないことは明らかだ。季節は進行する。しかしそこに集められる人々は古い順には並んでいない。それに関連するが、『古今集』には詞書があまりなく、あっても短い。これ以上は削れないというところまで厳しく削っている。(例外は在原業平に関する歌群である)

歌題の限定

『万葉集』の特徴である多様性は植物ひとつとっても顕著であり、よもぎ、はす、箒、ジュンサイ、くそかずらまである。歌の作られた地域の範囲も広く、関東、東北、九州に及び、その地の住民の歌も多い。扱われた内容も多様だし、形式も多岐にわたり、古い習俗を残したものもある。洗練されていないぶん、当時の生活情報の宝庫となっている。一方『古今集』では春と言えば梅、桜ときて、次は「鶯の初音」についての歌が何首も続くといった具合で、地域も奈良、京都近辺が中心だ。地方が歌われる場合も歌の作者がおもに平安貴族とその家族なので、出かけていく場面しかなかったり、赴任先のスケッチ風のものに限られる。

これは歌の場の違いである。歌の、人と人の連絡方法という役割は維持されたが、大きく言えば『万葉集』では歌は自分の生きるそれぞれの場で特定の個人や人々に切実な思いを訴えるもので、そこに現場性、社会性が入り込む余地があった。『古今集』では歌は同じ屋内で長時間過ごす者同士で披露しあうものとなり、よりゲーム化、スポーツ化したといってもよい。個人の生活の場から離れて脳内のイメージを追求するには、歌題が決まっていたほうが作りやすい。その場にいる人との微妙な感性の違いもわかって面白い。そこで春と言えば鶯、梅、桜と同じ歌題の作品が並ぶことになる。ここから『古今集』の歌が生活実感からはずれていて面白くないという批評が出てくる。しかし、たぶん貫之たちに言わせれば「生活実感なぞ歌って、なにが面白いのか」ということで、むしろいかに生活実感から離れた発想がありうるか、ということを競っている感がある。『古今集』の貫之歌からいくつかあげる。

雪降れば　冬ごもりせる　草も木も　春に知られぬ　花ぞ咲きける　（323）

この歌など、三句めまでは冬の景色なのに、四句めで「春」という言葉が入り、これから春がくるのかなと思っていると「春に知られぬ」とひねりが入り、「花ぞ咲きける」となって初めてああ、この花は雪のことかとわかるのだが、この景色は冬のものでも春のものでもない。冬そのものの景色が頭の中でいっぺんに春の花盛りに変換される。この景色が春だったんだ、と気づくその瞬間が快感なのだ。もう一首。

桜花　散りぬる風の　なごりには　水なき空に　波ぞ立ちける　（89）

この歌には最終的に空しかない。なのに頭の中に桜の花びらが吹き散らされるさまがスローモーションで浮かび、はてはその花びらが大海原に散るさままで浮かび、空を渡る風が波となって寄せているのが見えるような気がする。が、気がつくと何もない空なのだ。この歌で最も美しいのは存在しないはずの「なごり」である。こういう何重にも重なるイメージの遊びの美しさ、楽しさ。知的遊戯とか技巧に走りすぎるなどという見方もあるが、彼らは「桜」なら「桜」という言葉での表現の限界に挑戦した。

何を伝えたいか

『万葉集』の巻頭歌は、あの雄略天皇の「籠もよ　御籠もち」である。『万葉集』がまず伝えたかったことは「これがわが王」「この王の時」であり、歌はその時代の思いを共有するためのものだった。対して『古今集』の巻頭歌は、この歌である。

ふる年に春立ちける日よめる　在原元方

年のうちに　春は来にけり　一年を　こぞとやいはむ　今年とやいはむ　（1）

まだ春が始まったのかどうかという微妙な時を歌い「春がくるぞ」というプロローグを静かに勤めている。これに続くのが紀貫之の、本当の立春の歌である。

春立ちける日よめる　紀貫之

袖ひちて　むすびし水の　こほれるを　春立つけふの　風やとくらん　（2）

この春は時空を凝縮した観念的な春である。しかしイメージは鮮やかだ。夏の青空のもとの清冽な水、その水をすくったときの手の冷たさ、気持ちよさ、それが本当に冷たくなり、凍ってしまうまで季節が流れ、今立春を迎える。遠い空で春風が吹き始め、溶け出すことだろう。また一年が始まる。今度こそ立春だ。「春」が始まる。貫之の代表歌の一つである。彼の彼たるところが、ここにすでにある。

『古今集』の伝えたいことは、人や出来事ではない。「春」であり「秋」であり「恋」であり、その本質である。そのようなものを伝えてどうするのか、という人もいるかもしれないが、貫之たちが歌によって伝えたかったものは本当にそれなのだ。『古今集』の「春」「秋」「恋」は、例えばヴィバルディの交響詩『四季』のように美しい。一つ一つの歌は、つながり、響きあい、光っては消え、消えては光り、壮大な絵巻物のようにゆるゆると移ろっていく。そのつながり方、移ろい方が美しい。その精妙さは見事だ。それぞれの歌の「座」は「春というもの」を歌う壮大な交響曲のどのパートにふさわしいかで決まり、それを判断するのは編集者である貫之たちなのだ。

ただそこで、また一つ失われるのは『万葉集』には感じられたひとりひとりの人生、その生きた時代の空気、のっぴきならない運命の重さである。『古今集』ではどんな悲劇的な重い人生を生きた人物でも、「春」「秋」「恋」の、大きな絵の一部として扱われる。『古今集』にヒーロー、ヒロインはいない。そういう扱いをする場ではないのだ。これもおそらく意図的なものだろう。

『古今集』の人生観

『古今集』において、人の心はどう扱われているか。貫之と言えば有名なのは次の歌で、これは「恋」ではなく「離別」の部にある。

志賀の山越えにて、石井のもとにて、もの言ひける人の別れける折によめる

むすぶ手の　しづくににごる　山の井の　あかでも人に　別れぬるかな　（404）

手の中の水というのは貫之の好んだモチーフだから、この歌もどこまで実体験かわからない。『古今集』仮名序にある紀氏に伝えられた古歌『浅香山　影さへみゆる　山の井の　浅くは人を思ふものかは』も響いている。この「手」の主がだれなのか、その人は女性なのかもぼかされている。つまり、フィクションの要素が非常に多いのだが、イメージは鮮やかでなみなみならぬ実感がある。この微妙なところで『古今集』の人生は語られる。次も有名な貫之歌。

人はいさ　心も知らず　ふるさとは　花ぞ昔の　香ににほひける　（42）

これも、見事に尻尾を出していないが、あなたの心だってどこまで信じられるのか、と言い返して

いるところに洒脱さと苦さ、含みがあるのが眼目だ。貫之だけではない。

散らねども　かねてぞ惜しき　もみぢ葉は　今は限りの　色と見つれば（264）
世の中は　何か常なる　飛鳥川　昨日の淵ぞ　今日は　瀬になる（933）
山里は　もののわびしき　ことこそあれ　世の憂きよりは　住みよかりけり（944）

以上三首は「よみ人知らず」のものだ。『古今集』の気分はだいたいこのようなもので、ひとことで言えばあきらめモードなのだ。『古今集』と言えば平安貴族の優雅な言葉遊びで、そこには実生活の苦労などなく、蝶よ花よとのんきに暮らしていたように思いがちだが、基調は実に厭世的で、暗い。角川文庫版『古今和歌集』の解説で、高田祐彦氏は「時の流れということについて、やや過剰なまでに意識が強い。それも、常に滅びを意識した時の流れである。そこには深い絶望がある」と言われているが、同感だ。この人たちは生きていて何が楽しいのか、とまで思ってしまう。『古今集』の恋の歌など、逢えないつらさと忘れられる悲しみや屈辱、人に知られることへの気遣いばかりが歌われている気がする。かえって苛烈な現実を生きていたはずの『万葉集』のなかに、恋のときめきや歓喜、生きる喜びなどを感じさせられる歌があり、うらやましい思いをしたりする。

何が言いたいのかといえば、『古今集』の歌人たちは決して幸せではないのだ。なぜそうなのか、ということは第一部で述べたような社会情勢から察することができるだろう。そのような人々に、実人生に即した歌を率直に詠め、と要求するのはあんまりだ。

しかし『古今集』の歌人たちは泣きわめいたり怒り狂ったりやけになったりはしない。胸の中にいろいろな思いを抱きながら、ふっと顔を見合わせて「梅はまだですかね」「鶯は聞きましたか」というところから、近しい人とのなにげないつながりの中にかすかな喜びと共感を探し、自然の営みの中に大きな世界観や新しい面白いことをみつけようとした。時には見えないものを見ようとしながら。『万葉集』『古今集』を評して、前者をますらおぶり、後者をたおやめぶりという言い方が定着してしまっているが『古今集』を読んでいて感じるのは抑制の美であって、きわめて硬質で端正であり、どちらかと言えば男性的といってもよいと思うのだ。

そのような世界をきっちりと、だれにでもわかる形で仕上げたのは貫之たちの手柄だ。はからずも『古今集』はつらい世の中に耐える人々の心の教科書になっている。そして「やまとことば」「和歌」の芸術的価値、表現力を圧倒的な完成度で実証した。『古今集』が「後世の人々から仰ぎ見られることになるだろう」という貫之の言葉は一時の高揚感で発せられたものではない。『古今集』じたいが絶望から出発していながら、残された可能性を極限まで追求したのだという思いが、その自負を支えている。『古今集』は確かに、『万葉集』の持っていたものをずいぶん失った。当時の人の中には「こんなのは歌ではない」と思う人もいただろう。しかし貫之たちは「歌」を残すためには、今が正念場だ、という思いを胸に、できる限りのことをやったのだ。

続いて、貫之の生きた時代に成立したことが確かな『伊勢物語』と『竹取物語』について考える。私はこの二つの作品に貫之が関与したことは、彼の生き方から考えても大いにありうる、と思う。

第四章　『伊勢物語』

『古今集』とほとんど同時期に『伊勢物語』と『竹取物語』が出現したことは、驚くべきことだ。この二作品がなかったら日本文学はどんなに貧相だっただろう。後発の『今昔物語』『宇治拾遺物語』などもそれぞれ面白いが、どちらも建前は実録ものである。『伊勢物語』『竹取物語』によってフィクションの世界の楽しさ、美しさ、物語世界の構築力、登場人物のキャラクターの魅力という物語文学の種がまかれた。その種は約百年後『源氏物語』に至って花開く。言い換えれば、この二作品はそれほど先進的だったのだ。また、この二作品はどちらも作者不明であり、ということは反権力の要素が思いのほか強かったということを示している。

『伊勢物語』は強力な磁場と緊張感のある美しい文体を持ち、心情を凝縮する歌の特性を最大限に引き出した、孤高といってよい作品である。冒頭の「昔、男ありけり」の一句がこの作品の魅力の大部分を規定し、保証している。これだけで、読者は在原業平だと思う。そこがミソで「業平の話だろうって？　そうは言っていないよ」と、業平のことを語りたい人と業平のことを知りたい人の間で、秘密の語りの場が成立する。

在原業平　公式記録から

在原業平について、『日本三代実録』などからまとめる。「ならのみかど」平城天皇の親王は二人とも皇位から退けられた。一人は高岳親王で、僧となり、晩年中国大陸に渡りその地で没した。もう一人が阿保親王で、臣籍降下して在原姓となった行平、守平、仲平、業平の父である。阿保親王の父平城天皇が弟嵯峨天皇に譲位し、嵯峨天皇がまた弟淳和天皇に譲位し、そのあと即位したのは嵯峨天皇の親王仁明天皇だった。仁明天皇から帝位はその子文徳天皇に渡っていき、阿保親王即位の可能性はなくなった。仁明天皇は「老帝」と言われ、かなり変則な皇位継承である。後の光孝天皇の場合と似ている。

阿保親王は「承和の変」に関わったとされている。淳和天皇の子恒貞親王と彼を擁する大伴氏の謀反を檀林皇后橘嘉智子に密告したというのだ。ここから阿保親王や檀林皇后に暗い印象を持ってしまうが、背後にいた藤原良房がすべての糸をひいていたのだろう。気に入らない者は「謀反人」「関係者」「密告者」と勝手に組み合わせ、適当な事件をでっちあげてまとめて葬り、自分だけは無傷でいるという、いつもの藤原氏の手口である。阿保親王は親王品位としては最も低い四品で終わった。業平は阿保親王と桓武天皇皇女の伊登内親王との間にうまれた独り子である。

業平については『日本三代実録』の卒伝に「姿がよく、人の言うことを聞かず、あまり教養はなかったが、和歌はうまかった」とある。卒したとき従四位右近衛権中将、享年五十六。人呼んで「在五中将」。藤原氏からみれば、業平はこれだけの男だった。

業平の周囲には、まず兄行平と嵯峨天皇親王の源融がいる。二人とも太政大臣藤原良房に冷遇された。行平は文徳天皇の時代に須磨に流され、融は陽成天皇の時代、六条河原院に逼塞した。業平の妻は紀有常の娘である。有常は国司を歴任し従四位下で終わったが、紀氏の最後の出世頭というべき存在だった。『伊勢物語』の「筒井筒」で「田舎わたらひしける人」とされているのがこの有常だ。その父名虎は正四位下・中納言で娘・静子（つまり有常のきょうだい）を文徳天皇の後宮に上げている。もちろん静子の子の即位を願っていた。これが惟喬親王で、もう一人の子が伊勢斎宮となった恬子内親王である。

以上が在原業平という人物に関する客観的な情報だが、彼が伝説化する要素は揃っている。冷遇された美貌の貴公子。彼は権力者におもねったりせず女性にもてた。漢詩という権威ある文化に背を向け、より庶民的な和歌にたけていた。周りには不遇で高貴で魅力的な人々がとりまいていて、熱い友情と親愛の情で結ばれている、といったところだろうか。加えて、彼には禁断の恋のうわさという、人をひきつけるに足るものがあった。

業平の「禁断の恋」ふたつ

在原業平を彩る恋の相手のうち有名なのは二人。一人は藤原良房の姪、高子。文徳天皇の子清和天皇妃となった女性である。もう一人は厳しく純潔を課された伊勢斎宮の恬子内親王。妻の姉で文徳天皇妃静子の娘である。藤原高子についてのうわさは事実だろうか。

月やあらぬ　春や昔の　春ならぬ　わが身ひとつは　もとの身にして　（第四段）

この歌は確かに『業平集』にあり、『古今集』でも業平作としている。『伊勢物語』はこの歌について、良房や基経によって自分の手の届かないところに連れ去られた高子をしのび、高子と一年前に過ごした場所で業平が詠んだ歌としている。しかし業平しか登場しない。別の話で、業平は高子らしい（高子のことである、とこっそりと注釈が入っている）女性を背負って逃げるが未遂に終わった。この時の業平の歌。

白玉か　なにぞと人の　問ひし時　露と答えて　消えなましものを　（第六段）

今まで外に出たこともなかった女が、男の背に負われて夜の都の裏道を抜けていく。あたりは一面の野原で、草の葉ごとに露が光っている。この状況で「あの光るのはなに？　真珠？」と聞いたというのである。身のまわりで光るものは真珠しか見たことがないという、究極の姫君が造形されている。しかしこの話はどうも無理がある。重い衣装を着た女性を、ひとりの男が背負って走れるものだろうか。誰にもみつからなかったのだろうか。このあと、男があばら家に女を入れて守っているうちに、鬼が一口で女を食ってしまったという展開もおかしい。その鬼が実は良房や基経の手の者だった、とされてもまだ不審は残る。実はこの歌は業平のものではなく「よみ人知らず」の歌で、この話じたい『原・伊勢物語』というべき段階では入っていなかったという。結局のところ、業平と高子との関係が事実だったのかどうか、またどの程度のものだったのかについてはうわさの域を出ない。あるいは高子には何の落度もないのに彼女の息子、陽成天皇の廃位を正当化するため、藤原氏側が根も葉もないうわさを流した可能性すら考えられる。

しかし、高子関連の話がないと『伊勢物語』の魅力は半減するだろう。一番絵になる話だし、実際絵になっている。この話のない『伊勢物語』なんて『伊勢物語』ではないと言いたくなる。実際の高子は『古今集』の4番で「鶯の凍れる涙」を歌った女性である。彼女が何の考えもない姫君だったかどうか、だれにもわからない。ただ、これだけは言える。高子との恋の話によって藤原氏は冷酷、無粋な権力者として強く印象づけられ、その影を背景とすることによって、業平は「伝説の色好み」として永遠に光を放つ存在になったのだ。これは『伊勢物語』の核を形成する部分である。

もう一人の恋の相手は、伊勢斎宮恬子内親王。前述のとおり、彼女の母は紀名虎の娘で文徳天皇妃の静子、業平の妻の父有常は静子ときょうだいである。業平は狩りの使いという仕事で伊勢に赴いた。伊勢に滞在したのは三日間。二日目の夜、男は女に「何としても会いたい」と言うが、斎宮の寝所に忍ぶわけにはいかない。女は自分から男のもとへやってきたという。このときの彼女の歌にはこうある。

君や来し　我や行きけむ　思ほえず　夢か現か　寝てかさめてか

この歌も、女性の歌としては大胆だがかえってリアリティーがある。業平の方は、こう返している。

かきくらす　心の闇に　まどひにき　夢現とは　今宵さだめよ

この歌は『古今集』では業平の歌として「かきくらす　心の闇に　まどひにき　夢現とは世人さだめよ」（646番）となっている。二文字変わっているが、内容としては「世人」のほうが問題だろう。二人の間にすでに何事かあったことを認めているからだ。ならば『古今集』の業平と『伊勢物語』の業平は少し印象が違う。

さて、恬子との話は事実だったようだ。恬子が生んだという業平の子が高階家に養子に入っていて、高階家の系図にその旨が書かれている。藤原氏が高階家を冷遇したということもあったようだ。事実ならば、業平はしょうがない男だ。妻の姪で伊勢斎宮・内親王という女性と関係するなど、誰にとっても迷惑だ。

この恬子内親王の話である六十七段の存在が『伊勢物語』という題名の由来だという説がある。『伊勢物語』とは、「伊勢で起こったことについての物語」という意味ではないかというのだ。となると題名から見る限り、業平をめぐる物語の主要な要素は、恬子内親王の話だったことになる。考えられるのは、ここには高子の物語を前面に出さないという、カモフラージュの意図があるのではないか、ということだ。

題名についてもう一つ付け加えたいのは「伊勢」という地名の持つ喚起力である。神風の伊勢、天武天皇が遥拝し、壬申の乱での反転攻勢が開始された地、大津皇子が決死の思いで向かったのも伊勢だ。そこには神々のいぶきと反逆の風が吹いている。その系列に業平が位置づけられているのだ。

筒井筒の女

『古今集』の業平が、伝説の色好みたる業平とちょっと違うという例をもう一つあげる。この歌には『古今集』には珍しく長い詞書がついている。

業平朝臣、紀有常が娘に住みけるを、うらむることありて、しばしの間、昼は来て夕さりは帰りのみしければ、よみてつかはしける（有常女）

天雲の　よそにも人の　なりゆくか　さすがに目には　見ゆるものから　（784）

返し　業平朝臣

行きかへり　そらにのみして　ふることは　わがゐる山の　風早みなり　（785）

この業平の妻への態度はいただけない。『伊勢物語』では宮仕えの女とのやりとりになっているが（十九段）、どちらに信憑性があるかといえば『古今集』のほうではないか。業平の妻といえば能『井筒』

ではっきり「紀有常の娘」と言明されているのに『伊勢物語』の「筒井筒」では「幼なじみの、田舎わたらひしける人の娘」とぼかされ、この女と結ばれた男がだれかも明記されていない。「田舎わたらひ」とは国司を歴任して四位下で終わった紀有常のことを記しているのだろうが、参考書などでは「行商人」とされている例すらある。

筒井筒の女は「親なくたよりなくなるままに河内の国高安の郡にいきかよふところいできにけり」と、「金の切れ目が縁の切れ目」とばかりに別の女の庇護を求めた夫を快く送り出した女である。自分のいないときこの女は何をしているのか、と男が河内に行くふりをして隠れて見ていると、きちんと身だしなみを整え、次の歌を詠んだ。

風吹けば　沖つ白波　たつた山　夜半にや君が　ひとりこゆらむ　（二十三段）

夫（業平だろう）に比べて、なんというできた妻だろうか。しかしこの妻、ひいては紀氏と業平の関係が、ともすれば軽んじられている気がする。『伊勢物語』において紀氏は業平の友人のうち、ちょっと困窮している立場の友人として登場するが、業平の妻の実家だった、とはっきり書くのははばかられたのだろうか。

業平の反骨

在原業平が「伝説の色好み」と認められたのは、恋愛関係もさることながら、何といってもかなりおおっぴらに藤原氏にたてつく人物と認められていたことによる。ひとつの話の場面は、時の権力者藤原良房の四十の賀である。そこで業平は、次の歌を詠む。

桜花　散りかひくもれ　老いらくの　来むといふなる　道まがふがに　（九十七段）

この歌が一句一句発声されていった時を想像すると面白い。「桜よ散れ、空よかきくもれ　老いぼれの……」何を言い出すのか、とみなが思った直後「ということがありませんように」とすまして終わってしまう。

まだある。場面は業平の兄行平が良い酒を手に入れた、というので藤原氏のだれかを含め宴会を開いたところ、来た人々は行平をよそに藤原なにがしにおべんちゃらをいいつのる。そこに居合わせた業平の歌。

咲く花の　下にかくるる　人の多み　ありしにまさる　藤のかげかも　（百一段）

「咲く花」藤原氏の繁栄が昔より見事です、というのは表面上祝福の歌として通る。しかし、その場にいた人々の胸には「こんなふうにこびる人が多いから、在原氏より藤原氏の羽振りがいいのだね」という嘲笑が響いたに違いない。

こうなると「昔、男ありけり」というスタイルは実に巧妙な仕掛けである。この話を読む人は、みな「男」が誰なのか「女」が誰なのか知っている。その上で半ば公然と憂さ晴らしをしているのだ。『伊勢物語』の基本的な気分はここにある。この業平にはもちろん、「反権力」「反藤原氏」のヒーローとして、『万葉集』の大津皇子や『古事記』のヤマトタケルにつながる面影が濃厚にある。

『伊勢物語』原風景

話は『伊勢物語』の作者についての推理に移る。ここでは特に、『新潮日本古典集成』の校注者、渡辺実氏の論に多くを負っていることをお断りしておく。

そもそも、『伊勢物語』の作者が個人ではなく集団であることは、いろいろな点から明らかである。まず業平の私家集『業平集』がある。さらに『古今集』にある業平歌を集めると、ほぼ『原・伊勢物語』作成が可能だ。それはおそらく、例の二条后と伊勢斎宮の話を核とした、非常に小さな作品だったのではないか。そこに新たに加えられた章段があり、中には前述の第六段、二条后の鬼一口の話のように『伊勢物語』のイメージの中心をなす話もある。まるでマトリョーシカのように、何段階にもわたって成長してきた作品なのである。

まず、『伊勢物語』のいくつかの章段には、業平本人の言葉と思われるものがある。例えば、八十一段では、六条河原の院らしきところでの宴会が語られるが、そこで業平らしき男が「かたゐ翁、板敷きの下をはいありきて」と描写されている。業平のことを「翁」と表現した部分はいくつかあるが、仲間うちの軽口にしてもきつすぎる。本人の謙遜、あるいは卑下の口調が残った部分ではないかという渡辺氏の言は説得力がある。

『伊勢物語』の最初の段階では、業平自身を含むグループが、それぞれ自分の体験を出し合っておもしろがったりけなしあったり、ということがあったのではないか。業平が「これはどこかの男の話だけど」と話題提供し、聞く方は「それはあなたのことでしょう」と思いながら深く追求しない、というよくある状況もあったかもしれない。その際「昔、男ありけり」というフレーズが用いられた可能性だって、あるのではないか。またこの集団の基本テーマとして「みやびとは何か」「色好みとはどういうことか」を個人を離れて追求しようという気分があったのではないかと思われる。

「みやび」を判定する目

ここで『伊勢物語』だけが持っていると思われる特異な点について述べたい。『伊勢物語』の魅力は、実はただ業平に肩入れするにとどまらず、その業平をも冷徹に見据える距離感にあるのではないか。業平は『業平集』のままでは伝説に飛躍できなかった。『伊勢物語』はある時は業平を批判し、突き放す姿勢を見せる。そのハードボイルドな感じ、業平といえども「みやび」の基準を満たさない場合は容赦なく批判する視点が、この物語に深みを与えている。

『伊勢物語』の冒頭は「初冠」と呼ばれる章段である。若き業平と思われる男が古都平城京に出向いた際に、思いがけず美人姉妹を発見したが、狩りの途中であったため、恋文を贈るにも紙の用意もない。そこで着ている狩衣の裾を切って、次のような歌を詠み姉妹に渡した。

春日野の　若紫の　摺り衣　しのぶのみだれ　かぎり知られず　（初段）

紙がなくて着物の布で間に合わせたのを逆に利用して、「この柄のように心乱れて」としたところがしゃれている。それに「初冠」をしたからには、男たるもの美しい女に歌を詠みかけるものだ、と実行したところが好もしいと「だれか」は思ったらしい。「むかし人はかくいちはやきみやびをばしける」と結んでいる。まるで、その場にいる現代の若者に語り聞かせ、初々しくも果敢な「みやび」を教授しているようだ。しかし、評価しているのはその「だれか」の側であって「男」は評価される側なのである。「いや、よくやった。こうでなくてはいかんよ。しかし、おまえも若かったね」と年をへた業平本人をからかっているように読めなくもない。ここでの「だれか」は業平ではありえない。

このように『伊勢物語』では「男」の行動が「みやび」と言えるかどうか、各章段ごとに、ということは一つ一つの事例ごとに独立して論評され、評価されるというスタイルが確立している。この場の中心に、業平をも話題の一つとして扱う批評家がいるのだ。

このスタイルは「男」が業平でなくても、あるいは「女」でも維持されている。ある男がある女に「このままではおれは死んでしまう」と訴えたところ、女は次のような歌で答えた。

白露は　消《け》なば消《け》ななむ　消えずとて　玉に抜くべき　人もあらじと　（百五段）

（あなたの露のような命など、消えるなら消えてしまえばいいでしょう。どうせ生きていたって、あなたを相手にする女もいないでしょうから）

強烈な肘鉄である。ここではこの「女」のほうが評価されている。「死んでしまうだと。なんと情けないことを言う奴よ。それにひきかえこの女、あっぱれではないか」と。ここでは「男」は業平であってもなくてもよい。とりあえず「みやび」のテキストとして使えれば、だれでもよいのである。

『伊勢物語』作者について

この「だれか」について、あらためて考えてみたい。『伊勢物語』の作者は一人ではない。複数であり集団である、と先に述べた。それは成立時期が一人の人間の一生に収まり切れないこと、何度かの増補、改定、付記が行われた形跡があること、付記と見られる部分のスタンスが統一されていないこと、グループのメンバーに向けての発言と思われる付記がみられること、などから得られた結論である。しかし、強烈なリーダーシップを取った人物がいたこともまた、確かだと思う。

まず特記したいのは、『伊勢物語』特有の、美しく切れ味の良い文体である。あらゆる人間の属性をはぎ取って、必要最低限の「男」「女」の立場、行動、歌を記述していく。一つ一つの文は短く、鋭く、臨場感がある。読者の胸には純化された心のありさまが残る。この緊張感のある文体は、協議した結果できあがるようなものではない。

では、そういう人物がいたとして、該当するのはだれだろうか。この人物は実際の業平と相当親しい。『伊勢物語』中に、業平本人らしい語り口がみられ、業平がこの「座」の当初のメンバーの一人であることは確実である。同じくその「座」にいたに違いないこの人物は業平より立場が上だ。『伊勢物語』は業平を愛し、最優先でそのふるまいを記録しているが、それは業平がこの人物の美意識を代弁する限りにおいてなのだ。

次にあげるのは短い話だが、歌は業平本人のものである。

昔、身分の低い男が、非常に身分の高い女に思いをかけていた。多少期待してもよさそうな様子があったのだろうか、臥しては思い、起きては思い、思いにたえかねて詠んだ、とされる歌。

あふなあふな　思ひはすべし　なぞへなく　高きいやしき　苦しかりけり(九十三段)

皇孫の業平にして「身分違いの恋は苦しい」という言葉は痛々しい。これに対する「だれか」の寸評は、「これが世間の道理だ」という、実にそっけないものである。二条后に恋する業平を同情をこめて語った『伊勢物語』も、一般論としての身分違いの恋には冷たい。この「だれか」は業平に対して「おまえは身分が低い」と言い切れる人物である。

さらによく言われることであるが、『伊勢物語』の田舎蔑視は徹底している。昔、陸奥の国で、どうということもない人の妻とつきあったのだが、不思議にも、そんなところにいるような女ではないと思えたので、「なぜあなたのような人がこんなところに」と思い、歌を贈った。

しのぶ山　忍びて通ふ　道もがな　人の心の　おくも知るべく　（十五段）

この行動を「だれか」は鼻で笑う。「さるさがなきえびすごころを見ては、いかがはせむは（そんな田舎女のココロなど知って、どうしようというのか）」というのである。明らかにこの「だれか」は相当の身分に属しており、それを誇りに思っている。言い換えれば強烈な差別意識の持ち主である。にもかかわらず、現権力者の藤原氏に反感を持ち、政争に敗れた惟喬親王や、在原氏、紀氏に同情的である。高い見識と教養を持ちながら、一般的に権威のある漢詩ではなく和歌に入れ込んでいる。「自分こそがやまとごころの体現者だ。その自分が面白いと思ったのが業平だ。だから語っているのだ」という自負心を感じる。このように絞り込んでいった結果、渡辺氏は『伊勢物語』成立の中心人物として河原の左大臣源融の名をあげる。

源融

左大臣従一位。源融は嵯峨天皇の皇子だが、仁明天皇になった兄以外の信、常、融は一世源氏として臣籍に下った。ところが、なぜか陽成帝が廃され、藤原氏が持ち出した候補者は、当時五十五才だった仁明皇子の時泰親王だった。ここで融としては「どうしてそんなことを。近い皇族を探すなら自分、融たちだっているではないか」と言わざるをえない（『大鏡』）。これに対し、太政大臣藤原基経は「皇族とはいえ、あなたのように姓を与えられて臣下として仕えた人間が、位に就いた例はない」と突っぱね、時泰親王が帝位についた。光孝天皇である。しかも、その次の帝位についたのが、光孝天皇の子ですでに臣籍に下っていた源定省（宇多天皇）なのだから融としてはおさまるはずがない。六条河原の院は、そんな融が隠棲した場所で『伊勢物語』に登場している。少し長くなるが、全文をあげる。

むかし、左のおほいまうちぎみいまそかりけり。賀茂川のほとりに、六条わたりに、家をいとおもしろく造りて住みたまひけり。神無月のつごもりがた、菊の花うつろひざかりなるに、紅葉の千種に見ゆる折、親王たちおはしまさせて、夜一夜、酒のみし遊びて、夜あけもて行くほどに、この殿のおもしろさをほむる歌よむ。そこにありけるかたゐ翁、板敷きの下に這ひありきて、人にみなよませ果ててよめる。

塩釜に　いつか来にけむ　朝なぎに　釣りする舟は　ここに寄らなむ

となむよみけるは、みちの国にいきたりけるに、あやしくおもしろき所々おほかりけり。わがみかど六十余国の中に、塩釜に似たるところなかりけり。さればなむ、かの翁、さらにここをめでて「塩釜にいつか来にけむ」とよめりける。（八十一段）

六条院の秋の夜の宴がしのばれる場面だが、いくつか注目すべきところがある。名前はあげていないが「左大臣」「賀茂川のほとり」「六条」とくれば、これは源融を名指ししたに等しい。ここで「板敷きの下に這ひ歩きて」と描写されている「翁」が、晩年の在原業平の姿である。宴会に呼ばれてはいるものの「親王たち」と同列に座を占めることはできなかった様子をいっているのだろうが、この言い方はちょっとひどい。しかし業平本人が、自嘲的に笑いをとったのかもしれない。

渡辺氏が問題とするのは、この邸宅が塩釜の風景を模して造られたものであることに、『伊勢物語』本文が言及していないことである。この説明がないと、業平の歌は全く理解不能になる。ここに限ってその説明がないのは、『伊勢物語』関係者にとって河原院は「いつもの集合場所」であり、塩釜風の庭のことなど言うまでもないことだったのではないか、つまり『伊勢物語』の生まれた場所が、まさにこの六条院だったのではないか、と。もう一つ、「みちの国にいきたりけるに、あやしくおもしろき所々おほかりけり。わがみかど六十余国の中に、塩釜に似たるところなかりけり。」という言葉がだれのものか。この文の直後に「かの翁(=業平)が特にここを愛して」と続くので、業平でないことは明らかだし、口調からしてこの人物はこの邸宅の主、源融以外に考えられない。『伊勢物語』の中で融の面影が感じられるところはほかにもある。確実なのは前述した冒頭、第一段の記述である。業平と思われる若い貴族が詠んだ歌は融の歌を本歌としている、と本文に明記している。融亡き後の『伊勢物語』の作者チームは冒頭、融へのオマージュを捧げずにいられなかったのではないか。『伊勢物語』の世界は融の存在なくしてありえない、と指摘している。そのとおりだと思う。

「河原院の主・融」は後世にも伝えられている。『今昔物語』『宇治拾遺物語』では河原院を引き継いだ宇多天皇の前に融の霊が現れ「私の屋敷にあなたさまがおられるので困ります」と言う話がある。能「融」を鑑賞したが、霊となった融が久しぶりの河原院にもどった風情でそこここを見回し歩き回る、嬉々とした姿を再現していた。

融の隠棲

融が河原院に引きこもった時期がある。彼の「隠棲」の始まりは貞観十八年（876年）十一月二十九日、清和天皇が皇太子に譲位した時。『日本三代実録』に「左大臣源融が引退する、というがそれを止めることはしない。右大臣・基経は皇太子の舅でもあり、彼に摂行させる」とある。融はこの陽成天皇即位の時点で出仕をやめた。融の復活は元慶八年（884年）二月四日。陽成天皇が退位した際、融らがその使者となった。この時前述の陽成天皇が帯びていた剣をはずすという事件が起こり、融はこれに対応して自らも帯剣を解いている。ともかくこの八年間、源融は宮中に全く参内しなかった。

この時期、融と親しく接触したのは、意外にも清和太上天皇である。元慶三年（879年）、三十才で譲位した清和太上天皇はまず基経邸を出て、五月八日、落飾入道し、清和院となる。十月二十四日、仏道修行のため、大和国行幸に出発した。おそらく、人生初めての自由行動だったはずだ。翌年、八月二十三日、清和院は水尾山寺から嵯峨の棲霞観《せいかかん》に遷る。水尾山寺に仏堂を造るためだが、嵯峨の棲霞観とは、実は源融の山荘である。清和院が晩年、滞在していた場所もここだ。清和院が最初に融の棲霞観に滞在する直前の元慶四年（８８０年）五月、在原業平が卒した。業平と融の親しさは『伊勢物語』にもよく表れている。融の辞表を預かって代わりに宮中に提出したのも業平だ。源融は政界の表舞台を去り、河原院などで不本意かもしれないが、ある意味優雅な暮らしをしていた。融のもとには、業平のような不遇な人々が吸い寄せられ、その中に紀氏も含まれていただろう。在原業平はその隠棲時代の最中に亡くなったことになる。

『伊勢物語』誕生のきっかけ

清和院のもう一つの顔は藤原高子の夫であり、従って在原業平と高子の恋の関係者であることだ。高子の入内当時、清和院十八才、高子二十六才、業平は四十一才。業平と高子の関係はそれ以前のことだ。清和院にとって業平は恋敵というより、いろいろな意味で興味深い人物だったのだろう。清和院が融に対面した時「この間亡くなった業平という男は、実際どういう人だったのです？」と聞かなかったとは、逆に考えられない。『伊勢物語』は、この問いの答えになる作品だ。融は清和院の問いに応じて、気の合う者たちと業平にまつわるよもやま話に興じただろう。ついでにその場での彼の批評やその口調が書き留められ、『伊勢物語』特有の文体となり「伊勢物語のもと」となったのではないか？

『伊勢物語』が生まれたのは唐突である。それ以前に「歌物語」も「物語」も存在しなかった。あったのは中国伝来の漢詩文やそれにならった和製漢詩集だ。『万葉集』復権は『古今集』まで待たねばならない。ここには特別な幸運がいくつもつながらねばならない。才能がありながら、いや才能があるからこそ時に合わず埋もれていく人々がいた。その人々が一つの場に集まった。そこに彼らの思いを代弁するに足る在原業平という男がいた。彼の歌はかけねなくすばらしかった。彼について語ることで、さまざまなものがそこに流れ込んだ。『伊勢物語』の成立には資料を記録し、保管し、共有し、編集作業を行い、書写する場と人脈が必要である。源融と業平と河原院、そこに文書管理の現場にいた紀氏を加えると、これらの条件を満たすことができる。

そして生前の融の傍らに、少年、紀貫之が紙を都合したり墨をすったり、筆記の手伝いをしていたりしていたのではないか、などと思ってしまうわけである。業平がこの世を去ったのは、貫之が十八才、融の死は二十七才の時。貫之が河原院を知っていることは、『古今集』所収の融への挽歌でうかがえる。

貫之代作の可能性

『伊勢物語』の作者を源融とする説の弱点は、彼が寛平七年（８９５年）八月二十五日に薨じていることだ。『伊勢物語』は９００年ごろ成立したとされているが、彼の死後も編修が続けられていたことははっきりしている。

さらに、第一次『伊勢物語』の章段が、『古今集』とほぼ重なるということ、『古今集』が全体のバランスを崩す危険をおかして、あえて業平関連の歌にのみ詳しい詞書をつけていることも融説には不利だ。『伊勢物語』がすでに存在するのなら、そこまでして業平を記録に残す必要がなくなる。つまり、『古今集』成立の905年、まだ『伊勢物語』は成立していなかったことになる。

しかし、こういうことは考えられないか。紀貫之は源融のサロンの末席にいたが、後年『伊勢物語』になりうる資料を譲り受ける立場にあった。なんとかしてその資料を生かそうとして『古今集』詞書に反映させた。しかしそれに飽き足りなかった。そこには融の肉声が、あの座の雰囲気が失われていたからだ。そこで、融に代わってこの資料のみをまとめたのが『伊勢物語』原初の形になった、と。

『伊勢物語』作者の人間性や文体は、貫之のそれとは明らかに違う。従って『伊勢物語』貫之作者説はとらない。しかし代作ならありうる。貫之が代作の熟練者であることは、屏風歌の第一人者としての彼のキャリアから充分証明できる。貫之が融に敬愛の念を持っていたことは『古今集』からも『土佐日記』からもうかがわれる。もちろん、業平に対してもだ。完成時点の『伊勢物語』には業平関連とする歌や挿話のうちに、業平と無関係のものも含まれている。しかし『古今集』は業平歌でないものはとっていない。貫之は業平の歌の真贋を把握していたことになる。

このように、貫之と『伊勢物語』の関りはかなり濃厚である。ただ、私は『伊勢物語』に貫之がどれだけ関わったかということより、それを自明のこととして、『伊勢物語』が貫之にどのような影響をもたらしたかに興味がある。その延長線上に『竹取物語』誕生があるかもしれないと思うからだ。

第五章　『竹取物語』

『伊勢物語』と前後して成立したのが『竹取物語』である。はたしてどちらが先なのか、決定的なことは言えない。一つには、『伊勢物語』は作品の成立にある程度長い期間が想定されるせいでもある。成立時期が重なっている可能性もある。そうなると興味深いのは、この二つの作品が、全く性格の違う作品だということをどう考えるか、ということだ。

『伊勢物語』は「みやび」の教科書として、日本人の精神的源流となったという評価がある。その点、『竹取物語』にそこまでの精神性を認める人は少ない。確かに、格調の高さ、文体の切れ味という点で、『竹取物語』は『伊勢物語』に及ばない。作中の和歌の質も到底太刀打ちできない。ストーリーはおとぎ話のようで緊迫感に欠ける。全体のバランス、統一感もいま一つ。素朴、未熟という言葉さえ、後世の解説文中にみうけられるありさまである。しかしこの物語は決してこども向けのおとぎ話ではないし、素朴でもないと言いたい。むしろ大人同士で楽しむことを念頭に書かれたものだ。

この物語で注目すべき点は、日本文学史上初の一人の作者による作品であろうという点である。この作品の文体や雰囲気は一貫性があるが全体の構成は物語の進行に伴って改変されていく。このようなことは作者が複数では困難だ。『伊勢物語』のように、最初にスタイルを決め、その基準に沿って書き足していける作品ではない。おそらくある人物が軽い気持ちで書き始め、しだいにのめりこみ、当初思ってもいなかったところまで行ってしまった、つまり「登場人物が勝手に動き始める」という物語作家の境地に至った、そういう作品であり、この物語にはその過程がそのまま封じ込められているのだ。

以下、物語の進行にそって、思うところを述べてみる。考察にあたっては野口元大校注・新潮日本古典集成『竹取物語』を参考にした。

かぐや姫の生い立ち

竹取の翁

『竹取物語』は「今は昔、竹取の翁といふものありけり」で始まる。「竹取翁」については『古事記』開化天皇の条に記載があり、「丹波の竹野媛」の子孫に「迦具夜比売命」と「讃岐垂根王」がいる。「竹取の翁」は「讃岐造」なので、ここでも『竹取物語』とつながる。

『日本書紀』では景行天皇の子に「五十河媛（伊勢関係）」を母とする「神櫛皇子」がいて、この人は「讃岐国造の祖」となっている（『古事記』では木国の酒部阿比古の祖）。坂手の池を造りその堤に竹を植えたという記事もある。坂手とは現在の奈良県磯城郡である。景行天皇といえば、ヤマトタケルを蝦夷掃討に追いやり、大和の基礎固めをしたとされる天皇である。その時期に磯城に竹を植えたということは「竹」が都に必須のものとして備えられたことを意味している。竹はもともと、濃厚に海の民の祭祀に関わる呪具の原料でもある。「讃岐造」とはその竹林の管理人なのではないか。これは大和朝廷が物部氏と紀氏の連合政権として発足した、という私見の裏付けになる記事だ。

かぐや姫、裳着の式

さて、竹から生まれた娘の話には原話がすでにあったのだろう。作者は「ここはもう、知っているだろうからあっさりいくよ」という感じで、どんどん進めてゆく。最初から「子＝篭になる子だ、竹だけに」とか「呼ばふ」を「夜這う」と言ってみたりして、笑いをとりたいという気分が濃厚である。この時点で作者は真面目な話をしようとしているのではない。仲間内で、ちょっと気の利いたものを発表して、いっしょに笑いたいのだ。翁は裕福になり、手のひらにのせて持ってきた子はあっという間に美女となる、ということが軽快に語られ、話は本題に入る。

つまどひ

もう一人の重臣

成長したかぐや姫に五人の求婚者が現れる。この五人の名が、持統朝に実在する五人の重臣たちと重なる。以下に並べてまとめる。

右大臣　多治比真人島　石つくりの御子
大納言　阿部御主人　あべのみむらじ
大納言　大伴御行　大伴みゆき
中納言　石上麻呂　いそのかみのまろたり
中納言　藤原不比等　くらもちの皇子

この五人がそろうのは藤原不比等が登場して『日本書紀』が終了する時点であることは前述した。実はこのモデルと目される重臣たちはもう一組、文武天皇の大宝元年（７０１年）三月に現れる。多治比真人島、阿倍御主人、石上麻呂足、藤原不比等、大伴安麻呂だが、ここにもう一人、大伴安麻呂と同じく紀麻呂が正冠の従三位を授けられ、石上麻呂、藤原不比等とともに大納言となっている。この実在の紀麻呂に対する『続日本紀』の記述や序列の微妙さも興味深いが『竹取物語』は彼の存在を無視している。作者は作中に紀氏の名を一人も入れていない。

「結婚しない女」の戦い

『竹取物語』の作者は間違いなく男性であろう。しかし、彼は自分の意志で結婚しない女を想定し、そういう女が現実の世界でどういう戦いを強いられるかをリアルに描き出している。

結婚しないと固く決意しているかぐや姫の前に立ちふさがるのは親、ここでは親代わりの翁である。まず翁は「私はあなたを今まで育ててきたのだよ」と切り出す。かぐや姫としては「もちろん、ありがたいと思っています。なんでもおっしゃってください」と答えざるをえない。ここで翁は「女は結婚しなければならない」と言い渡す。このときのかぐや姫の返事は「どうしてそんなことをいたしましょう」である。冗談ではない、とんでもない、というような強い調子である。これは女性としての羞恥、とまどいなどというものではなく、嫌悪、侮蔑まで感じられる反応だと思う。

しかし翁は動じない。翁には「結婚しない女」という存在が考えられない。心から姫の行く末を案じてもいる。「異界の人とはいえ、あなたさまは女の体を持っていらっしゃる。私が死んだらもう、あなたを養う人はいないのですよ」この説教の前で、ほとんどの女が黙らざるをえなかった。ここでかぐや姫は翁を相手に男の論理が支配する世界と戦っているが、その戦いがどんなに孤独で絶望的なものであるか。このような状況は、女性にはよくわかるが、たぶん男性である作者がなぜ、このようなかぐや姫の苦労を理解しているのだろうか。私にはそのことも、驚くべきことに思われる。

かぐや姫が断固とした独身主義者だということは注目に値する。女がすべての男を相手にしないという設定は、当時としてもそう一般的なものだとは思えない。「難題婿」の話というのはあるが、ふつう難題の目的は、よりふさわしい相手を選別するため、猿や蛇や河童などとの結婚を避けるためだった。

しかし、『記紀』を読んでいくと、このかぐや姫を彷彿とさせる女性がいないことはない。『日本書紀』垂仁天皇の条「丹波の竹野媛」の話。天皇は丹波の女を五人召して後宮に入れたが、五人目の竹野媛は醜かったので返した。彼女はそれを恥じて、帰り道で自分で輿から落ちて死んだという。

景行天皇の条。天皇が美濃で美人の噂を聞いて妃としようとするが、彼女は竹林にかくれて避ける。

天皇は計略をめぐらして彼女を捉えるが、その時彼女はこんなことを言う。「私はもともと『交接』を欲しません。召されても嬉しくありません。また私の顔かたちは醜いので　後宮の生活にたえられるものではありません。ただ、姉は美人です。姉をお召しください。」どうも竹に関連する女は、すんなりと帝の女にならない。丹波と美濃という場所も気になる。日本海と東海に関わりがあり、紀氏とかかわりの深い地域である。「丹波の竹野媛」の子孫に「迦具夜比売命」と「讃岐垂根王」がいることは前述した。

清寧天皇の条。雄略天皇没後、清寧・顕宗天皇が見いだされるまでの天皇位の空白期間、統治していたのが両天皇の姉とされる飯豊青《いいとよあおの》皇女・忍海《おしぬみ》郎女だった。その名からも紀氏出身だった可能性が高いが、独身だった。それでは都合が悪いということになったのか、次のような記述がある。「角刺宮にて与夫初交《まぐはひ》したまふ。人に謂りて曰はく『ひとはし女の道を知りぬ。又安にぞ異なるべけむ。終に男に交《あ》はむことを願《ほり》せじ。』（一応女のすることをしてみましたが、どういうことはありませんでした。私は一生男と接したくありません）」

これらの女性たちの言葉に、かぐや姫に通ずるものを感じる。竹と海と紀氏との関りは深い。かぐや姫の造形の背後に、このような「竹の女たち」の面影があるのではないか。

求婚者の数と難題

ここからは、かぐや姫から五人に難題が出される部分だ。この作者は喜劇の台本のようなドタバタを書くのがうまいし、楽しんでいる。

本来「天に帰る女」の求婚者は三人、難題も三つだったらしい。『竹取物語』の原話を後に採録したのだろうとされている『今昔物語』にある「竹取の翁、女児を見付けて養へる語」では三人になっているし、『竹取物語』の本文自体にも、もとは三人だった痕跡が残っている。難題を言い渡す時「石作りの皇子には」「庫持の皇子には」ときて、三人目の阿倍御主人の時「もう一人は」となっているのはその一つである。また話が進んで行くと、初めの三人とあとの二人では叙述のしかたが違う。初めの三人は「〜〜はこういう人物で」という説明から入るのに、あとの二人はそれがない。また、初めの三人はともかく難題で出された物を持ってくることができ、それに伴って和歌の贈答があるのだが、あとの二人はそれもない。

『今昔物語』の話では、求婚者は三人なので当然難題も三つで「空に鳴る雷、優曇華の花、打たぬに鳴る鼓」である。『竹取物語』では、「仏の石の鉢、蓬莱の玉の枝、火鼠の皮衣、龍の首の玉、燕の子安貝」の五つ。『竹取物語』の作者は難題を自分好みのものにすり替えている。気づいたことをいうと『今昔物語』の難題の品は国産で『竹取物語』の最初の三つは外国産だ。仏の石の鉢は「高僧法顕伝」「水経注」に出てくるもので、探すとすれば天竺、インドであろう。蓬莱の玉の枝は、「列子」所載、中国産。火鼠の皮衣は「神異記」所収、中国産。なぜかかぐや姫は博識でハイカラ好みだが、実は作者がそうで、それを仲間たちに自慢したいのだ。

もう一つ考えられることとして、『竹取物語』の難題の最初の三つは、確かに入手困難ではあるものの、権力と財力があればなんとかなる。もし「蓬莱の玉の枝」が『今昔物語』のように「優曇華の花」だったとしたら、作中の倉持の皇子のように人工的に作るわけにはいかない。『竹取物語』には

「皇子が優曇華の花を持ってきた」と人々が噂する場面があるので、作者は本来の難題の品が「優曇華の花」であることを知っていたことがわかる。ということは、ここで難題の品を入れ替えたのは作者である。その理由は想像するしかないが、難題の設定が現実的なものに近づいているおかげで、『竹取物語』の世界が、ぐっと現実的な要素を盛り込みやすくなったことは確かだろう。

仏の石の鉢

ここから、五人が実際に難題にどう対応したかという話が続く。石の鉢については、インドまで探しに行くか行かないかということになるが、石作りの皇子は偽物で間に合わせようと考えた。こういう皇子の性格を、作者は最初に「心のしたくある人」と紹介している。前述のように、性格の紹介があるのは、最初の三人だけである。

ところで皇子が偽物の石の鉢をどこから調達したかというと、「大和の国の十市の郡にある山寺に、賓頭盧像の前にある鉢」とやたらと具体的で、しかもかぐや姫はこの寺の所在を小倉山と断定している。「小倉山寺」という寺は実在したそうだ。この物語の作者とそのお仲間は、このあたりに相当詳しかったのではないか。

皇子はその石の鉢を錦の袋に入れ、造花で飾り、和歌を書いて入れた。このあたりの描写は『源氏物語』などに比べると妙に細かくて、確かに素朴な印象がある。しかしこの歌のまずさは、意図的なものだろう。

海山の　道に心を　つくしはて　ないしのはちの　涙流れき

まず海山になど行っていないことを読者は知っているから「心をつくしはて」が笑止だ。「ないし」とは「泣きし」の音便形に「石」をかけ、「石の鉢」を詠みこんだのだろうが、無理がある。そこに「血の涙流れき」と結ぶ。「泣いた涙が流れた」という続き方が変だし、「血の涙」も気持ち悪い。だいたい何が悲しくて泣いたというのだろう。いくらなんでもこれを名歌だとは、当時の読者も思うまい。失笑しあきれる場面だろう。作者はこの歌によって、石作の皇子という人物を語っている。「石作りの皇子」の名がモデルとされる多治比真人島とうまく重ならないのは、この人物の造形を思い切りやりたかったからだろう。

かぐや姫の方では、歌については一言の感想もなく「鉢に光がない」と即座に偽物と見抜き、返歌で「小倉の山で何を探してきたのですか」と一刀両断。明らかに作者の興味は、この姫のクールビューティーぶりを描くことにある。これに対し、石作りの皇子はどこまでも見苦しい。最後に「落ち」がつき、「あつかましいことを『はちを、恥を捨てる』というのだ」が炸裂して終わる。仏の石の鉢という難題は、この落ちを言うために登場したようなものだ。

蓬萊の玉の枝

この蓬萊の玉の枝の話は異様に長い。分量にして、仏の石の鉢の話の五倍以上ある。全体のバランスを崩しても、つい熱が入ってしまったという感じがするのがこの章段である。

ここでは、ただの女性として追いつめられるかぐや姫と、彼女に迫る庫持の皇子の悪役ぶりが語られる。この章段があるせいで、『竹取物語』のかぐや姫は人間臭い、現実的な面を加えている。

庫持の皇子の性格設定は「心たばかりある人」。策略にたけた人ということで、これはもちろん褒め言葉ではあるまい。この皇子は最初から「蓬莱の玉の枝」を探しに行こうともせず、にせものを用意周到に作ろうとする。朝廷、つまり勤め先には「筑紫に湯治に行く」と休暇を取り、翁の家には「玉の枝を探しに行く」と抜かりなく連絡し、極秘に財力にものを言わせて最新式の作業場を建設し、腕利きの職人を抱え込み、いっしょにこもる。やり手である。ここで、同じようなことをした人物が思い出される。称徳天皇の時代の右大臣・従一位・藤原豊成は弟の仲麻呂に太宰員外帥に落とされたが、病と称して難波の別荘にとどまって任地に赴かず、八年後に復任した。

さて、庫持の皇子は作業場を出て、わざわざ船に乗り、「蓬莱山から玉の枝を取って、たった今難波に到着した」という触れ込みで姿を現す。人々は「皇子が優曇華の花を持って帰っていらっしゃった」と騒ぐ。これを聞いてかぐや姫は「私はあの皇子に負けてしまう」と胸がつぶれる思いをする。あの、石の鉢が小倉山にあった古い鉢だと、瞬時に見抜いたかぐや姫はどこへいったのだろう。

翁は玉の枝を受け取ると、押し頂くようにしてかぐや姫の部屋へ持っていく。かぐや姫が無言でいるところを見ると、玉の枝のできは文句のつけようのないものだったのだ。添えてあった歌がすさまじい。

いたづらに　身はなしつとも　玉の枝を　手おらでただに　帰らざらまし

表面上は玉の枝の話だが、姫にしてみると「今夜は、このままおまえを手折らないでは帰らないからな」という恫喝以外のなにものでもない。私はこの歌とよく似た『万葉集』の歌を思い出す。

内大臣藤原卿（鎌足）、鏡女王を娉ひし時、鏡女王、内大臣に贈れる歌一首

玉くしげ　覆ふを安み　あけて行かば　君が名はあれど　わが名し惜しも　（93）

内大臣藤原卿、鏡女王に報へ贈れる歌一首

玉くしげ　見む圓山の　さなかづら　さ寝ずは遂に　ありかつましじ　（94）

鎌足に対し、鏡王女はほとんど怒りをもって拒絶している。「あなたはいいでしょうが、私の名誉にかけて、応じられません」。これに対し鎌足は「いいや、あなたはわたしと寝ないわけにはいかないのだよ」とうそぶき、実際彼女は鎌足の妃となった。後の天智天皇・中大兄皇子が彼女を譲ったのだ。

さて庫持の皇子は「もうつべこべ言えないはずだよな」と言いながら姫の部屋の前の縁にまで這い上ってくる。皇子と姫との間には、御簾と几帳しかない。翁は制止しないばかりか、「もうお断りできませんよ。お人柄もいいし」などと言い、寝室のしたくまで始めさせてしまう。その時間稼ぎに、翁が「この枝はどこにあったのですか」と話題をふると、ここから皇子の長広舌が始まる。読者はこの話が嘘であることを知っているのでそのつもりで聞き始めるのだが、よくまあここまで嘘がつける

ものだと、ただただあきれるしかなくなってくる。かぐや姫はその間、何もできない。

絶体絶命のかぐや姫を救ったのは、意外にも玉の枝を作った職人たちだった。倉持皇子の話に翁が感じ入っているところへ、職人たちがおしかけてきて麗々しく申し文を捧げ「代金を下さるべきです」と声を合わせて訴えるので、その声は屋敷中に響いてきた。庫持の皇子は代金の支払いをしていなかったのだ。かぐや姫の反応は早かった。「その文を取れ」と一言、あっという間に証拠品を確保する。形勢逆転。かぐや姫は晴れ晴れと笑う。

その後、かぐや姫はこの職人たちに「私には嬉しい人たちです」とたくさんの報酬を与えた。それを、庫持の皇子は帰り道に待ち伏せし血が出るほどこらしめ、かぐや姫が与えたものを奪い取り、捨てさせたという。ここで思い出すのは、孝謙天皇と光明皇后が釈放した橘奈良麻呂たちを待ち伏せて捉え、杖で殴り殺した藤原仲麻呂である。

『竹取物語』の「あべのみうし」や「おほとものみゆき」「いそのかみのまろたり」が持統朝や文武朝の五人の重臣の名に似ているのはすぐわかる。それに比べ「倉持の皇子」の名は「藤原不比等」とただちに重ならない。従って、「倉持の皇子」のモデルが不比等と関係ないといえるだろうか。むしろ逆である。先述のとおり「倉持の皇子」の行動には歴代の藤原氏のやりくちが凝縮している。当時の読者には言うまでもなかった。だからこそすぐ結びつくような名をつける必要がなかったのだ。たぶん当初『竹取物語』の作者が一番書きたかったのはこの「倉持の皇子」の悪辣さ、それを撃退したかぐや姫の笑顔だ。

火鼠の皮衣

三人目の求婚者阿部御主人は、「財ゆたかに、家ひろき人」という設定である。まず、「火鼠の皮衣といふなる物」を注文する。この注文を請け負う、中国人の商人、王慶と、阿部御主人側の代理人、小野房守というもっともらしい人物が登場し、すべてが大真面目なのがおかしいが、実際、天安三年・貞観元年（859年）、五月十日、渤海客使・大内記・阿倍清行などが、渤海国からの啓諜信物について「王啓」からの書を取り次いでいる。作者も読者もこれを思い出して笑っているのだ。このあたりの描写をくだくだしくて稚拙だ、というのは作者のサービスがわかっていない。

この皮衣は、本当は外見が美しければ美しいほどうさんくさい。本物である証拠は、火に焼けないという素材の性質だからだ。しかし、皮衣を持参した御主人も、応対した翁も、嫗も、そこを問題にしない。翁にいたっては「外見がそれらしければ、これを本物と思えばいい」などと言い、初めて求婚者を屋敷内に呼び据える。「なんとしてもここでかぐや姫の相手を決めなければ」という焦りが感じられる。この場面で嫗も登場し「部屋にまであげたからには、かぐや姫の結婚はもう決まりだ」という感想を述べていることは注意を要する。この難題話は一つのピークを迎えている。作者が、この物語の求婚者を当初三人で終わらせるつもりだった根拠となる。

実験の結果はあっけない。見守る三人の目の前で皮衣はめらめらと燃え、御主人は草の葉のような顔色になって言葉をなくし、かぐや姫は「思ったとおり偽物だったわね、ああ嬉しい」と勝ち誇る。実に痛快な場面だ。この時の歌の贈答は次の通りである。

限りなき　思ひに焼けぬ　皮衣　袂かはきて　けふこそは着め　（御主人）

なごりなく　燃ゆと知りせば　皮衣　思ひの外に　をきて見ましを　（かぐや姫）

「今日こそあなたを着るよ」とはなんと気色の悪い歌か。今まであなたを得られずに涙で袂を濡らしていました、というならばもう少し言いようがありそうなものだ。返歌は痛烈だ。御主人の歌にある涙は全く無視され、「思ひ」（「おも火」）に対しては、せっかくきれいな皮衣だったのだから、火にくべなければよかったですねえとからかい、裏の意味として、こんなことならあなたのことなんかまともに考えるんじゃなかったわ、と言い放つ。作者は明らかにかぐや姫の側に立って楽しんでいる。

ここで、かぐや姫に実質的に迫りうる求婚者は終了し、以下、かぐや姫に近づくこともできなかった求婚者の話になる。

龍の首の珠

三人の求婚者の話を終わった時点で、本来ならこの物語を終了してもよかったはずだ。しかしなぜか作者は新たに二人の求婚者を付け加えた。この二人に対する作者の態度は、これまでの三人に対するものとは明らかに違う。

四人目の大伴の大納言については、どのような性格の持ち主かを紹介する言葉がないが、彼の言動は詳しく描写されている。彼は「龍の首にある五色の珠」を求められたのだが、それを聞くと家じゅうの「をのこども」を招集し「取ってこい」と命じる。もちろん取ってきた者にはなんでも望みをかなえてやろう、というありがたい言葉を添えてではあるが。ここでの「をのこども」の対処が面白い。彼らはこの主人のいうことを聞いたふりをしながら、旅費をたんまりせしめて山分けし、逃げてしまうのである。なんだかありそうな話で、これも実在の大伴氏のだれかが脳裏にあったのかもしれない。

皆が自分の命令通りに行動していると信じ込んでいる大伴の大納言は全財産をはたいて、彼らに充分な経費を支給し、妻を離縁し、家を新築し、精進潔斎して、ひたすら朗報を待っている。彼は二番目の庫持の皇子より誠実な求婚者である。かぐや姫は、庫持の皇子を受け入れた場合、使用人、側女の扱いになるはずだった。にせものの玉の枝を造った職人たちは「御つかひとおはしますべきかぐや姫」と言っている。その点、大伴の大納言はきちんと正妻を離縁してその座をあけ、全く実用的でないが家を新築している。

だがいくら待っていても、当然「龍の首の珠を持ってきました」という知らせは来ないので自分で乗り出す。しかし荒れた海の現実は想像を越えていた。頼みの楫取りも嘆く。「こんなばかな主人のために、ばかばかしい死に方をさせられるなんて。早く神に祈りなさい」そう言われて、大納言はこの言葉を全面的に受け入れる。自分で体をはったからこそ、大自然の恐ろしさ、神の領域に踏み込んだ自分の愚かさを心から悟ることができたのだ。この時の大納言の肉体的な弱り方が、「巣氏諸病源候総論」にあるそうで、作者はこんな書物にまで目を配っている。

大伴の大納言はここでかぐや姫について「あの女は人を殺そうとしたのだ」とまことに大胆なセリフを口にする。このセリフは、かぐや姫を主人公とするこの物語の枠を叩き壊していると言っていい。しかも、この言葉は正しい。作者は大伴の大納言を、これまでのように笑いものにしない。むしろこの人物の目を通して、かぐや姫の別の面を語りたくなったのではないか。

かぐや姫の立場から求婚者を見ていた作者が、ここでは求婚者として、或いは求婚者の妻として、また求婚者の家来として、外側からかぐや姫を見ている。この章では、かぐや姫は全く登場していないにもかかわらず、かぐや姫の冷酷さ、恐ろしさがしっかり語られている。このかぐや姫は人々を死地に追いやって何とも思わない権力者のイメージを負わされており、そこに藤原氏的な要素を見ることもできる。思えば大伴氏は確かに、この大納言のように過酷な現場で体をはってきた。「海行かば水漬く屍」と戦い続けたにもかかわらず、徹底的に痛めつけられた氏族だった。

燕の子安貝

最後の求婚者で五人目の石上麻呂足についても性格の紹介はない。しかし、石上家と言えば、大和朝廷の祭祀と武器を握っていた物部氏の直系であり、石上神社は大和朝廷の武器庫とも言われている。

「燕の子安貝」を所望されて、この中納言も大伴御行同様、難題に真正面から挑む。使用人たちは、さまざまなアイデアを積極的に出してくるが、「足場を組んで人海戦術で燕の巣の近くを見張る」案は、燕がびっくりして巣に寄り付かなくなってしまった時点で頓挫した。そこへ、この騒動を見ていた現場の責任者、倉津麻呂が口をはさむ。「大勢で上で見張っていたら、燕はおびえて子を産まない。人は一人にして巣の下で待機し、いざ産卵となったときに籠に入り、綱で吊り上げて子安貝を取ればいい」というもので、確かに前の案よりはましに思われる。

しかし、結果的にはこの案に乗ったことで、中納言は命を落とすことになる。彼は物部氏伝来の呪具を思わせる「八島の鼎」にまともに落下して、腰の骨を折り、白目をむいて動けなくなった。「単に病気で死ぬほうが、こんな恥ずかしい死に方よりずっとましだった」というのが彼の述懐だ。モデルになったと思われる実際の石上麻呂は、平城京の留守居役として旧都に取り残され、憤死する。まつりあげられて叩き落とされる、という言い方は酷かもしれないが、その思いは物語どころではなかっただろう。

かぐや姫が噂を聞きつけて歌を寄越す。その歌たるや「どうしたのー？　待っていたのに、やっぱり貝はなかったみたいじゃない？　待つカイもなかったのね」という、普通なら破り捨ててもいいようなふざけたものであった。中納言はそれでも嬉しいのだ。返歌をしたためて、彼は絶命する。これを聞いて、かぐや姫は少しかわいそうに思った。神を信じ続けた物部氏に、救いの手はこなかった。

求婚者たちの位相

さて、これで五人の求婚者の話はおしまいである。ここで最後の二人、大伴御行と石上麻呂足の相違点と共通点を考えたい。まず相違点だが直情径行で専制的な武断派・大伴御行と、温厚で民主的な協調派・石上麻呂足。かぐや姫への態度も正反対だ。作者はここで、かぐや姫を全否定する人物と、全肯定する人物を並べてみせ、かぐや姫じたいを相対化する視点を読者に与えている。共通点とは、この二人に対する作者の立ち位置、視線だ。前半組の三人の求婚者より好意的に思える。前半の三人の場合、彼らの位置づけは「力ずくで美女をものにしようとする悪役」だった。ところが後半の二人の場合、悪役は「真面目な男たちにとんでもない命令をつきつけて破滅させた悪女」かぐや姫の方なのである。

この二人の話の中には、かぐや姫の出番が異様に少ない。もちろん難題の品物を持ってこられなかったのだから当然なのではあるが、それなら彼らの失敗を、本来主題とは関係のない話として切り捨てても差し支えない。しかしこの部分を、ここまで生き生きと、間違いなく前半の三人に優るとも劣らない重さをもって描いたのはなぜか。明らかにここで作者が書きたかったのは、かぐや姫ではなくて、難題に立ち向かって敗北した彼らの姿だ。

この五人の求婚者は、持統朝末期から文武朝初期に朝廷の中心人物であった五人がモデルである。この設定がいつからのことなのか。当初、作者は単にこの世の権力者を切って捨てるスーパーヒロインを描きたかった。しかし藤原不比等が朝堂に登場した「あの時代」をこの物語の時代に設定した時点で『竹取物語』の世界は当初の予定を越えて成長し、拡大した。その原動力はやはり、この最後の二人の求婚者に代表される大伴氏、物部氏への共感ではなかったか。

昇天

御狩のみゆき

次に現れる求婚者は、独身主義者のかぐや姫にとってやっかいな存在、天皇である。しかし、かぐや姫は、天皇の名代の典侍に向かって「帝が私をお召しになろうとお言葉を下さろうと、私は畏れ多いと思いません」と言う。これに驚いた典侍が「この国に住んでいる人間で、帝のご命令を拒める人間などありましょうか。わけのわからぬことを」と言うと、かぐや姫は「では、さっさとお殺しになればいいでしょう」と答えた。これに対する帝の感想は、「多くの人間を殺してきた心だな」というもので、これはかぐや姫の本質を言い当てており、帝がこれまでの求婚者とはひとあじ違うことを示している。

ともあれ『竹取物語』の最も革新的な部分はここにある。天皇の権威を否定する女というのは日本文学史上、空前絶後ではないか。どのようにしてこの視点が可能だったのか。前述の「竹の女たち」の言動が、かぐや姫の造形に影響していると思われる。

次の帝の行動は「にはかに日を定めて、御狩に出で給うて、かぐや姫の家に入り給ふ」と、スピード感あふれる記述で語られる。帝が踏み込んだかぐや姫の家には光が満ちている。太陽の光でも灯りの光でもない、ただ彼女の存在から発するどこからともない光が、家じゅうに満ちている。そして「けうら」に座っている女性がいる。「けうら」は「清ら」に通じ、神々しく清浄な美しさを表す。しかし帝としてはそのまま連れていくだけである。かぐや姫は「私はあなたの管理下にある者ではありません」と言うが、帝には理解できない。「そんなことはありえない」と輿を呼ぶと、かぐや姫は消えた(「きと影になりぬ」)。この瞬間、帝はかぐや姫が自分の力の及ばない存在だということを初めて悟る。「もう一度、顔を見せて」と懇願し、それだけで満足して帰途につく。二人の歌の贈答がある。

帰るさの　行幸もの憂く　思ほえて　そむきてとまる　かぐや姫ゆゑ
葎はふ　下にも年は　経ぬる身の　なにかは玉の　台をも見む

帝の歌は、これまでのかぐや姫への歌の中で最も真情あふれるものだと思う。かぐや姫の返歌は、帝の歌に言葉の上では全く反応していないが「あなたと私では、住む世界が違うのです」と、今までのかぐや姫の歌にはない、真剣な感じがある。また、月の女であるはずのかぐや姫が自らを「葎はふ下」の身だと言っているのも興味深い。

天の羽衣

かぐや姫は春のはじめから、月を見てはもの思いに沈むようになった。時には人の制止も聞かず、こっそりと月を見ては泣いている。作者は、かぐや姫が誰とも結ばれないまま空に帰ってしまうということだけは、最初から設定してあったと思われる。だが今、かぐや姫は、最初の設定よりずっと人間的な存在になってしまい、単なる作中人物ではなくなっているのではないか。その例証としては、野口氏も指摘していることだが、この辺りからかぐや姫に敬語が付く。作者は物語の中でかぐや姫と接する人物に同化している。

かぐや姫は「いみじく泣き給ふ」。「私がいなくなれば、あなた方がお嘆きになるだろう、それが悲しい。私が帰りたくないと思っていることをわかってください」。かぐや姫の周りで仕えていた女性たちも、かぐや姫の気立てが、高貴な感じがしながらもいつもかわいらしかったことを思い出す。竹の中に生まれ、竹のようにあっという間に成長し、秋とともに行ってしまうかぐや姫は花の精である、という解釈がある。そうかもしれない。花は散るものだ。今、心を持ったかぐや姫のその心は、死を自覚した人のものと同じだ。彼女は「末期の眼」で周囲を見ている。作者はかぐや姫とともに死を体験している。

月

ここで、かぐや姫が月の世界の人だったことが明らかになる。『今昔物語』に採られた竹取翁の話では女は漠然と「空」に帰るが、『竹取物語』の世界では、月の印象が強い。

日本古来の感じ方では月には「影」「女性」「不吉」というマイナスイメージがある。しかし貫之の生まれたころ、中国から「中秋の名月を鑑賞する」という新しい風習が入ってきた。和歌の世界では延喜九年（９０９年）閏八月十五日の条に、「夜、太上天皇（宇多）、文人を亭子の院に召して、『月影秋池に浮ぶ』の詩を賦せしむ」とあるのが初見、漢詩の世界では、島田忠臣の『八月十五夜月に宴す』（『田氏家集』上）と題された漢詩が最古で、その制作年代は貞観六年（８６４年）であっただろうという。つまり、八月十五夜の月、中秋の名月がすばらしいという感じ方は、貫之の生まれるころからようやく広まってきた概念なのだ。

『万葉集』の月の歌といえば、次の歌が思い浮かぶ。

夕闇は　道たづたづし　月待ちて　行ませ我が背子　その間にも見む　（７０９）

『万葉集』の月は秋に限らずさまざまな場面で歌われるが、目につくのはこのような「実用的」な月だ。満月の夜は明るいから逢いに行ける、恋人が来るかもしれないというものが多い。月が時間を表すことも多い。

『古今集』には月の歌が多く見られるが、それはほとんど中秋の名月に近い月で、雁の数が数えられるほど明るくくっきりとした月だ。『源氏物語』にある大江千里の月の歌、

照りもせず　曇りもはてぬ　春の夜の　朧月夜に　しくものぞなき

が評価されたのは『新古今和歌集』においてで『古今集』の月はあくまでシャープなものがよしとされた。『古今集』時代の人々は、初めて月をじっとみつめた人々だったのかもしれない。その月は冴々と宇宙の神秘を象徴するものとして、昼の世界を支配する太陽に対し、夜という異界に思いをはせるよすがとなった。

かぐや姫が天皇に対してもひるまなかったのは月の世界の住人だったからだ。天皇だの貴族だのと言ってもしょせんあなた方の世界のこと。月の世界の力の前ではなにものでもない、と。この視線は『竹取物語』の作者のものでもある。しかし今、かぐや姫は月に帰る日を前にして泣いている。

竹取の翁とかぐや姫

十五日の夜に月の世界に帰らねばなりません、というかぐや姫を渡すまいと、月の世界の人々との戦いになるが、ここから描写はコメディタッチになる。帝から二千人の大軍が遣わされるが、相手が

空からくるので、千人が屋根の上に、千人は築地の上に配置される。そんなに乗ったら崩れてしまう。翁は調子に乗って「迎えに来る人の尻を丸出しにしてやる」などと言う。作者はこの人物を、うまく緊張緩和のコメディアンとして使っているが、はっきりと下層階級の典型と造形している。上層階級の人物のこっけいさを五人の求婚者を通して語った作者だが、翁を聖人君子に描いたりもしない。しかし、かぐや姫の口をついて出るのは、精一杯の感謝と別れを悲しむ言葉である。

「今までお世話をしてくださったお気持ちを、まったくわかっていない者のような別れ方をするのがくやしい。お心を乱すような別れ方をしなければならないのがつらい。私は月に帰ってからあなた方が老いていく有様をそばで最後まで見届けたかったと、きっと恋しくなることでしょう」

かぐや姫はいつから、こんなにやさしいことを言う人になっていたのだろう。いや、かぐや姫が実はこのような人だったのだと、作者はいつから思うようになったのだろう。翁や嫗の愚かさ、浅はかさを作者は折りに触れて描いてきたが、それも自分をいとしいと思ってくれているからだと、かぐや姫は知っている。そして、それこそが彼女にとって今、最も失いたくないものなのだ。

月からの視線

かぐや姫の思いをよそに、厳戒態勢の八月十五日の夜は更け、真夜中になった。ここからの、月の世界が地上の戦力を圧倒するさまは、この物語のクライマックスを飾るにふさわしい迫力に満ち、別次元、異次元を見事に表現している。完膚なきまでに帝の軍を無力化して、天人は言う。

「さあ、かぐや姫。こんな穢い所に、どうしていつまでもいらっしゃるのです」

「こんな穢い所」と呼ばれたのは、我々が生きているこの世界すべてである。この物語の作者には、天皇を含む地上の権威、権力のすべてを相対化、無力化するような、あたかも月からのような視点がある。天人は着々とかぐや姫帰還の手順を踏む。このあたり実に事務的、官僚的に描写されていて、作者は天人にも好意的ではない。天人を待たせ、かぐや姫は帝に歌を残す。

今はとて　天の羽衣　着るをりぞ　君をあはれと　思ひいでける

これは、愛の告白と言ってさしつかえないと思う。かぐや姫は、やっと帝に対する自分の気持ちを言うことができた。それは、もうこの世にいなくなる瞬間である。

ここでまた視線が反転する。圧倒的な月の世界の力を背景にしたかぐや姫は、この世のすべてを捨てて月に上っていく。残された世界には価値などなく、人々は茫然として月を見上げるのみ。そういう結末もある。『今昔物語』の話の結末はそれに近い。しかし、作者はそうはしなかった。翁、嫗がひたすらにかぐや姫をかわいいと思い、離れたくないと思う気持ち、帝との折々の心のふれあい、そういうものまでなくしてしまう「天の羽衣」を着ることを、かぐや姫は最後までいやがった。「天の羽衣」というものをそのように設定したのも作者である。作者は「この穢き世」で、心と心の共鳴という唯一価値のあるものを、かぐや姫を生きることで発見したのだ。

物語の親　『竹取物語』

これまで『竹取物語』を読みながら、いわばその材料や味付けからこの作品を考えてきた。『竹取物語』にはありとあらゆる物語のパターンがつめこまれている。「天人女房」「異類婚姻譚」「難題婿」「小さ子」、だが基本的な枠組みとしては、『今昔物語』に採録されている話を大枠として、自分の物語を作り上げたのだろう。作者は博識だし、文章力もある。おもしろい。そういう分析はできる。

しかし『竹取物語』の最大の謎は、なぜこのようなものを書いたのだろう、ということではないか。これは、現在の小説家のだれそれがなぜこの小説を書いたのか、という問いとはちょっと違う。まず「物語」というものをなぜ書いたのか、ということから考えなければならない。ただおもしろいものを書きたかった、それに尽きるのかもしれない。しかし、なぜそうしたかったのかということは、考えなくてよいのだろうか。

『伊勢物語』との比較

構成からみた「作者」の違い

『竹取物語』『伊勢物語』は、ほぼ同時代に成立した作品でありながら、まったく対照的である。この二つの作品は相補的に逆の方向に成立した「永遠のライバル」のような成り立ちを持っているのではないか。例えば『枕草子』と『源氏物語』のように。

重複になるがまとめると、まず全体の構成が違う。『伊勢物語』は短い話の集合であり、『竹取物語』は全体で一つのストーリーをなしている。

このことは、何を描くための作品かということにも関わってくる。『伊勢物語』の主題は、一言で言って「昔、男ありけり」の世界の説明に尽きる。挿話ごとに作品世界がふくらんでいくが、その世界を律しているのはこの男を通じて語られる世界観、美意識であり、内容にぶれはない。作品世界の視点は一貫しており、それはおそらく源融の視点だ。

一方『竹取物語』が描いたのは竹から生まれた女が月の世界に帰るまでに起こった出来事全体、その流れである。その際どのような人物がどういう行動をとったか、それぞれの価値基準の対立も記述され、複数の価値観、複数の視点、しかもその移動が描かれることになる。このことは、『竹取物語』の世界が閉じていない、閉じきれない、否応なく発展していった作品だということでもある。

従って、前述したとおり作者について次のようなことが言える。『伊勢物語』の作者は一人でなくてもよい。編集長さえしっかりしていれば、編集員は何人でもこの作品の作成に関与が可能である。しかし『竹取物語』の作者は一人だ。読者グループは存在しただろうが、この作品は、未熟さや荒さ、スタンスの不統一も含めて彼一人のものだ。なぜなら、この作品世界の成長には有機的な流れがあるから。具体的にどういうことかというと、『竹取物語』の作者は、当初竹取の翁の視点で物語を始める。次に、「結婚したくない」というかぐや姫の眼を通して、翁を相対化する。そのかぐや姫は、まず三人の求婚者と対決し、勝利する過程で上流階級の男たちの滑稽さをあぶりだす。しかし、残りの二人の求婚者の視点は、今度はかぐや姫の冷酷さを映し出す。さらに帝との交流で、かぐや姫の背後にあった「月の世界」と地上の世界の対決があり、地上の権力が絶対ではないこと、また月の世界の非情さ、あじけなさも描かれる。というふうに、『竹取物語』の作者のシンパシーのありどころは目まぐるしく変わっていく。この作者は物語の進行とともに登場人物に成り代わって生き、さまざまな視点を体験し、乗り越え、模索し、成長していく。

作中の「歌」について

歌に関して言えば、『伊勢物語』の歌はすばらしいものが多い。その質、量は『竹取物語』だけでなく他の作品をも圧倒する。『伊勢物語』が語り伝えたいと思ったのは「昔、男ありけり」の「男」の精神や生き方だが、その価値は彼の歌のすばらしさによって実証される。もともと、その「男」の歌や人生は、それ自体が語り継ぐに足るドラマチックでロマンチックな内容がある。『伊勢物語』の作者陣にはそういう暗黙の自信がある。だからこそ『伊勢物語』は最古にして孤高の「歌物語」なのだ。

一方、『竹取物語』においても、歌は重要な意味を持っている。歌はその人のすべてを語るものとされていることは同じだ。ただ、その「人」とは、作者ではなく登場人物であり、作者はその人物の限界をあらかじめ設定済みである、というところに決定的な違いがある。浅はかな人、愚かな人は作中でも愚かな歌しか詠めない。前述した作中の求婚者たちの歌を思い出していただければわかるとおり『竹取物語』の歌は、名歌でないことこそが求められていることがあるから、歌の良しあしによって物語の優劣を語るわけにはいかない。

では『竹取物語』の作者は、和歌の技量において、『伊勢物語』に登場する歌人たちと比較してどうなのか。それはなんとも言えない。『竹取物語』の作者は、作者個人として詠んだ歌を作中に使っていないからだ。しかしこうは言える。この作者はその気になれば、天皇であろうがかぐや姫であろうが、彼ら彼女らの作るであろう歌を、違和感なく代作できる程度の技量の持ち主だ、と。

作中人物の名

『伊勢物語』の「男」「女」が単に「男」「女」としか書かれていないことはこの作品の品格の源となっている。「この男がだれか？　言わないでおこう」という姿勢を保つことで、かえって鮮やかに業平なら業平の面影が浮かび上がる。実に効果的である。

これに対し『竹取物語』では、登場人物のほとんどすべてにもっともらしい名前がついている。竹取の翁、五人の求婚者はもとより蓬莱の玉の枝を作った職人は、「内匠寮の匠、漢部内麻呂」、火鼠の皮衣を調達した中国人の商人の名は「王慶」、王慶のもとに派遣された部下の名は「小野房守」、という具合で、こんな脇役に名前がいるのかという人物にまで名前がある。作者はこの物語をおとぎ話ではなく風刺物語と捉えている。

例の五人の求婚者のモデルのことを考えてみたい。この五人の名前が『日本書紀』の巻三十にほぼ揃って現れることは前述した。ぴったり一致しないのは藤原不比等だけだが、彼に当てはまるのがあの陰険、邪悪な「庫持皇子」であることを考えれば、これはむしろ、間違いないと思わせる材料になる。すべては「あの時」に始まった。かぐや姫が拒否した世の中は、藤原不比等が朝堂の一員として姿を現した「あの時」の世の中なのだ、と作者はどうしても言いたいのだ。

『竹取物語』『伊勢物語』そして『古今和歌集』が、ほぼ同時期に成立したことは偶然ではない。この時期、宇多帝という外戚が藤原氏でない帝が、稀有にして出現した時代なのだ。この時代の気分というものを考えに入れるべきだろう。『伊勢物語』と『竹取物語』の名前の使い方は違うが、志向しているところは同じで、その視線の先には藤原氏がある。

身分と作者の視点

『伊勢物語』を貫通するスタイリッシュな美学を成立させている一つの要素は、仮想敵としての藤原氏である。しかし、『伊勢物語』は、藤原氏への反感は明らかにしても、藤原氏を支えている身分そのものは無条件で認めている。藤原氏に対して、自分は身分で負けていないというのがもともとの作者、おそらく源融の気持ちだろう。作中の「田舎人」、身分の低い者に対する冷たさは「男」の自由奔放な魅力にも関わらず、ひしひしと感じられる。『伊勢物語』は身分差別を肯定している。

これに対し「反藤原」の気分には同調しても『竹取物語』には違う価値観がある。かぐや姫の視点はこの世の身分にとらわれない。竹取の翁や媼との別れに泣き、貴公子を拒絶しからかい、帝に対しても権力的な出方をされたときは敢然として言い返し、ただ心と心の交流は楽しんでいる。『竹取物語』作者から見ると皇族でさえ「それがどうした」という気分がある。これはある意味『伊勢物語』より上から目線と言える。もし『竹取物語』に源融が登場するとしたら、彼は五人の求婚者のうちの一人として描かれるほかない。

『竹取物語』作者はさまざまな登場人物に憑依し、その立場での世界をみつめ、味わう能力がある。その範囲の広さは『伊勢物語』作者のそれとは段違いだ。彼の目は結婚したくない女であるかぐや姫、玉の枝を造った職人、荒海に乗り出す楫取などを生きた人物としてとらえている。

『竹取物語』作者としての貫之

以下、貫之を『竹取物語』の作者と仮定する私の空想だが、父・紀望行を早く失った彼は、叔父の有朋などの庇護のもとに成長し、そのつながりで源融やその周辺の人々との知遇を得た。後年、御書所預となるまでに研鑽を積み、いとこの友則に次ぐ『古今和歌集』編纂メンバーに選ばれる。その際、融グループから預かった業平関係の歌について、できる限り詞書の中で『古今集』に残した。普通ならここで貫之の融や業平に対する義理はすんだはずである。しかし貫之は凝り症の完全主義者で、半面いたずらっ気もある人である。融になりかわって独立した『伊勢物語』をまとめたくなった。融サロンのメンバーはまだ存命中だったはずで、彼らへのサービス精神もあっただろうし、この作業は貫之を熱中させるに足るものだったに違いない。これが『原・伊勢物語』となる。

ただ、彼はこの作業を通じて源融の精神のありようを内面化する必要に迫られた。どうしても相いれないところもあった。『伊勢物語』では業平の義父にあたる紀有常について、最終的に「田舎わたらひ」する人、自分の妻へ渡す寝具を調達できず、業平に救われる人として描いている。

違う世界、違う物語もある、という思いが貫之の中で育ってゆく。『古今集』ではタブーだった藤原氏への怒りが、大伴氏、物部氏への同情と共感が、何より、紀氏から見るとこの現実世界そのものが悪夢にほかならない、という叫びが、表現を求めてうずく。

『竹取物語』に表現された紀氏

『竹取物語』には、表面上、紀氏は登場しない。しかし「竹取の翁」には紀氏の現実が色濃く投影されている。野山に混じって竹を取る生活よりつらいものはない、と彼が語るように、生活は貧しかった。人間的に浅はかでおっちょこちょいな面があるが、嫗と仲むつまじく、かぐや姫への愛情は本物だ。最終的に彼は官位よりかぐや姫を選ぶ。このような彼の造形は、当時の紀氏の置かれた立場のひとつを想像させる。

もう一人、紀氏を思わせる登場人物は、ほかならぬかぐや姫だ。彼女に紀氏に関わりの深い「竹の女」の面影があることは前述した。帝をも拒絶する女の前例はあった。これがなぜ可能だったかといえば「神の子孫という点では帝も自分も対等」「天皇を天皇たらしめるのは自分たち」という意識があったのではないか。一方、彼女は自らを「葎はふ下」の身、とも言っている。天上の月の者でもあれば、この世では誰からも顧みられない地下の者でもある、と。これは神の子孫、天皇家の祖の一族という誇りを抱きながら、下賤な者というレッテルをはられ、そこで生きていくしかない当時の紀氏の立場に重なる。

『竹取物語』において紀氏を思わせる二人の登場人物は、限りなく上と下、月と地に引き裂かれているが、彼らの心はつながっている。その象徴が地から天にまっすぐ伸び、聖なる空間をはらんだ竹である。それは美しく、一体感のあるイメージだが、月は遠い。

かぐや姫と貫之のまなざし

かぐや姫から見ると庫持皇子だろうが帝だろうが、単なる「人」である。「現実」とされているもののすべてを透過して、彼女には人の心だけが見える。翁と媼と帝が同じ「いい人」で、等価なのだ。

一方、数々の作歌から判断できるとおり、貫之のまなざしも現実を透過する。彼は雪景色の向こうに花野を、虚空に散る桜を見ていた。目の前の世界を突き抜けた向こうに、もう一つの世界がある、という感覚がある。人の心を最終的なよりどころにしたことも含め、この「二人」の世界の見え方は同じだ。貫之は『竹取物語』の世界で「穢き世」と対決し、すべてを捨てて月に消えるという「臨死体験」を経て、「帰ってきたかぐや姫」としてこの世に生きていたのかもしれない。

第六章　『後撰集』

『古今集』撰進後の紀貫之の活動は屛風歌の制作が中心となったため、その間特筆すべきことはなく、年表的には一種の空白期間となる。

『古今集』の後を継ぐ和歌集としては、貫之が晩年、嵯峨天皇の命を受けて土佐で撰集作業にうちこんだ『新撰和歌集』と、貫之没後の勅撰『後撰和歌集』がある。こちらは貫之の息子、時文が撰者に入っている。この三つの和歌集の関係は、乱暴に言えば『古今集』の精髄が『新撰和歌集』であり、これに入らなかった、つまり貫之からすればボツだった歌を集めたものが『後撰集』ということになる。

この『後撰集』が、なかなかばかにならないと指摘したのが大岡信氏で「息子の眼に映っていた貫之の最も貫之らしいところが、『後撰集』所収の歌には反映されている」と述べている。その例として、

世の中は　憂きものなれや　人言の　とにもかくにも　聞こえ苦しき　（1030）

惜しからで　かなしきものは　身なりけり　うき世そむかむ　方を知らねば（593）

をあげていて、確かにこれは貫之の本音と言っていいものだろう。

『後撰集』には貫之の交流関係がうかがわれるものが収められていて、社会人、家庭人としての貫之の横顔がみられ、これはこれで楽しい。世間の風聞を気にする親戚の娘に「いったんうわさがたったらもうしかたがないよ、あきらめなさい」と諭したものや、「ちっとも顔を見せないね」というパトロン格の藤原兼輔に「私の白髪をあなたと比べられるのが気になって、なかなか伺えません」と弁解して押問答になったり、というものがある。恋歌にも「古今集」よりもう少し実感の伴った歌がある。

思ひかね　妹がり行けば　冬の夜の　川風寒み　千鳥鳴くなり　（338）

いかでわれ　人にもとはむ　暁の　あかぬ別れや　なにに似たると　（720）

以下は違う意味で面白い。

宮仕する女のあひがたく侍りけるに

手向けせぬ　別れする身の　わびしきは　人めを旅と　思ふなりけり　（705）

やむごとなきことによりて、遠き所にまかりて、たたむ月ばかりになんまかり帰るべきといひて、まかりくだりて、道よりつかはしける

月かへて　きみをばみんと　いひしかど　日だに暮るれば　恋しきものを　（744）

すみ侍りける女、宮づかへし侍りけるを、友達なりける女、同じ車にて貫之が家にまうできたりける、貫之が妻、客人にあるじせむとてまかりおりて侍りける程に、かの女を思ひかけて侍りければ、忍びて車にいひいれ侍りける

緑なる　まつほどすぎば　いかでかは　下葉ばかりも　紅葉せざらむ　（１２２６）

なんかかわいいな、という７４４、それにひきかえ１２２６などは、油断もすきもない、とんでもない夫貫之で、７０５の歌の相手はいったいどちらだったのだなどと興味津々だが、これを貫之がボツにしたのは当然である。

『後撰集』には貫之の普段の生活が垣間見られる。ここでの貫之は洒脱な社交家に見える。もちろんそうだったのだろう。実をいえば貫之の生涯についてわかっているのは、その作品以外にはあまりない。私の空想するように彼が『伊勢物語』や『竹取物語』に関わったとしても、それは彼の人生の初期、『古今集』奏上の前後といってよいだろう。それから長い期間、彼は官僚として、傍ら歌人として忙しく暮らす。「歌人」という職業は確立していないので、表面は華やかでも内実はそうでもなかったようだ。貫之は親友の凡河内躬恒《おおしこうちのみつね》に頼まれて、彼を藤原兼輔の家人に推薦している。ということは貫之自身、兼輔の家人となっていたのだろうと言われている。兼輔との関係は『後撰集』にもあるようにごく親しいものだったようだが。

貫之の紀氏としての一面について述べてきたが、貫之の影響力がその歌の力によることはもちろんだ。貫之の歌には広がりと深さがあり、繊細で優しい。かっちり決まっているのにわざとらしくない。

人との軽妙なやりとり、自然との交歓を楽しむ余裕が感じられる。以下『古今集』からいくつかあげて、彼の歌人としての生涯を思う。

比叡にのぼりて帰りまうできてよめる

山高み　見つつわが来し　桜花　風は心に　まかすべらなる　(87)

長月のつごもりの日、大堰にてよめる

夕月夜　をぐらの山に　鳴く鹿の　声のうちにや　秋は来ぬらむ　(312)

陸奥国へまかりける人によみてつかはしける

白雲の　八重に重なる　をちにても　思はむ人に　心へだつな　(380)

第七章　『土佐日記』

紀貫之は晩年「もう少し官位をあげてほしい」と運動した結果、土佐守として土佐に赴任することになった。これは願いがかなったというべきかどうか。土佐は紀氏ゆかりの葛城の「一言主の神」が追いやられた地であり、執政官として名高かった紀夏井が応天門事件に連座して流され、その人柄がかの地でも慕われたという地でもある。夏井の遺徳か、土佐国守としての仕事を無事勤めあげて、ここから都への帰路に材をとったのが『土佐日記』である。

「日記文学」らしからぬ部分

『土佐日記』は「日記文学の祖」とよく言われるが、この作品は厳密な意味での日記文学とは言えない。有名な「をとこもすなる日記といふものを、をむなもしてみむとて、するなり」という設定からして事実と違うし、違うことを真剣に隠そうとしていない。書き手は土佐から帰る貫之一行のうちの女性としているが、どのような立場かわからない。その割には主人である前土佐守（貫之）の心や彼の妻の心などを手に取るように描写し、女で漢詩がわからないと言いながら批評はする、という具合だ。当時すでに女性の日記は存在したらしいから、女性の日記文学がここから始まったわけでもない。しかも『土佐日記』と言いながら、土佐のことはほとんど出てこない。あまつさえ、帰り道に「土佐のとまり」という場所に立ち寄った際「むかし、土佐というところに住んだことのある女が、たまたまこの舟に乗っていた」などととぼけるに至っては、開いた口がふさがらない。この舟の一行全員が、土佐から帰る途中なのだから。末尾のひとこと「とにかく、このようなもの(『土佐日記』)はさっさと破り捨ててしまおう」というのも、かえってこの文章がしっかり読者を意識していることを告げている。

この章の考察に際しては、萩谷朴氏の『土佐日記全注釈』を参考にした。氏は『土佐日記』に記載されている期間の月の出入りを現代の気象データに基づいて逐一考証し、その結果から「この日、この場所で月は海からのぼらない」「阿倍仲麻呂の見た月は十五日のもので、それを貫之は強引に二十日のこととしている」ことなどを実証している。ここまでやるのだな、と改めて感じ入ったが、貫之が事実そのままを記述することに重きを置いていないことはよくわかる。では、貫之は、いったい何を書こうとしたのか。

「和歌の手引書」としての『土佐日記』

萩谷氏はこの作品を「良家の子弟のための和歌の手引書」と想定した。実際、『土佐日記』は藤原氏一門に大切に伝えられ、藤原定家筆によって世に広まったのだから、藤原氏に謹呈されたことは間違いない。確かに、萩谷氏の指南によって読むと、『土佐日記』はすぐれた歌論書であり、しかもきわめて実践的かつ用例豊富な、初心者から上級者まで対応できる「よい歌」「よくない歌」の解説書、実例集である。詳細は『土佐日記全注釈』を読んでいただけばよいのだが、民謡、舟歌、遊びなどの紹介、偶然五七五七七の形となった楫取の言葉も含めて「和歌というものは基本的に五七五七七の三十一字です」に始まり、礼にかなった歌、失礼な歌、漢詩の生かし方、句題和歌とはどういうものか、時宜にかなった歌、場にふさわしい歌とは、歌合せの判などの例が、実に丁寧かつ平明にあげられている。萩谷氏の指摘するとおり、「これは子どもの読者を意識しているな」という部分もある。

特に印象に残ったのは、土佐を発つ貫之を送るために海岸まで来た人々が、「口網ももろもちにて」歌ったという次の歌である。

をしとおもふ　ひとやとまると　あしがもの　うちむれてこそ　われはきにけれ

これを萩谷氏は「みな一列に並んで、踏歌のようにいっせいに歌った」ものと解説した。「この人たちこそ、本当に別れを惜しんでくれているのだ」と感激した貫之が、李白の詩の「忽ち聞く岸上の踏歌の声」「桃花潭水深千尺」をふまえて、

さをさせど　そこひもしらぬ　わたつみの　ふかきこころを　きみにみるかな

と返した場面がまるで目に見えるようで、貫之はさぞ声をはりあげたことだろうな、と胸が熱くなる。これも、漢詩はここまでわがものとして歌に生かすのだよ、というまたとない教材となっている。

その教材も、単に並べるのではなく演劇的に脚色され、歌がそれぞれの立場でスポットライトをあび、比較しやすいようになっている。また紀行文としても、その土地ならではの景色などを取り入れたり、海賊の怖さを強調するために余計な地名をはぶいて緊迫したムードを出したりしている。また延々と同じ航海にうんざりする気分を表現するために、架空の地名を何日も使い続けている。さらに描写に緩急をつけてへんくつで老いた舟主（貫之のことか）や船酔いばかりしている老女、少年少女などを登場させ、コミカルな味付けをするなど、実に細かい工夫をしている。

「年少者向けの手引書」らしからぬ部分

ただ、年少者を含む和歌の指南書だとすると気になるのは、『土佐日記』に「これを子どもに読ませていいのかな」という部分が多々見受けられることだ。代表的なのが元日の「押鮎の口を吸ったが、押鮎のほうでは何か感じているのかね」といった文章や、十三日の行水をする女たちの性器の描写などである。『土佐日記』には「これは笑うところですよ」という場面がけっこうあるが、そのユーモアはかなりブラックなのだ。この点について萩谷氏は「貴族の子弟といえども元服すれば大人なのだから、それなりの知識はあってしかるべき」という趣旨を述べておられる。しかし、これ以外にも、『土佐日記』は「子供向けの和歌の手引き」にとどまらない内容を持っている。

『土佐日記』において、貫之は自分が怒りを覚えたことをかなり赤裸々に記している。その怒りの対象は、貫之といれかわりに土佐守となった島田公鑒《きみあつ》、(おそらく)貫之の愛娘の命を救えなかった医師、すきあらばぼったくろうとする楫取、貫之の留守邸を預かっていた隣人と、順に俎上にあげられる。彼らに対する感情は、微妙な言葉遣いやその場にいた別の人の声として表現されていて、貫之自身が前面に出ているわけではないが、萩谷氏の指摘を頭に入れてみると、そこに表明された怒りの感情は疑いようがない。

後任の土佐国守

一例をあげると、後任の土佐守島田公鑒に対して、貫之は悪感情を持っている。その原因は、四月二十九日に補任された公鑒の土佐着任が(「交替式」によれば百二十日以内にとされているにもかかわらず)さしたる理由もなく遅れに遅れて年末になったために、貫之が帰京できず、正月七日の青馬の節会に間に合わなかったことにある。遅くとも年内に入京していたら、正月七日の叙位では土佐国司としての報告を行ったうえで、従五位下から従五位上となっていた可能性があったのだ。貫之は十八年、従五位下だった。このような事情を知ると、貫之が彼に対して悪感情を持つのも無理はないと思える。

公鑒主催の送別会で、すでに公館を明け渡して船着き場に来ていた貫之を「使いをよこして呼びつけた」公鑒のやり方にも不満を覚えた描写がある。その場での二人の歌。

みやこいでて　きみにあはむと　こしものを　こしかひもなく　わかれぬるかな（公鑒）
しろたへの　なみぢをとほく　ゆきかひて　われににべきは　たれならなくに（貫之）

公鑒の歌には悪意は感じられない。せっかくお会いしたのにこれきりになって残念だ、ということだ。これに対する貫之の返歌は「行き違いになりますが、あなたと私は同じ運命なのですよ」ということで「同業相憐れむ」という親近感を表明したもの、と公鑒は受け取ったと思う。しかし、萩谷氏はここに「底意地の悪い呪い」のようなものを感じ、しかもその意味に公鑒は気づかないだろうというところにまた、貫之の皮肉な微笑を見ている。これらの思いの先の先には、藤原氏だけが栄えるこの世への憤懣があることは確かだが、それは寸止めのように書かれていない。紀貫之という人は、まことに食えないお人である。にこやかな顔の裏で、何を考えているかわかったものではない。はたして「年少の読者」に、ここまでの読解力を要求しているのだろうか。

旅の風景

その傍ら、貫之の目はさまざまなものを見逃さない。国司と仲良くしていたと思われることがこわくて見送りに来ない人々、あえてやってくる人々、土佐から、京で仕事をみつけようとして船に乗り込んだ少年など、京では体験できないものが記される。

みわたせば　まつのうれごとに　すむつるは　ちよのどちとぞ　おもふべらなる

これはおそらく鶴でなくコウノトリだろうとされている。ともかく、樹齢もわからない松の古木ごとに白い鳥がとまっているという、いわば自然そのものという風景を歌にしたものだが、貫之自ら「実景に及ばない」とあきらめてしまった。

みやこにて　やまのはにみし　つきなれど　なみよりいでて　なみにこそいれ

などは、確かに京では想像するしかない雄大な景色である。ここで彼は大和の自然でできあがった「古今集的世界」に収まり切れないものを相手に格闘している。

難波に入り、紀氏ゆかりの地に至った。『伊勢物語』の舞台の一つ、惟喬親王の渚の院。事実上紀氏の最後の砦となった石清水八幡。ここで貫之の筆がちょっと、背筋を伸ばして改まった感じになっている。この時、貫之の胸をどんな思いがよぎったか。しかし彼はこれ以上、何も記さなかった。

死にし子

貫之が土佐で亡くした娘への悲しみ。これは『土佐日記』全編に沁みわたり、ひまごとに噴き出す傷口である。ここまで人間的な弱みをさらけだすというのも、稀有なことだ。

みやこへと　おもふをものの　かなしきは　かへらぬひとの　あればなりけり
あるものと　わすれつつなほ　なきひとを　いづらととふぞ　かなしかりける

この子の実在を疑う人もいる。貫之の年令を考えてのことだ。しかし、だからこそもし恵まれた子がいたら、どんなにかわいがったことだろうということもある。萩谷氏は、これらの歌にあふれる心情がうそとは思えない、としている。

貫之が土佐で失ったのは、この子だけではない。思えば、『土佐日記』を執筆したころの貫之は、老年にして人生の悲哀をまとめて味わわされていた時期だ。延喜五年（905年）『古今和歌集』撰進後、着実に歌人としての地歩を固めてきた。「歌人」という職掌を切り開き、御書所預としての仕事の傍ら屏風歌の第一人者として貴顕階級にも認められ、藤原兼輔の庇護を受け、ここまで貫之はまずまずの人生を送っていた。しかし朱雀八年（930年）、六十代半ばで土佐守に任命された。今度ばかりは現地に赴かねばならない。ここで晩年になって陸奥按察使鎮守府将軍に任命されて都を去り、かの地で亡くなった大伴家持を思い出すのは、見当違いだろうか。そして、土佐にいるうちに、藤原氏の中では貫之と親しく、後ろ盾となってくれていた藤原兼輔の母、兼輔、兼輔のいとこ定方が次々とこの世を去り、貫之に『新撰和歌集』の撰進を命じた醍醐上皇も、その背後にいた宇多上皇も薨去してしまった。

貫之は『土佐日記』の中で、これらのことについてひとことも触れていない。生きてゆくためには、これまでおそらく距離を置いていた実頼や師輔などの、より藤原氏本流に近い権力者に庇護を願わねばならないのだから、やむをえないことだっただろう。『土佐日記』じたい萩谷氏の推測に従えば、この権門への捧げものであったかもしれない作品である。あるいは、「失った子」への悲しみの中に、これらの、言うに言えない思いが流れていた可能性もある。

『土佐日記』の執筆動機

貫之は『土佐日記』を単なる身過ぎ世過ぎの具には終わらせなかった。彼は『土佐日記』に「わかる人にはわかる」文章を書き込み、後世の人々へのメッセージとした。『土佐日記』という作品は三重底になっている。表面的には自分のなぐさめのための単なる旅日記にみせて、実は藤原氏の御曹司御用達の「和歌指南書」であり、藤原氏への贈り物としてふさわしいものとなっている。だが実はさらに最終的な目的として、和歌それじたい、和歌における紀氏の重みを、藤原氏の手を借りてでも後世に残そうとしたのではないか。貫之は、「こうなったら藤原氏に和歌を教え、歌を存続させるしかない」と腹を据えたのだ。

『土佐日記』と『竹取物語』の共通点

私は『竹取物語』も貫之の作品だと思っている。貫之には今でいう「小説家」「劇作家」の資質があることは『土佐日記』を見てもわかる。ここで、この二つの作品の共通点をあげると、まず、主人公が移動し、分身すること。従って視点が複数存在し、作者の位置がぼかされること。一部、女性の視点で語られること。絶対的な登場人物は存在せず、みななんらかの意味で相対化されること。ある程度の「史実」をもとにしている、という枠組みがあることが共通している。

なにより、文体と雰囲気が似ている。この世の中に対する冷めた感じ。皮肉なユーモア。隠しきれない教養。実名をあげることに代表される具体的な描写。かぐや姫の横で寝所の準備をする竹取翁のような、ちょっと下世話な感じ。まるで漫才を思わせる語り口。そして、月への思い。『竹取物語』には、まるで月からこの世を見下ろしているような冴え冴えとした感じがあるが、『土佐日記』にも月の歌がある。

かげみれば　なみのそこなる　ひさかたの　そらこぎわたる　われぞわびしき

この歌の世界の果てしなさ、よるべなさ。貫之は二つの月の宿る天空と海原のただなかに、たった一人、上からも下からも照らされている。その孤影が、彼の脳裏に映っている。若い日の彼も、月の前で孤独だっただろう。あれからずっと、貫之はこの孤独を漕ぎ渡ってきたのだ。まるでこの歌を得るために土佐に行ったようなものだ。貫之のモチーフ、水、それも満々たる水、空、月。わびしくて孤独だっただろうが、貫之はそのまんなかにいる自分を見出した。

翻って、京に帰った貫之を待っていたのは荒れ果てた自邸だった。池も松も枯れていた。

『土佐日記』の中で、貫之にとってよかったと思えるのは、彼の妻の存在だ。この妻も、どこまでが現実か、大部分は貫之自身の分身ではないか、ということもあるが、少なくとも彼がこの妻を「心知れる人」と呼んでいることは確かだ。彼女は「舟主」の「子を失った悲しみ」を共有し、ひたすら泣き、おそらく貫之であろう筆者は「この人は、また悲しんで泣く力を得るために、今、忘れ草がほしいというのだろうな」とこの妻をみつめている。人生の終わりに近く多くのものを失っても、貫之は「心知れる人」と女性を呼ぶことのできる人だった。

第八章　『新撰和歌集』

『新撰和歌集』への執念

　土佐での紀貫之が、国司としての公務の傍ら精魂を傾けていたと思われるのが『新撰和歌集』の編纂だ。これは土佐赴任の直前、延長八年（９３０年）、醍醐天皇の勅命が下ったものだ。しかし土佐在任中に醍醐天皇は薨去し、庇護者だった藤原兼輔、定方も世を去っていて、帰京した貫之は途方に暮れた。『新撰和歌集』の序文で、貫之は「空しく妙辞を箱中に貯えて、独り落涙を襟上に屑ぐ。若し、貫之逝去せば、歌も亦散逸せん」と焦慮を露わにしている。「延長から弘仁の作で花実相兼ねる、玄のまた玄」と自負するものを、なんとか後世に残したい。これが貫之の晩年の活動の原動力となったのかもしれない。貫之は権門への接近を厭わず、屏風歌の製作依頼に精力的に応じた。これは死の直前まで続き、大納言師輔の歌を代作などして、天慶六年（９４３年）、やっと従五位上となった。七十代後半である。

　貫之とて、霞を食っては生きられない。名誉欲や出世欲もあっただろう。いくら紀氏の末裔として藤原氏に含むところがあったとしても、貫之は業平などと違って平然とにこやかに、必要とあらばうやうやしく、藤原実頼や師輔に対していただろう。
貫之が生涯を通じて持ち続けたのは、和歌を存続させ確立させねばならない、という思い、そして「これを自分がやらなければだれがやるのだ」という強烈な自負心だった。すでに宮中で紀氏を名のる者は自分だけだ。胸の底に秘めた思いは、『古今集』『新撰和歌集』の序文に噴き出す。彼が平然と自分の不遇を藤原実頼に訴えたりできたのは、全部とは言わないが、これがあればこそだった。

『新撰和歌集』の世界

晩年土佐の地で、貫之が本気を出して選び抜き「玄の中の玄」と言い切った『新撰和歌集』はどのようなものだったのか。『古今集』では春、夏、秋、冬というゆったりとした流れがあった。そこにはまるで重厚な交響曲を聴くような感覚があった。歌の絵巻物だ。ところが、同じようなものを期待すると『新撰和歌集』ではとまどうことになる。こちらでは部立てが春と秋、夏と冬、祝賀と挽歌、別離と旅となっていて、一首ごとに、例えば春と秋が互い違いに登場する。これは新鮮な、というか奇妙な体験だ。例えば、こんなぐあいだ。

きみがため　春の野に出でて　若菜摘む　我が衣手に　雪はふりつつ　(29)
わがために　来る秋にしもあらざるに　虫の音きけば　まづぞ悲しき　(30)
春日野の　若菜摘みにや　白妙の　袖振りはへて　人の行らむ　(貫之　31)

秋の野に　道もまどひぬ　松虫の　声する方に　宿やからまし　(32)

野原の風景が、春と秋にフラッシュバックする。それに伴って若菜をつむ人、少女たち、虫の音を聴く人の影が互い違いに明滅する。しかもその春と秋が、29と30は「きみがため」「わがため」で微妙につながり、31と32は同じく「道を行く人」の光景で共通する。そして舞台が野原から道に、いつのまにか移っている。貫之の好んだ「景色の奥の景色」が、歌ごとに裏になり表になり、合わせ鏡のように無限に展開する。ついていく方はくらくらするような気持ちになる。

これが「賀」と「喪」の取り合わせ、となるとどうなるか。

いにしへに　ありきあらずは　知らねども　千歳のためし　君にはじめむ(素性169)

明日知らぬ　わが身と思へど　くれぬまの　けふは人こそ　悲しかりけれ(貫之170)

ふして思ひ　起きて数ふる　万世を　神ぞ知るらん　わがきみのため(素性171)

花よりも　人こそあだに　なりぬなれ　いづれを先に　こひんとかみし(望行172)

どうだろうか。なんともいえない、玄妙な気分になってこないだろうか。お祝いと願いの言葉を、死を悼む言葉が覆う。「いつまでもお元気で」という願いのむなしさを、いやおうなくつきつけられる。だが人はまた希望を持ち、願う。だがまた、人は死ぬ。170は貫之のともに『古今和歌集』に携わった紀友則への挽歌で、172は貫之の早世した父望行の歌である。どれも貫之にとって大切な歌のはずだが、たった一首で断ち切られる。
これは過激な実験だ。土佐の地で貫之が作り上げた世界は『古今集』よりはるかに複雑で苦みが効いている。ここではどの歌が優れているかとか、だれの歌かなどということは問題にならない。貫之は、歌でこの世界の人の営みを織りあげたのだ。それは『古今集』のようにゆるやかに循環し、調和する世界ではない。対立し傷つき、しかし底のどこかで結びあい響きあう、有機的な、巨大なアメーバのような世界だ。原子から細胞、星、宇宙までを内包した手塚治虫の『火の鳥』を思い出す。

大和讃歌

また一方で、『新撰和歌集』にあふれるのは「なら」「大和」への憧憬、望郷の思いで、これは土佐の地でこそ結晶したものだろう。貫之は詠み人知らずの歌からたくさん採っている。

ふるさとは　ならの都の　ちかければ　ひと日もみ雪　降らぬ日のなし（132）
思ひいづる　ときはの山の　時鳥　唐紅の　ふり出でてぞなく（133）
冬寒み　氷らぬ夜半は　なけれども　吉野の滝は　たゆるよぞなき（134）
あしひきの　山時鳥　けふとてや　あやめの京の　音をたててなく（135）

『新撰和歌集』の最後は、こんなふうだ。

三輪の山　いかに待ちみむ　年ふとも　尋ぬる人も　あらじと思へば　（358）
幾代へし　いそべの松は　昔より　立ち寄る波や　数を知るらん　（貫之359）
白玉の　何ぞと人の　とひし時　露と答へて　きえなましものを　（360）
ながれては　妹背の山の　中に落つる　吉野の滝の　よしや世の中　（361）

フィナーレに、「三輪山をしかもかくすか」の額田王、「岩代の浜松の枝」を引き結んだ有間皇子、『伊勢物語』で業平の背に負われていた若き日の二条后高子が影のように登場し、やまとの時の流れの中で苦闘し、報われなかった人々の面影があれこれ浮かぶなか、「吉野の滝のよしや世のなか」と締める。

『新撰和歌集』の評価

『新撰和歌集』は、貫之の世界観、和歌観をすべて凝縮した作品である。貫之という人は常に歌の、言葉の、新しい世界を切り開こうと苦闘し続けた。土佐にいようが国司の仕事があろうが、これだけは彼の骨髄に入った営みである。あまりにも貫之好みに過ぎたかもしれないが、あたりまえの作品ですむはずがない。大和の自然と人々の思い、人生を、その歴史を含めてすべて、歌によって表現しつくそうとする試みだった。貫之にしてみれば会心のできだった。

ただ、勅撰和歌集を依頼した側、あるいは常識的な世の中の人の目から言えば、これは不可解な、中途半端なもので『古今集』その他の雑多な寄せ集めに見えてしまうのだろう。「貫之も老いた」というのが当時の世間一般の評価でなかったたか。

第九章　紀貫之がなしとげたこと

晩年の日々

『新撰和歌集』が彼の歌の集大成であるとするなら、『土佐日記』は一般的な和歌の指導書もいえる。この二つをもとにして、彼は帰京後の活動を再開する。やはり屏風歌の制作が主な仕事となる。彼が晩年、周防で歌合せを行ったという記録がある。その事情はよくわからないが、彼が何かを企図し、精力的に活動していたことはわかる。

貫之の最晩年の日々も、歌によればこんなふうだ。

官賜はらで嘆くころ、大殿（藤原忠平）のもの書かせたまふおくによみて書ける

思ふこと　心にあるを　ありとのみ　たのめる君に　いかで知らせん（貫之集872）

いたづらに　世にふるものと　高砂の　松もわれをや　友と見るらん（873）

このような官への便宜を請う歌は、たぶん他にもあったのだろう。その効果があったのか、彼が従

五位上になったのは死の二年前、木工権頭《もくのごんのかみ》になったのは死の直前だ。屏風歌に関してはひっぱりだこだったようだが、貫之の評価はこの程度だったのだ。

貫之がなしとげたこと

思えば、貫之のしたことは、真に偉大な仕事である。貫之がいなければ、日本は今の日本でなかった。

漢文でしかものを書かないということは、自国語がないということである。もし貫之たちがあの時期、奮闘してかなを国語として認めさせなければ、そのままだった。それがどういうことか。現代の世界を見ると、自国語こそが国の基本であり、魂であることがよくわかる。今、日本人はそのことをもっと自覚するべきだ。「心があるものはみな、歌を詠む」と貫之は言った。あたりまえのことを言っているようだが、これを権力者は嫌う。人には心がある、そしてものを言う。言葉は最も簡潔にして強力な抵抗だ。神をも動かす力を持っているのが言葉だ。まして、人を動かせぬはずはない、と貫之は思っていた。

『古今集』で貫之が提示したのは、この国の在り方そのものだ。春、夏、秋、冬と季節はめぐり、人は恋し、別れ、死ぬ。その在り方を、実にきちんと、美しく、彼は形にして見せた。この世界を守り、維持するのが政治の仕事であり、天皇と天皇を擁するものの責務だと規定した。権力によってでなく、美しさと共感によってだ。『古今集』が「月並み」でつまらない、という人がいる。それは『古今集』によって「月並み」が作られたということを、そういう形で認めているということにほかならない。

早い話、「貫之は下手な歌詠み」と言い放った正岡子規の作品に、貫之の影響がどれほど深いか。貫之は、日本に生きる人々の無意識の世界をも規定している。

貫之は歌で、言葉で、日本を創ろうとした。いや、日本を保全しようとした。紀氏が天皇家の祖であると今さら言ってなんになる。しかし、紀氏の脈々として伝えてきたもの、神への思い、土地への思い、人への思い、それを形作った言葉をなくしてはならない。藤原氏がこの日本を統治するなら、これだけは受け継がせなくてはならない。さらに貫之は『土佐日記』によって歌の作り方を藤原氏に伝授し、かなによる達意の文章の見本を作った。これに加えて、おそらく『伊勢物語』『竹取物語』を世に残すことで、日本文学のすそ野を広げ、その源流を作った。貫之はこれほどの仕事をした。しかもほとんど一人でやりとげたのだ。貫之は未来の日本人のために心のふるさと、大和を造成していたのだ。その志の高さを思う。彼の背負っていた幾多の声なき声の重さを思う。

日本という国が、その文学史のきわめて早い時期に「かぐや姫」という痛快なヒロインを持てたということは、何と幸せなことだろう。このような女性像はおそらく貫之にとっては何の違和感もない、ほとんど自分の分身のようなものだったかもしれない。しかし「次のかぐや姫」を、日本はこのあと長い間、育ててゆくことができなかった。

貫之の墓所など

紀貫之の旧邸は、現在、京都御苑の仙洞御所の中にある。貫之が土佐から帰ってきた時、荒れていたはずの池らしきものがきれいに整備され、石碑がある。しかし現実には貫之は、ここに住み続けることができなかったようだ。紀貫之の墓は比叡山のふもと、裳立《もたて》山にある。延暦寺に上るロープウェイの途中の駅から歩ける。だが、この駅に降ろしてもらうために、ロープウェイの切符売り場で粘って頼まなければならなかった。この墓は明治になって、突如作られた。この時、貫之にいきなり官位も追贈された。貫之はいったい、だれに、どう思われているのか。

辞世の歌

目崎徳衛氏は紀貫之の没年を七十四才としている。もっと高齢だったという説もある。次にあげる歌には死を予感する貫之の心情がうかがわれる。

またも来ん　ときぞと思へど　たのまれぬ　わが身にしあれば　惜しき春かな（877）

貫之が最後まで勤めた朱雀院別当の同僚、源公忠にあてた次の歌が辞世の歌となった。公忠が返歌しようと思っているうちに貫之が亡くなり、公忠はその返歌を誦経して河原で焼いたという。

手にむすぶ　水にやどれる　月影の　あるかなきかの　世にこそありけれ（878）

「あるかなきかの世」という言葉が彼の最後の言葉というのは悲しい。貫之はひたすら「心」と「言葉」という、それこそあるかないかわからないようなはかないものに、自分と自分の一族、紀氏の存在、そして大和への思いを賭けて戦ってきたが、それが報われたためしはなかった。しかしここでも「手にむすぶ」「水」「月」という貫之の好んだ言葉がしっかり入っていて、見事に彼の人生のしめくくりとしてふさわしい歌になっている。

貫之の心にはずっと、月があった。水は月を映し、世界をつないだ。だから貫之は水をみつめ、月を見上げ、月から見下ろした。月とともに海を渡り、手のひらで月を包んだ。この世のほかに輝く月があることが、貫之の心の支えだったのだろう。

参考文献

坂本太郎　家永三郎　井上光貞　大野晋校注『日本書紀』岩波文庫　1994年
宇治谷孟校注『続日本紀』講談社学術文庫　1992年
森田悌校注『日本後紀』講談社学術文庫　2006年
森田悌校注『続日本後紀』講談社学術文庫　2010年
黒坂勝美　国史大系編修會編纂『国史大系　日本三代実録』吉川弘文館　1983年
国立国会図書館デジタルコレクションより転載『文徳天皇実録』
倉野憲司校注『古事記』岩波文庫　1963年
小島憲之　木下正俊　佐竹昭広校注・訳『萬葉集』日本古典文学全集　小学館　1975年
佐々木信綱編『万葉集』岩波文庫　1927年
大津有一校注『伊勢物語』岩波文庫　1964年
渡辺実校注『伊勢物語』新潮日本古典集成　1976年
奥村恒哉校注『古今和歌集』新潮日本古典集成　1978年
高田祐彦訳注『古今和歌集』角川ソフィア文庫　2009年
野口元大校注『竹取物語』新潮日本古典集成　1979年
阪倉篤義校訂『竹取物語』岩波文庫　1970年

大曾根章介　堀内秀晃校注『和漢朗詠集』新潮日本古典集成　1983年
小島憲之校注『懐風藻　文華秀麗集　本朝文粋』日本古典文学大系　1964年
萩谷朴校注『土佐日記』日本古典全書　1950年
木村正中校注『土佐日記　貫之集』新潮日本古典集成　1988年
松田武夫校訂『後撰和歌集』岩波文庫　1945年
早稲田大学蔵書目録より転載『新撰和歌集』
小島憲之編『王朝漢詩選』岩波文庫　1987年
西宮一民校注『古語拾遺』岩波文庫　1985年
中西進編『万葉集辞典』講談社学術文庫　1985年
発見・検証日本の古代　古代史シンポジウム「発見・検証日本の古代」編集委員会
KADOKAWA　2016年
『Ⅰ纒向発見と邪馬台国の全貌』
『Ⅱ騎馬文化と古代のイノベーション』
『Ⅲ前方後円墳の出現と日本国家の起源』
御所市教育委員会編『古代葛城とヤマト政権』学生社　2003年
吉村武彦　吉川真司　川尻秋生編　シリーズ古代史を開く
『古代の都　なぜ都は動いたのか』岩波新書　2019年
奈良文化財研究所監修『平城京のごみ図鑑』2016年

中野幡能編　民衆宗教史叢書②『八幡信仰』雄山閣　1983年
関裕二『聖徳太子は蘇我入鹿である』KKベストセラーズ　1999年
関裕二『呪いと祟りの日本古代史』東京書籍　2003年
関裕二　新史論／書き替えられた古代史『呪われた平安京と天皇家の謎』小学館新書　2016年
関裕二『寺社が語る秦氏の正体』祥伝社新書　2018年
関裕二『なぜ「萬葉集」は古代史の真相を封印したのか』じっぴコンパクト新書　2010年
関裕二『大和路の謎を解く』ポプラ新書　2014年
関裕二『神武天皇vs.卑弥呼　ヤマト建国を推理する』新潮新書　2018年
関裕二『前方後円墳の暗号』講談社α文庫　2017年
関裕二『応神天皇の正体』河出文庫　2017年
ほか、関裕二の著作多数
日根輝己『紀氏は大王だった』燃焼社　1995年
網野善彦　森浩一『馬　船　常民　東西交流の日本列島史』河合出版　1992年
大平裕『「任那」から読み解く古代史』PHP文庫　2017年
平林章仁『謎の古代豪族　葛城氏』祥伝社新書　2013年
矢澤高太郎『天皇陵の謎を追う』中公文庫　2016年
澤村経夫『熊野の謎と伝説』工作舎　1983年
筑紫申真『アマテラスの誕生』講談社学術文庫　2002年

近江俊秀『道が語る日本古代史』朝日新聞出版　２０１２年
河内春人『倭の五王―王位継承と五世紀の東アジア』中公新書　２０１８年
森絋一『万葉集に歴史を読む』ちくま学芸文庫　２０１１年
榎村寛之『伊勢神宮と古代王権』筑摩書房　２０１２年
入江英親『宇佐八幡の祭と民族』第一法規　１９７５年
鍛代敏雄『八幡さんの正体』歴史文庫　洋泉社　２０１８年
白洲正子　堀越光信　野本寛一　岡田荘司『日本の神々』とんぼの本　新潮社　１９９８年
鎌田東二『平安京のコスモロジー』創元社　２０１０年
倉本一宏『藤原氏―権力中枢の一族』中公新書　２０１７年
倉本一宏『平安朝　皇位継承の闇』角川選書　２０１６年
倉本一宏『皇子たちの悲劇』角川選書　２０２０年
馬場朗『天皇と藤原氏』三一書房　２０００年
目崎徳衛　人物叢書『紀貫之』日本歴史学会編修　吉川弘文館　１９６１年
大岡信　日本詩人選7『紀貫之』筑摩書房　１９７１年
大岡信『うたげと孤心』岩波文庫　２０１７年
藤岡忠美　王朝の歌人4『歌ことばを創る　紀貫之』集英社　１９８５年
神田龍身『紀貫之　あるかなきかの世にこそありけれ』ミネルヴァ書房　２００９年
鈴木宏子『「古今和歌集」の想像力』ＮＨＫブックス　２０１８年

市原愿『伊勢物語生成序説』明治書院　１９７７年
萩谷朴『土佐日記全注釈』日本古典評釈全注釈叢書　角川書店　１９６７年
喜田貞吉『被差別部落とは何か』河出書房新社　２００８年
野間宏　沖浦和光『日本の聖と賤』河出文庫　２０１５年
中上健次『紀州　木の国・根の国』角川選書　１９８６年

あとがき

今回このように、著書を上梓することができたのは望外の喜びなので、今胸に去来することを述べさせていただきたい。

私のようにただ教員として国語の授業を担当していた人間が、なぜ紀貫之論を書こうなどと思い始めたのか。

最初に私が文学の面白さ、『万葉集』や『伊勢物語』の魅力に目を開かされたのは、母校である東京都立文京高等学校で、故坂本育雄先生の現代文の授業に接した時である。先生は希望する生徒を自宅に招き、自作の教科書を配布して教えてもくださった。『伊勢物語』の「初冠」の段について「君たち、この男は姉妹のどちらに恋文を贈ったと思う?……両方だよ!」魯迅作『藤野先生』の授業で「魯迅はね、絶望と希望は同じことだって、そう言っているんです!」と言われた目の輝き、言葉の響きは、今でもはっきりと脳裏に、耳に、残っている。早く貫之論を仕上げて、先生に読んでいただきたかったが、かなわなかった。

千葉県で高等学校の教員として国語の授業をしながら、「わかったような顔をしてこうして授業をしているけれど、本当はどうなのか」という思いが幾度となく胸をよぎった。これを突き詰めることなく日々の生活に忙殺されていたが、なぜか古代史関連の本だけは時間をみつけて読みふけっていた。教員生活の最後の三年、同和教育推進教員に配属され先輩たちとともに活動したことは、今まで深く考えていなかったことについて、見直す契機となった。

　六十才で退職し、やみくもに読んだり書いたりをし始めた。とはいえ、すでにある厖大な研究書にあたる時間はない。無謀だが、原則として原典以外は切り捨てた。幸い、原典の大部分は文庫化されている。『日本書紀』『古事記』『万葉集』『古今和歌集』……うわっつらの理解なのは承知の上で、ともかく「紀氏」に焦点をあてて読み進んだ結果、思いもかけない風景が見えてきてしまった。この風景は蜃気楼なのか？……それをだれより知りたいのは私である。

　自分一人かもしれないことを言うのは心細い。そんな気持ちのなせるわざなのだろうか、何度となく「これは『貫之さん』が何かしてくれているに違いない」と思われることがあった。これを書いている現在、新型コロナウイルスの猛威のため東京オリンピックの開催が危ぶまれる状況だが、その流行が始まる直前、石巻、敦賀、葛城、熊野、宗像、土佐など、ほぼ行きたいところに行き終わっていた。『新撰和歌集』の変体仮名で書かれたものしか手に入らない。友人の今村直美さんが変体仮名書きの『古今和歌集』を譲ってくださった。２０１９年の暮れ、今村さんと仙洞御所内の紀貫之旧邸跡を訪れた日、虹を三度見た。「どうまとめればいいか」と思い始めた時、郁朋社の歴史浪漫文学賞の存在を知り、期限と枚数の指定を得て拙作を形にできた。

　今、『貫之さん』を身近に感じることは、明らかに少なくなっている。見捨てられたようで寂しい。しかし霧のかなたにもう一人、私をじっとみつめている人がいるような気がしている。斉明天皇である。

【著者紹介】
弓場　由美子（ゆば　ゆみこ）
1955年生。1979年より公立高等学校国語科教諭を務め、60才で退職。

月《つき》をみていた人《ひと》　紀貫之《きのつらゆき》

2021年8月2日　第1刷発行

著　者 — 弓場《ゆば》　由美子《ゆみこ》

発行者 — 佐藤　聡

発行所 — 株式会社 郁朋社《いくほうしゃ》

〒101-0061　東京都千代田区神田三崎町2-20-4
電　話　03（3234）8923（代表）
ＦＡＸ　03（3234）3948
振　替　00160-5-100328

印刷・製本 — 日本ハイコム株式会社

落丁、乱丁本はお取り替え致します。

郁朋社ホームページアドレス　http://www.ikuhousha.com
この本に関するご意見・ご感想をメールでお寄せいただく際は、
comment@ikuhousha.com までお願い致します。

 ISBN978-4-87302-736-4 C0095